跟着名家读经典

先秦文学名作欣赏

吴小如 等著

北京大学出版社

图书在版编目(CIP)数据

先秦文学名作欣赏/吴小如等著.—北京:北京大学出版社,2017.9
(跟着名家读经典)
ISBN 978-7-301-28480-3

Ⅰ.①先… Ⅱ.①吴… Ⅲ.①中国文学—古典文学—文学欣赏—先秦时代 Ⅳ.①I206.2

中国版本图书馆CIP数据核字(2017)第153805号

书　　名	先秦文学名作欣赏 XIANQIN WENXUE MINGZUO XINSHANG
著作责任者	吴小如　等著
丛书策划	王林冲　周雁翎
丛书主持	邹艳霞
责任编辑	邹艳霞
标准书号	ISBN 978-7-301-28480-3
出版发行	北京大学出版社
地　　址	北京市海淀区成府路205号　100871
网　　址	http://www.pup.cn　新浪微博:@北京大学出版社
微信公众号	科学与艺术之声(微信号:sartspku)
电子信箱	zyl@pup.pku.edu.cn
电　　话	邮购部62752015　发行部62750672　编辑部62767857
印刷者	北京中科印刷有限公司
经销者	新华书店
	787毫米×1092毫米　32开本　13.5印张　218千字 2017年9月第1版　2017年9月第1次印刷
定　　价	48.00元

未经许可,不得以任何方式复制或抄袭本书之部分或全部内容。
版权所有,侵权必究
举报电话:010-62752024　电子信箱:fd@pup.pku.edu.cn
图书如有印装质量问题,请与出版部联系,电话:010-62756370

序

中华民族历来重视阅读经典。从春秋时期孔子增删"六经",到秦吕不韦组织编纂《吕氏春秋》,从南梁萧统组织编选《昭明文选》到清人吴楚材、吴调侯编选《古文观止》……这些经得住时间考验的伟大作品,大浪淘沙,洗尽铅华,传承着中华民族最弥足珍贵的思想感情,被一代代人记诵。这些作品刻在了我们民族的"心版"上,丰富和滋养了我们的民族精神。

意大利知名作家卡尔维诺说:"经典是那些你经常听人家说'我正在重读',而不是'我正在读'的书。"经典之所以成为经典,必是以其经得住咀嚼的内涵,有益于读者的。著名美学家朱光潜先生谈到读书时,说:"读书并不在多,最重要的是选得精,读得彻底。与其读十部无关轻重的书,不如用读十部书的精力去读一部真正值得读的书;与其十部书都只能泛览一遍,不如取一部书读十遍。"中外两位先哲谈到的都是经典的精读,谈的都是如何让阅读"心版"上的印痕更深。

而经典的精读实在不是一件容易的事。经典也意味着过往,过往就与正在读书之人有时空之隔膜。

那么,什么样的方法能让我们更容易、更有效地阅读经典?从黛玉教香菱作诗的故事中,我们可以体会出,跟着名家读经典、读名作可谓是一条读书捷径。

名家是大读书人,他们的阅读体验值得借鉴。在浩如烟海的书籍中踽踽独行,摸索读书之路,难免进入狭窄的胡同,名家的读书导引就是我们不见面的名师的教诲。阅读经典时遇到的许多难点,也许就是阻碍读书人的一层窗户纸,一经名家点破,便会有豁然开朗之感。

20世纪80年代,大型文学鉴赏杂志《名作欣赏》的创刊,正是暗合了当时人们澎湃的阅读经典的热情。一批闻名遐迩的名作家、名学者、名艺术家们推荐名作、赏析名作,古今中外的名作经典，经萧军、施蛰存、李健吾、程千帆、王瑶等名家的点化，高格调的名作和高质量的析文相得益彰、水乳交融，极大地浇灌了如饥似渴的刚刚走出文化禁锢的读书人的心田。《名作欣赏》也由此成为中国名刊。几十年来，我们一直坚持这一办刊传统，力邀全国名家，精析经典名作，为中国人的文学阅读尽了一份力，发了一份热。

《名作欣赏》创刊三十周年庆典大会上，新老办刊人和新老读者都觉得将《名作欣赏》三十余年的文章精编出版，是一件有益于读者的大事。编选工作十分浩繁，我们也知难而上，未敢懈怠。经取精提纯、镕裁加工、分类结集、有序合成，2012年"《名作欣赏》精华读本"丛书由北京大学出版社出版。出版五年来，重印数次，为读者所珍爱，这是我们喜出望外的。细细想来，也正是经典的魅力、名作的魅力。

民族的自信源自文化的自信，时下，中央电视台的两档节目《中国诗词大会》《朗读者》出人意料地受到人们的欢迎。这实际是民族文化自觉和经典的浴火重生，也是中华民族经典的光辉照映。沐浴着天时、地利、人和的春风，北京大学出版社对"《名作欣赏》精华读本"进行修订改版，并增加了插图，丛书名改为"跟着名家读经典"，更好地契合了这套书的本意，更具有文化品位。这既是对国家阅读战略的呼应，也是对亿万读者阅读经典的有效补充，必然会被更多的读书人发现和珍视。

让我们一起来加入"全民阅读"的阵营，拥抱文化复兴的春天。

赵学文

《名作欣赏》杂志社总编辑

目录

吴小如	将军白发征夫泪 浅析《诗经·小雅》中的《采薇》和《何草不黄》	1
张丛林	寓情于事　涵情于物 《诗经·氓》的叙事艺术及其文化内涵	15
皇甫修文	青春的美　圣洁的爱 《诗经》几首爱情诗赏析	31
张永鑫	匀称和谐　典雅庄重 《诗经·小雅·采薇》的形式美探究	43
李时人	写情入物　苍凉凄动 《诗经·秦风·蒹葭》赏析	49
金启华　金小平	关系人伦　诗教发凡 《诗经》"四始诗"《关雎》《鹿鸣》《文王》《清庙》赏析	57

金启华	以兴而比　以赋其事 《诗经》中的两首流人诗赏析	71
陈贻焮	青春的美　心灵的歌 介绍《诗经·国风》中的几首爱情诗	79
孟新芝	追寻爱的足迹　浏览爱的画卷 《诗经》爱情诗赏读	93
金志仁	状物形象　蕴涵深刻 《橘颂》及咏物诗的传统特色	107
姜汉林	献给为国殉难将士的祭歌 《国殇》赏析	123
王英志	屈原"发愤以抒情"说诗例一则 简析《九章·抽思》	133
凌左义	寓情其中　蕴藉风流 读《九歌·湘夫人》	153
刘毓庆	气势磅礴　喷流奔涌 《天问》中的困惑与超越	165
王富仁	客体与主体的神秘互渗　自我意识的痛苦挣扎 《离骚》的另一种解读	183
何伍修	多方设比　巧妙答辩 宋玉《对楚王问》赏析	271

傅正谷	婉转清丽　余韵悠扬 ——谈宋玉《高唐赋》《神女赋》的艺术成就	283
皇甫修文	思致绵邈　高华空阔 ——先秦散文名篇美学分析	297
褚斌杰　王景琳	精比巧喻　奇幻莫测 ——读《庄子·逍遥游》	341
张瑞君	超越死亡的美丽境界 ——说庄子的死亡意识	355
蔡育曙	以意逆志·知人论世·知言养气 ——略谈孟子的文学鉴赏三原则	369
邵璧华	策士之文　骈体之祖 ——李斯《谏逐客书》赏析	383
吴小如	推己及人　欲擒故纵 ——读《战国策·触龙说赵太后》	395
杨景龙	构思宏大　神采瑰丽 ——《山海经》英雄神话三则浅析	409

将军白发征夫泪

浅析《诗经·小雅》中的《采薇》和《何草不黄》

吴小如

作者介绍

吴小如,北京大学中文系、中国中古史研究中心教授,中央文史研究馆馆员。主编过《中国文化史纲要》,著有《读书丛札》、《中国文史工具资料书举要》等二十多种图书。

推荐词

远离我们两千五百多年的《诗经》,是记录我们民族先民生活感情的美丽篇章。然而要想能欣赏它,却不是件容易的事。首先得识字,其次得懂词,然后得明意,还要知晓一些那个时代的历史知识。在此基础上,就有能力理解诗句的意思,理解先民的行为意义,沟通先民的感情。吴小如先生这篇文章正是从字词句入手,带领读者走进中华民族先民的感情世界。

古今学者大都认为《诗经》中的《小雅》部分是士大夫的作品,但其中有若干首诗的风格却近似《国风》。如《小雅·谷风》一首,即明显为模拟《邶风·谷风》之作。这里要分析的《采薇》和《何草不黄》也是拟民歌体。

《采薇》是一首反映士卒戍守边陲、备尝军旅艰苦生活的诗。前三章以"采薇"起兴,句子形式大体相同。这正是当时的民歌体。但第四、第五两章文字整饬古雅,不像一般民歌那么流畅自然,足以说明此诗毕竟是士大夫的作品。诗的写作年代历来众说纷纭。毛、郑旧说以为它是周文王时所作,这当然不可信。汉儒有的说是周懿王时的作品,有的说是作于周宣王之世,前后相差约百年。据史书记载并用《小雅》其他诗篇来印证,西周一代少数民族狎狁长期为北方边患,直到宣王时一直断断续续没有停止过。这首诗既属拟民歌体,恐怕写作年代不会太早。我们姑且说它是宣王时的作品，大抵不会错。至于具体年月就无从深究了。

《毛诗序》说："采薇，遣戍役也。"把这句话译成口语，就是说这首诗是描写被派遣到边境去戍守的士兵们的生活的。这样笼统地说本不算错。因为从全诗看，第一章写启行出征，第二章写军队在途中，第三章写战士到达边境，第四章写与敌作战，第五章写严加戒备，最后一章写在归途中对这次远戍做了一次总的回顾。层次井然，并不费解。但从东汉郑玄的《毛诗笺》开始，有些人硬把这首诗讲成人们在出发时便已预见到将来的战斗和归途的辛苦，这就未免太牵强了。所以明朝人何楷在《诗经世本古义》一书里对这种说法大加驳斥。我们认为何楷的理解是对的。古代士兵戍守边防，不仅作战时有生命危险，在往返的途中也十分辛苦。最末一章，诗人写战士们在归途痛定思痛，用意是很深刻的，如果依照旧说，在刚出发时就预言归来时的情景，不但缺乏现实生活基础，而且近于无中生有，把感人至深的描写弄得虚假化了。清末的王先谦在《诗三家义集疏》中说""《采薇》乃君子忧时之作"，还是比较中肯的。

解释这首诗，首先要弄清楚，前三章以"采薇"起兴，究竟何所指？我以为其中并无深文奥义，只是表现时间上的变化。"薇"是野菜，俗称野豌豆，豆苗可以吃，所以人们去采它。"作"是从地里生长出来，"柔"指豆苗柔嫩可食，"刚"指老且硬，到了秋天，苗已成其，又老又硬，不能吃了。第六章说兵士们出发时"杨柳依依"，乃初春景象，这不也正是豆苗刚刚出生的时候吗？等到它又老又硬，已经从春到秋；及至撤防归来，早又进入冬天，遇上"雨雪霏霏"的季节了。这是前三章的每章开头两句的解释。

其次，前三章还三次提到"曰归曰归"。这就是说，士卒们无时无刻不在算计着什么时候可以回家。第一章"岁亦莫止"的"莫"是"暮"的古写字。"岁暮"，通常指秋冬之交，不指年底。第三章的"岁亦阳止"，"阳"指农历十月，比"岁暮"更晚一点，已进入冬天。这就同第六章的"雨雪霏霏"前后呼应，说明士兵在外戍守已经过了整整一个年头。附带说明，诗中好几个"止"字，还有"思"字、"曰"字，都是虚词，不是语尾助词就是语首助词，并无实际含义。这是读《诗经》必须注意的。

第一章的后四句，点明这些士兵为什么不顾妻儿老小，而且不能安居乐业。诗人反复说这是为了"狎狁之故"。这样强调，一是表示局势紧张，敌人逼近，边陲告急；二是表示这些士兵还有一定的爱国心,为了不让狎狁入侵,不能不抛家撇室,出征远戍。当然,他们的远行是被动的,不是完全出于自愿的。西汉名将霍去病说:"匈奴未灭,何以家为!"确是豪言壮语。但我觉得,他是反用《采薇》诗意,把被动语气换成了正面的慷慨陈词。"靡室靡家",等于说顾不上个人的家室,"不遑启居",等于说再没有闲空安稳地坐在家里。我国古人席地而坐,同今天日本人的习俗一样,不论坐和跪都是两膝着地。所谓"坐",就是把臀部贴在脚跟上,这就叫"居"。所谓"跪",就是把腰部挺直,使臀部和脚跟离开,这就叫"启"。无论"居"或"启",都是指平时居家过日子,而外出作战,根本没有歇息的时间,所以说"不遑启居"。

第二章,开头说薇菜已长出嫩苗,表明时光正在流逝。心里只想着回家,当然十分忧愁,"忧心烈烈",指心里火烧火燎的,等于说五内如焚。可是征人也确实辛苦,一路上又饿又渴,无法休息。最后两句,点出仍在途中行军,驻防地点究竟在哪儿还没有固定下来,因此也不能让人给家里捎回任何信息。"归"同"馈",送的意思。"聘"是"问",这里作名词用,等于说音信、消息。

第三章，写士兵已抵达边界。"王事靡盬"，《诗经》中屡见，意思说为天子办事简直永无休止。"孔"是大、非常的意思。"忧心孔疚"，是说内心忧伤使自己极端痛苦。"我行不来"，旧说都讲成我这次出征有去无回。但清人马瑞辰在《毛诗传笺通释》里解释《小雅·大东篇》，把"来"字讲成慰抚的意思。我以为这里也不妨用马瑞辰说，那么"我行不来"就是说我这次远戍出征，并没有人来慰问我。接受慰问，这原是一个战士心里所希望的，然而连这点希望也终于落空了。

第四、第五两章应该连读，改用常棣之花来起兴。第四章头两句说，那开得十分茂盛的是什么？回答是常棣之花。"尔"，也可以写成"苶"，是花开得十分繁密茂盛的意思。常，就是常棣，李时珍《本草纲目》认为就是棠棣，是一种果树。"华"和"花"本是一字。这两句借常棣之花盛开，以引起下文，比喻"君子之车"装饰得非常漂亮。"路"是假借字，本字应写作"辂"，是大车的意思。"君子"指军中统帅。春秋以前，打仗都是车战，主帅坐在四匹马拉的战车上指挥，发布命令。"戎车"就是战车、兵车。"四牡"是四匹公马，"业业"是高大肥壮的样子。这几句全力形容主帅的战车,显得军容威严,声势很大。尽管如此,战士们却不可能安定下来,要时时准备作战。"捷"也是假借字,本字是"接"。一个月要同敌人接触三次,说明前线战斗生活是多么紧张激烈。然后紧接下去写到第五章。这一章的前四句省略了主语"戎车",意思说战车前面驾有四匹马("骙骙"是强壮的样子,下文"翼翼"是整齐的样子),而这样的战车是主帅所凭借的,也是士兵们用来隐蔽身体的。这里的"小人"和"君子"相对应,指士兵。"腓"是"庇"的通假字,这里当隐蔽讲。下面写到主帅用的兵器——弓和箭。但诗人没有直接写弓箭,而是用局部代替整体。"象弭",是指弓的两端连接弓弦的地方装饰着象骨;"鱼服",指鱼皮做成的盛箭的容器,"服"字正写作"箙"。这样的描写,既刻画出主帅的威风气派,兵器十分考究,同时也说明整个队伍从上到下都戒备森严,气氛异常紧张。所以七、八两句说:"怎么能不每天戒备呢?猃狁是很厉害的啊!""棘"同"急",是一个意思。

从这两章的内容看,诗的作者显然是上层士大夫,否则他不会对主帅的战车和兵器感兴趣,也不会着重写主帅的气派威风。但这两章并未游离于全诗之外,它同前后几章还是紧密相连的。第四章写交战，第五章写戒备，都是战场生活的具体反映。主帅尚且紧张，士兵们的辛苦也就可想而知了。

古今诗人、学者都认为《采薇》的第六章写得最好。其所以好，首先是通过对自然景物的描写显示出季节上的变化，点明时间的流逝和征途的遥远。其次是景物本身就形成强烈的对比。但在对比之中又有着一以贯之的惆怅忧伤。出征远戍，心情沉重，"杨柳"虽好，却带有依依惜别之情，等到征战归来，照理讲应该心情舒畅了，事实却并非如此。正如前面所说，"雨雪霏霏"的景象更增加了痛定思痛的凄惶烦恼。去的时候"载饥载渴"，虽说侥幸生还，可回程同样十分辛苦，因而一路行来也是迟缓的。这不仅指战士们长途跋涉，步履艰难，而且反映出征人的心情也是沉重的。最后用"我心伤悲，莫知我哀"这样直截了当、毫无掩饰的沉痛语言作为结束，真是把战士们的心里话都说出来了。作者尽管是上层人物，却能了解这些远戍的士兵的心，给予他们以极大的同情。这就是我们常说的作品的人民性。

如果说《采薇》一诗，多少还带有抵抗侵略者的色彩，诗人在同情战士们的征戍生活的同时，还对带兵的主帅做了一些正面描绘，那么《何草不黄》就纯粹是一首为苦于劳役的征夫们倾诉哀怨的佳篇了。

由于从事劳役的征夫们一年四季在外奔波，最容易见到的就是一望无边的草原，因此诗人以"何草不黄"起兴。草的枯黄正如同人的憔悴，这比喻是很形象的。第一章共四句，中间两句是并列句式，而最后一句才点明这样辛苦劳碌无非是替最高统治者去"经营四方"。所以这四句诗不是一般的两句一组、上下对应的。"何日不行"，是说一年之中没有一天不在外奔走，而"何人不将"，则指万民无不从事劳役，几乎无一人可以幸免。前一句指一年中的每一个日子，后一句指一国中的每一个人。"将"与"行"是同义词，都是指四处奔走。我们不妨用《小雅》中的《北山》一诗来对照一下。

《北山》里是这样写的："溥（普）天之下，莫非王土，率土之滨，莫非王臣。大夫不均，我从事独贤。"这里的"贤"是多劳的意思。《北山》的作者抱怨自己受到不公正的待遇，同那些高高在上的"大夫"相比，只有他一个人辛辛苦苦，奔波劳碌，他感到心里委屈。这还只限于个人的遭遇。而这首《何草不黄》，就不是微弱的呻吟而接近于大声疾呼的呐喊了。所以在第二章的末尾，诗人竟然愤慨地说："哀我征夫，独为匪民？"译成口语，就是："可怜我们这些征夫，难道唯独我们就不是人了吗？"

第二章还有几个词比较费解。首先"何草不玄"的"玄"字。旧注都把它讲成黑色，认为草枯之后逐渐由黄变黑。这本不算错。但清人陈奂在《诗毛氏传疏》中却把"玄"字讲成了"蔫"。我们常说花草快要枯萎时就打蔫儿。"玄"就是打蔫儿的意思。第一章的"黄"形容草枯时的颜色，这里的"玄"则是指草枯时的形态。我觉得这个讲法很形象，比讲成黑颜色更生动细腻。其次是"何人不矜"的"矜"字。这个字在这里可以读"鳏"，指丧妻的男子。可摆在这儿就不大好讲。马瑞辰认为这个"矜"是"瘝"的通假字，"瘝"与"鳏"同音，当生病讲。连上第一句，意思说，没有不打蔫儿的草，没有不累得生了病的征夫。所以下面接着说："哀我征夫，独为匪民？"

第三章，诗人的口吻就更加激烈了。"兕"和"虎"都是野兽，只有这种猛兽才整天在旷野里行走。诗人说，我们又不是野兽，竟然整天在荒山野地里奔走。可怜我们这些征夫，想要休息一下，却连一朝一夕的闲空都没有。难道人真的连野兽都不如么？

最后一章，又用毛尾蓬松的狐狸来起兴。意思说，只有野生的狐狸才在深草丛中钻来钻去，而在我们的大路上，只有远行的征夫们乘坐着高高的栅车来来往往。

全诗四章，先用到处都有而听其自生自灭的野草起兴，然后又用一年到头在旷野荒草中生活的各种野兽打比方，说明这些终年奔走于四方的服劳役的人，就跟草木禽兽一样，既不能享受人类应有的待遇，更谈不上过安居乐业的生活。作者把一腔哀怨愤激之情，用极为精练的语言写得淋漓尽致。这在《小雅》的诗篇里，称得起是千锤百炼之作。我们不禁为两千多年前的诗人大声喝彩了。

↘ 原　文

采　薇

采薇采薇，薇亦作止。曰归曰归，岁亦莫止。靡室靡家，猃狁之故。不遑启居，猃狁之故。

采薇采薇，薇亦柔止。曰归曰归，心亦忧止。忧心烈烈，载饥载渴。我戍未定，靡使归聘。

采薇采薇，薇亦刚止。曰归曰归，岁亦阳止。王事靡盬，不遑启处。忧心孔疚，我行不来。

彼尔维何？维常之华。彼路斯何？君子之车。戎车既驾，四牡业业。岂敢定居？一月三捷。

驾彼四牡，四牡骙骙。君子所依，小人所腓。四牡翼翼，象弭鱼服。岂不日戒？玁狁孔棘。

昔我往矣，杨柳依依。今我来思，雨雪霏霏。行道迟迟，载饥载渴。我心伤悲，莫知我哀。

何草不黄

何草不黄，何日不行。何人不将，经营四方。

何草不玄，何人不矜。哀我征夫，独为匪民？

匪兕匪虎，率彼旷野。哀我征夫，朝夕不暇。

有芃者狐，率彼幽草。有栈之车，行彼周道。

寓情于事　涵情于物

《诗经·氓》的叙事艺术及其文化内涵

张丛林

作者介绍

张丛林,1953年出生,安徽省安庆市人。1982年7月毕业于安庆师范学院汉语言文学专业,获文学学士学位。毕业后在高校从事教学至今,1994年晋升为副教授。

推荐词

《诗经·氓》进入中学课本后,关于"氓"有许多争论。怎样认识氓、怎样评价氓,怎样认识女子,怎样认识女子的处境,成为学习这篇诗作必须讨论的前提。张丛林先生的这篇文章或许有助于解决这方面的问题。

和古希腊长篇英雄史诗以叙事为主不同，中国早期诗歌一开始就走上了以抒情为主的道路。《诗经》三百零五篇，大多是抒情短章。但是，抒情和叙事本来就分不开。《诗经》几乎每一首又都是通过叙事来抒情的。寓情于事，涵情于物，这是中国早期诗歌现实主义风格的突出特征。而《诗经》中的有些篇章在叙事方面已比较成熟，其中，《卫风·氓》是叙事艺术较为成功的篇章之一。

《氓》可以算是中国最早的一首弃妇诗（《诗经·邶风·谷风》虽然也被认为是一首弃妇诗，但该篇写一女子因丈夫娶新人而受冷落，家庭地位降低，遂生怨谴之辞。夫妻尚未相弃，不能算是真正的弃妇诗），它主要描写一个结婚多年的妇人被丈夫无情抛弃的悲剧，揭示了当时妇女任人宰割屈从受辱的严酷现实，具有相当的典型性和普遍性。

诗歌以女主人公自述的方式，诉说了一桩不幸的婚姻，展露女主人公悲苦激愤的内心世界。全诗分为六章，第一、二两章写恋爱订婚的过程，是全篇中纯粹叙事的章节。

首章写氓借贸丝之名，与女主人公谋划婚事。根据后面章节"总角之宴，言笑晏晏"两句来看，氓与女主人公当是青梅竹马，两小无猜，是很有感情基础的。而"来即我谋"之"谋"，应是谋划婚事，而并非初识恋爱，两人的相识已有一段过程。因此，"送子涉淇，至于顿丘，匪我愆期，子无良媒"，是写女子送氓回家，一路上谈话的内容都是婚事，而氓想早娶，却因无有良媒，女方父母尚未应允，以致氓以为女子思想不坚而生怨言。所以，女方为表明心迹，遂不顾父母之命，私下许诺婚期，"秋以为期"，是说今年秋天乃是我二人婚嫁之期。这里我们可以知道两点，一是女主人公对氓爱恋之深，二是这个女子公然违背父母之命，自定婚期，足见其很有主见和反抗精神。

第二章就叙事而言是全篇最为精彩的篇章。"乘彼垝垣，以望复关。不见复关，泣涕涟涟。既见复关，载笑载言"，这种对有情男女幽会场面的描写，以及对女主人公情感变化的叙述，都十分自然质朴，毫不雕饰，它把一个纯情少女坠入爱河中的神情姿态，刻画得入木三分，形神兼备。

这种描写很有现代电影蒙太奇的效果，我们仿佛看到一个多情少女盛装登上村头的墙垛，向意中人居住的方向凝神眺望，这时候，她觉得片刻的时间也如同经年历月，是那么漫长。当她的视线所及还没有出现意中人的时候，她痛苦异常，不觉泪眼潸潸，"泣涕涟涟"了。可是，当氓出现在她的眼前时，她转悲为喜，喊着笑着，飞快地朝氓奔去，她完全沉浸在这种狂喜之中，仿佛这世界存在的只有他们两个。这是多么富有生活气息、激动人心的场面啊。诗歌叙述的语言虽然简练，却能给人以无限的遐想，即使是现代的叙事性文学作品，能在简洁叙述中给人以丰富广阔的想象空间，也是不可多得的。"尔卜尔筮，体无咎言。以尔车来，以我贿迁。"男女双方虽是私订终身，但也并非视婚姻为儿戏，而是很认真地占卜了一番，在卦辞没有凶咎之言时，女子才最后答应婚事，"以尔车来，以我贿迁"。但是，后来的婚变，男方的负心，自己的遭遗弃，说明"体无咎言"的占卜很值得怀疑，而从叙事的角度而言，以后情节的发展恰与本章所叙形成鲜明的衬照。这种"以乐景写哀，愈倍增其哀"的艺术手法，为《诗经》之后的历代文学家们所借鉴。

第三章基本是插入记叙中的议论之辞，在全诗中起到了深化主题的作用。这种表述方式的变化，正体现了本诗在叙事结构上的灵活性。女主人公以自己的痛苦经历向世间女子提出严肃的忠告：当一个女子豆蔻年华、花容月貌之时，她的确能够得到男子的爱恋，男女双方都会坠入情网。但是，"士之耽兮，犹可说也，女之耽兮，不可说也"，男子爱上一个女子，随着时间的推移，感情会日见平淡，而女子爱上了一个男子，则会日久弥深，以致不能自拔。这是世间男女对待爱情的不同心态。"于嗟女兮，无与士耽"，世间的少女们啊，可千万不要和男子们厮混。这些语言虽不免过激，却也包含有合理的因素：在当时的社会制度下，已婚女子在家庭中毫无经济地位，视丈夫为终生依靠，对婚姻感情的专一，就是对未来安稳的人生的把握。而丈夫拥有经济的主宰权，贫穷患难时还可以与糟糠之妻共命运，一旦富有，则生"淫欲"之念，娶新弃旧。因而在婚姻生活中，女子总是处于任人驱遣宰割的不幸地位。诗中女主人公的婚姻悲剧是很有社会普遍性的。

第四、第五两章写婚后生活，叙事中兼及议论抒情。婚后的生活绝无婚前瞻想的甜蜜，"三岁食贫"的艰辛的物质生活,"夙兴夜寐"的无休止的辛勤劳作,女主人公都可以忍耐承受,只要夫妻谐和,甘苦与共,这些本也算不了什么。可令人心酸的是,在她为家庭、为婚姻付出了青春代价而人老珠黄之后,所得的报答却是丈夫的虐待和抛弃,这些才是使她心如死灰、对丈夫彻底失望的根本原因。她愤怒地控诉:"士也罔极,二三其德。"男人们婚姻没标准,都是反复无常的负心汉。过激的言辞饱含着对氓一类的负心汉的无情鞭挞。而更令女主人公心寒如冰的是,自己遭受如此不幸,亲兄弟们不仅不予同情,反而耻笑嘲弄。"诉说"本是人类排解痛苦忧闷心情的一种方式,是弱者无奈于命运的终极需求。俄国作家契诃夫的小说《苦恼》中的车夫,鲁迅《祝福》中的祥林嫂,都是在遭受失子之痛的打击后,四处寻求诉说对象的。本诗中的女主人公在遭受丈夫虐待遗弃的婚变之后,同样有着这种心理需求。可亲兄弟尚且如此,还有谁愿意做她倾诉的听众呢?"静言思之,躬自悼矣",既然人情如纸,世态炎凉,她就只能在反躬自悼、自悯自怜中聊获慰藉了。

最后一章回忆的思绪走得更远,当年两小无猜、青梅竹马时的两相欢悦海誓山盟的情景还历历在目,而如今氓却抛弃了她，氓前后感情的巨大反差，使她悔恨愤激，彻底失望，这才决定抛弃幻想，与氓一刀两断。从一定角度而言，"决断"是这桩婚姻的不幸的悲剧结局，但是，与其把它看做是这桩婚姻的死亡，毋宁说这是她新的人生的起点。她以女性少有的清醒与坚强，从这桩不幸婚姻的泥沼中脱身而出，迈向新生。因而，悲剧的主题蕴涵着积极的人生意义。一个有着鲜明生动性格的人物形象的塑造也在这里画上了圆满的句号。

《氓》同《诗经》中的绝大多数篇章一样，兼用了赋、比、兴三种表现手法，而以赋为主。关于比和兴，古人分别得并不是很清楚，在实际运用中往往是兴中有比，比中有兴。譬如本诗中"桑之未落，其叶沃若"，"桑之落矣，其黄而陨"，就是比中有兴而比义更显；"淇则有岸，隰则有泮"两句纯粹用来比喻愁思的漫长无边，也就不属于朱熹所谓"先言它物以引起所咏之辞"的"兴"了。按朱熹的说法，"赋"即是直言其事，实际也就是叙事。而叙事是要讲究技巧方法的，本篇在叙事方面是很有特色的，归纳起来有以下几点。

第一，叙事视角的双重性和内容的对比性。现代写作学将叙事方式分为顺叙、倒叙、补叙和插叙四种。《诗经》时代的作者，虽然在写作方法方面尚处于不自觉的时期，但已经开始注意运用叙事的技巧了。例如本篇就是顺叙、倒叙兼用。首先，就女主人公诉说这桩不幸婚姻的时间来说，恋爱，结婚，受虐，这些都是过去了的事，现在只是回忆追述。从写作发生学的角度而言，这里运用的就是倒叙的手法。但就故事发展的线索方面看，诗歌从恋爱写到结婚，再写婚后生活的不幸，直至两相决绝，从开端写到结局，这又应该是顺叙。两种不同的叙事方式交相兼容，从而构成了本诗双重性的叙事视角，这也是《诗经·氓》在叙事结构上最主要的特色。另外，本诗在内容上前后形成了鲜明的对比。就本诗整篇而言是悲剧，但前面两章则以喜剧的笔法着力写男女双方如胶似漆的爱恋。这种对恋爱场面浓墨重彩的描写，与后面情节的发展形成巨大的反差，男女双方爱恋的感情愈炽烈，与后文二人感情的冷落对峙形成的对比就愈加鲜明。氓婚前对婚事的渴望愈切，就愈加突出其婚后对妻子残虐施暴行为的可耻；而女主人公先前对氓爱得愈是那样死去活来，她在遭受遗弃时内心也就愈加悔恨悲愤和枯寂凄凉。这种以乐衬悲的手法增添了本篇表达艺术的光彩。它使人物形象的刻画更加鲜明,诗歌表达的内容也更为深刻。

第二,人物性格的完整性。《氓》的开头两章在全篇中叙事的笔墨最为集中。其突出的特点就是以人物的活动为叙事中心,并通过人物活动的描写来刻画人物的性格。诗的首章写氓以贸丝为名,与女方谋划婚事,以及女方送氓回家,直到涉过淇水,许诺"秋以为期"。第二章写女方"乘彼垝垣,以望复关",与氓幽会,包括见到氓前后的动态神情,乃至于"尔卜尔筮"的行为等等,其叙事的中心都是人物的活动。在这两章的叙事中,女主人公的纯真多情、热忱专一和富有主见的性格无一不纤毫皆现、栩栩如生。对氓的正面描写虽着墨不多,但他对婚事的渴望,对恋人的眷眷爱意,以及急躁易怒的个性也是十分鲜明的。笔者阅读过的有关《氓》的赏析文章,都认为氓一开始就是一个婚姻骗子。"蚩蚩"一词有两解:一曰忠厚貌,一曰嬉笑貌。持"忠厚"者说氓伪装忠厚,持"嬉笑"者说氓嬉皮笑脸,总之氓本来就不是个正派人。这种看法是值得商榷的。因为人是环境的产物,往往随着环境的变化而变化。好人可以变成坏人,坏人也可以变成好人,历史上、现实中都不难找到这样的例子。也许氓本来是忠厚的，只是婚后经过努力，家境好转，而妻子由于生活的艰辛、岁月的流逝，已是花容不再，这时氓才可能移情别恋，施暴于妻。倘若氓一开始就是一个感情骗子，那又何谓"总角之宴，言笑晏晏"，何谓"士也罔极，二三其德"？氓的感情的变化是符合生活逻辑的。而将氓看成生来就坏，性格一成不变，则是不符合实际的。总之，诗中男女主人公性格的刻画是鲜明的、完整的。

第三，叙事方式的灵活性。作为叙事诗，《氓》十分注意叙事方式的变化。开头两章纯为叙事笔墨，叙述男女双方恋爱、订婚的过程。主要以人物的行动为叙事中心，以刻画人物的性格、表现男女双方婚前相互热恋的思想感情，作为后文的铺垫和衬照。而以下四章则是叙事兼议论，其中议论的文字直抒胸臆、袒露无碍地进行内心道白，以表现在这桩不幸婚姻中女主人公心中的悔恨、怨恨和愤恨。在紧接头两章描写男女双方热恋订婚的场面之后，第三章笔锋一转，以纯粹议论的文字表达女主人公对男女情爱的深刻认识和对婚姻的痛苦反思，批判的触角直抵整个男性世界。这种以自己痛苦的婚姻经历为代价而获得的认知，正是女主人公对世间女子提出忠告、对男性世界进行鞭挞的凭借。因而本章议论的文字在全篇中就起到了深化主题的积极作用。第四、五、六章都是叙事中有议论，章法较第三章又有变化，在叙事中穿插议论不仅仅是章法的变化，而且通过议论大大增强了诗歌的抒情意味，增加了人物性格刻画的力度。"士也罔极，二三其德"，揭露负心男子在婚姻中扮演的丑恶角色；"静言思之，躬自悼矣"，深刻揭露了世态的炎凉和人心的淡薄，以及女主人公内心的悲凉与枯寂；"反是不思，亦已焉哉"，则反映了与氓彻底决绝的决心。总之，叙事中的议论既表现了本篇叙事方式的灵活性，也丰富了叙事的内涵，因为它直接揭露了负心汉的丑行，揭示了女主人公丰富的内心世界，对刻画人物形象起了直接而有效的作用。因而，本篇中的议论就成了叙事的别一种方式。

作为中国古代最早的一首弃妇诗，《氓》有着深刻的文化内涵，这种文化内涵的核心就是妇女与婚姻问题。在中国古代，婚姻从来就是文学的母题。而在历代文学作品中表现的男女平等的爱情婚姻不过是一种理想罢了，现实生活中则并非如此。在阶级社会的传统婚姻中，妇女一直处于被动的地位。奴隶社会如此，封建社会尤其如此。在奴隶制度的《诗经》时代，女子私奔还比较常见，尚不一定受到社会舆论的多大谴责，而在几千年的封建社会里，由于儒家思想和宋明理学的影响，女子私奔就被认为是可耻的失节行为，不仅受到整个社会的谴责，甚至还会受到族权的严厉惩罚，包括剥夺生命。限于篇幅，这里不再举例说明，我们只要看看理学家朱熹对《氓》这首诗的注释之语就可窥见一斑了。朱熹在《诗集传》中评说《氓》这首诗："此淫妇为人所弃，而自叙其事以道其悔恨之意也。夫既与之谋而不遂往，又责所无以难其事，再为之约以坚其志，此其计亦狡矣。以御蚩蚩之氓，宜其有余，而不免于见弃。盖一失身，人所贱恶，始虽以欲而迷，后必有时而悟，是以无往而不困耳。士君子立身一败，而万事瓦裂者，何以异此。可不戒哉！"朱熹这段话的意思不外这样几点。第一，《氓》中的女子与人私奔，乃淫妇之行（为其定性），而淫妇终为男子所弃，虽后悔而无益，乃自作自受，活该！第二，女子私奔乃失德之极端丑行，理应受到社会的鄙弃与憎恶。第三，此女子虽聪明狡猾，使尽手腕笼络氓，然终为所弃，这是因为女子私奔乃人所不齿，包括自己以身相许的男人也终不见容，见弃乃势之必然。第四，君子修身立德当以弃妇为戒，免得一失足成千古恨。在这里，朱熹对负心的男人没有半句指责，只是一味地对私奔的女子表示极端的鄙视憎恶，予以大张挞伐。与历代众多的历史学家、文学家把女子视为"红颜祸水"一样，朱熹等理学家更是将女人看作是君子修身立德的天敌。他们极力提倡女人"饿死事小，失节事大"，"从一而终"，就是要使女人沦为婚姻的奴隶，让男人任意摆布。儒家和宋明理学的这种妇女观、婚姻观真正是一把残害妇女的杀人不见血的软刀子。

与这种对女子的桎梏不同，几千年来的文化道德观念却对男性表现了格外的宽容，像氓这类的负心行为竟被认为是"善补过者"。唐代元稹所著传奇《莺莺传》，写崔莺莺与张生始极相爱，莺莺私下委身于张生，后终为张生所弃。而张生却这样为自己的负心行为开脱："大凡天下所命尤物也，不妖其身，必妖于人。使崔氏子遇合富贵，秉娇宠，不为云为雨，则为蛟为螭，吾不知其变化矣。昔殷之辛，周之幽，据万乘之国，其势甚厚，然而一女子败之，溃其众，屠其身，至今为天下谬笑，予之德不足以胜妖孽，是用忍情。"这是典型的"红颜祸水"论，张生玩腻了莺莺后抛弃了她，却反过来说莺莺是妖孽，这是多么可怕的歪理邪说！可是，"时人多许张为善补过者"。《莺莺传》的故事并非作者虚构，而是作者元稹亲身的经历。鲁迅在《中国小说史略》中谈到《莺莺传》时，对作者上述荒谬的言论表现了极大的憎恶，他说："元稹以张生自寓，述其亲历之境，虽文章尚非上乘，而时有情致，固亦可观，唯篇末文过饰非，遂堕恶趣。"由此可见，《诗经·氓》中的女主人公的不幸遭遇，正是广大妇女婚姻悲剧的真实写照，有着深刻的社会背景和历史文化内涵。

原　文

氓

氓之蚩蚩，抱布贸丝。匪来贸丝，来即我谋。送子涉淇，至于顿丘。匪我愆期，子无良媒。将子无怒，秋以为期。

乘彼垝垣，以望复关。不见复关，泣涕涟涟。既见复关，载笑载言。尔卜尔筮，体无咎言。以尔车来，以我贿迁。

桑之未落，其叶沃若。于嗟鸠兮，无食桑葚；于嗟女兮，无与士耽。士之耽兮，犹可说也；女之耽兮，不可说也。

桑之落矣，其黄而陨。自我徂尔，三岁食贫。淇水汤汤，渐车帷裳。女也不爽，士贰其行。士也罔极，二三其德。

三岁为妇,靡室劳矣;夙兴夜寐,靡有朝矣。言既遂矣,至于暴矣。兄弟不知,咥其笑矣。静言思之,躬自悼矣。

及尔偕老,老使我怨。淇则有岸,隰则有泮。总角之宴,言笑晏晏。信誓旦旦,不思其反。反是不思,亦已焉哉!

青春的美　圣洁的爱

《诗经》几首爱情诗赏析

皇甫修文

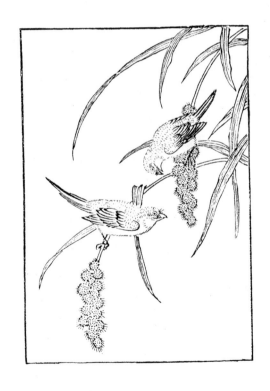

作者介绍

皇甫修文,1932年生,河南商丘人,北华大学文学院教授,吉林省作家协会会员。

推荐词

欣赏一篇作品的前提是理解,而理解则需要相关的大量知识和社会经验。皇甫先生从民俗学的背景对《诗经》中这几首诗的欣赏,首先是对先民生活状态的认识和理解,然后才是对诗中所表现对象的理解,对作品的欣赏。这篇文章也许会对读者如何阅读欣赏远离我们的古代文学作品,有潜在的启发。

《诗经·郑风·女曰鸡鸣》写一对青年男女从热恋到初定婚约的过程,在简短的对话中隐伏着情节的发展,刻画了人物性格,充满艺术谐趣。但国内学人却把这首诗理解为夫妻对话。如果理解为夫妻对话,诗的第三章——赠佩,则是多余的败笔。而这一章非但不是赘笔,而且是诗的高潮:无论诗的外在情节线索,抑或主人公内心的情感历程,至此均达到顶峰。在这高潮中,作者省略了一切不必要的叙述描写,充分发挥了语言表情达意的功能,淋漓尽致地表现了女主人公热烈而细腻的感情变化。"杂佩"是古人用珍贵的玉、石、珍珠串起来佩在身上的装饰物,常被青年男女用作定情之物,"赠佩"一章显然是初定婚约。但从诗中所描写的艺术情境看,又显然是写男女在同室而居中幸福而和谐的对话,应该怎样理解这一现象呢?原来诗中主人公所经历的是一种从母权家族制到父权家族制这一漫长历史时期,先从妻居、后从夫居的过渡婚姻形式中试验婚或阿注式望门居的自由浪漫的爱情婚姻生活[①]。

《女曰鸡鸣》这首诗截取这一爱情婚姻生活中的一个片断,真切地再现了一对青年男女在共同的游猎生活中所形成的无拘无束、情真意密的爱情关系。全诗稚气朴人,生动地描绘了封建的伦理观点尚未形成以前,青年男女在游猎中所度过的天真烂漫的生活,再现了氏族公社遗风表现于爱情婚姻关系中的某种自由的天性。流动于诗中的,是某种喜剧性的期待。诗的开头"女曰"、"士曰"规定了这首诗是由若干组对话构成,时间过程在对话中消逝,事件进程在对话叙述中或在对话叙述以外展开。整个涉猎场面和涉猎过程被诗人巧妙地做了幕后处理,但在兴高采烈的对话叙述中,读者却隐约地感到这个场面曾经存在。更为巧妙的是,对话既把无法容纳的大幅度动作留在话外,又将三章诗组成一个完整有机的整体。同时,在事件进程中,既展示了男、女主人公丰满的性格,又暗寓着这对恋人情感发展的心理历程。如

[①] 乌丙安《中国民俗学》,辽宁大学出版社1985年,第231页:"'阿注'是男女双方互称的名词,是'朋友'的意思。它是以女系为主招夫,男不过门,只到女家偶居为特点的一种古老婚俗。""试验婚……是自愿婚的一种萌芽形式。其流行范围广至东南亚一带,当地各少数民族中有建立'未婚舍',正式结婚前同居的习俗。我国佤族、怒族、彝族阿细人、撒尼人都有不同的试婚阶段。"

果把这首诗人物的对话理解为夫妻对话，则诗的第三章"赠佩"，非但构不成戏剧性的高潮，反而是多余的败笔了。

《女曰鸡鸣》具有重要的民俗学意义，也只有从民俗学角度欣赏它，才能确切把握其内涵。中国训诂学偏重语义的研究，既没有像现代西方释义学那样从语言着手理解此文，将对此文的研究上升为一种历史哲学，又忽略人类社会中无处不在的民俗因素，它的阐释仅仅停留于对作品"语言的具体含义，进行形象的描绘、说明"，而不能从整体关系对作品作历史哲学的形而上的沉思性的分析，或者把作品放回当时固有的历史环境——民俗生活的广阔天地中对其做真切的形而下的审美描述。民俗生活是辐射面最广、牵动人心最多的一种生活形态。"民俗现象在人类社会中是无处不存在的，没有风俗，人的生活也就不可想象。"民俗是人类生活中普遍存在而具有特殊本质、性能和地位的一种社会现象，它对人类社会众多领域均有很大影响。文学作品更不例外。"诗歌是为达到一种审美目的而用有效的审美形式，来表示内心或外界现象的语言现象。"它"不仅是文学领域的活动，而且也是个人生活和人民生活的基本活动"。诗的阐释和鉴赏，特别是古典诗歌的阐释和鉴赏，如果忽略甚至无视民俗因素，势必导致对诗作的曲解。

《诗·郑风·野有蔓草》本是一首写野合之美的诗，朱熹认为这是一首淫诗，当代诗歌鉴赏家仅抽象地谈论它是一首爱情诗。这都是抛开当时民俗的阐释。野外艳遇，自秦汉封建社会确立和巩固以来，被认为是淫乱的，但在一夫一妻制确立后的一个相当长的历史时期内，在某些特定的季节或时间不仅被礼法和风俗所允许，而且笼罩着一种神秘和神圣的气氛。《周礼·地官》云："仲春之月，令会男女。于是时也，奔者不禁。若无故而不用令者，罚之。"这种野合的时节在古希腊是祭酒神的狂欢节，在中国是"春社"之日。这种习俗在近代日本很多村落，在现代南太平洋的许多岛屿上，都曾经或仍然普遍地存在着。这正如恩格斯在《家庭、私有制和国家的起源》中所说，是"在一个短时期内重新恢复旧时的自由的性交关系"。《墨子·明鬼》所记载的："燕之有祖泽，当齐之社稷，宋之桑林，楚之云梦也，此男女之乐而观也。"古人之所以"在一个短时期内重新恢复旧时的自由的性交关系"，并长期保存这一风俗，从浅层社会生活看，与庆祝生子与丰收的礼仪有关，从深层社会心理看，它可能潜伏着"人们希望过去的传统的秩序、法律以及在此派生出的家庭模式、个人权威，在祭祈的昼夜里或短期内崩溃瓦解，再产生新的社会秩序、传统、权威"的内心要求。格罗塞在《艺术的起源》一书中说，"没有一种表现方式对于人类有像语言的表现那么直接的"，"没有一件东西对于人类有像他自身的感情那么密切的，所以抒情诗是艺术中最自然的形式"。这首写野合之美的诗正是人类渴求打破传统社会秩序、追求精神自由的外化形态。它以感性力量驱使语言像喷泉一样喷发，两章重叠，看似语义重复，实则反复递进地传达了那热烈而缠绵的无拘无束的青春萌动！这是一首青春的美、圣洁的自由性爱的赞歌，其审美意义在于它展示了原始遗风不伴有任何政治功利目的的两性爱情美的晶莹纯洁。欣赏这首诗，一个前提条件，首先要纠正被汉儒特别是宋明理学家所歪曲了的性的美，被儒家后期文化所亵渎了的人类童年期爱的自由、纯真。

民俗兼有文化意识和社会生活的双重特性，文化是民族的生活形式，是器物、风俗、制度、心理四层次的总称。泰勒（E. B. Tylor）认为："文化是个复合整体，它包括知识、信仰、艺术、道德、风俗和作为一个社会成员所获得的一些其他的能力和习惯。"现代美国文化人类学家和社会学家克拉克洪认为：文化包括各种外显或内隐的行为模式，"文化"一词意味着一个民族的生活方式的总体和个人从其集团所得到的社会性遗产，"一种'文化'，指的是一群人的独特生活方式，他们完整的生活样式"。所以，重视作品理解和阐释的民俗因素，实际上也就在从文化（学）视野鉴赏文艺作品了。

美国著名民族学家和社会学家莱斯利·怀特的文化理论别开生面，他认为文化是象征的总和，而"象征是所有人类行为和文明的基本单位"，"只是由于使用了象征，所有的文明才被创造出来并得以保存。正是象征，它把人类的一个婴儿变为一个人……人类行为是象征行为，象征行为是人类行为。象征是人类的宇宙"。另一美国文化学家麦基（J. B. Mekee）更进一步认为："'文化'一词是指通过社会互动建立起来的各种意义和理解的符号世界。文化就是符号的意义和理解的一种有序系统。"文化既是一种象征符号系统，又是由具体物象及种种象征符号所表现出来的人类群体的思想方式、行为模式、制度形式等等的整个生活样式。从这一角度思考文艺现象和文艺作品，就可以发现，文艺是一种典型的文化事象，一种文化的载体，其文化学内涵体现为：文艺作品是一定的文化社会关系的产物，作品的艺术情境、人物、事件，乃至每一细节、意象，都是一种文化象征物，具有特定文化的特定意义，欣赏者只有了解这种文化背景和内容，才能理解其中的文化意义，同时欣赏者又是处在自己文化背景之中的，他会从一种新的角度看出作品别一种意义来。

《诗·关雎》篇，注家蜂起，众说纷纭。青年学者何新在《诸神的起源》中考证由于古代曾实行过一种隔离两性的学宫（辟雍）制度，互相爱慕的青年男女，由于被河水隔断而难以自由相见，因此，"在较宽广的文学意义上，我们当然也可以把诗中所说的'水'看作一种广义的象征符号——暗示爱情所遭遇的各种困难。但这些诗歌（《关雎》、《蒹葭》）在情感和句法表现上的质朴和真纯，却使我们倾向于形成这样的一种看法：它们实际上……又是一种纪实——从而表明了被辟雍——学宫制度隔离开的思男、思女之间的恋情和心声"。由此看来，《关雎》原是一首经过加工的民间情歌，其基本表现手法是"赋"，是根据不同情境赋予事物以其本身不具有的某种意义的象征能力，是"所有人类行为和文明的基本单位"，在讽喻和颂扬帝王之业成为一代思潮的汉代，今文学派的《齐》、《鲁》、《韩》三家（包括司马迁、刘向)从其文化视野认定这首诗意在陈古刺今,讽周康王,"失德晏起"。古文学派的《毛诗序》为了同三家诗唱反调,其实是从同一文化情境的另一侧面,认为这首诗是歌颂"后妃之德"的赞美之辞。这种引申,当然不无牵强,但无论今文学派、古文学派,均无例外地以象征的眼光鉴赏《关雎》。于是这首诗的基本表现手法,在汉人眼里,也就由赋转为比兴象征了。这一转化,在后代读者的审美感受中,立即韵味深长起来。《关雎》表现手法的这种转化,与汉赋由直陈转化为象征,几乎是同步的。文化并非一个先验的、古今如一的框架,文艺作品,作为一种文化象征物,其内涵会随着文化结构的变化而变化,呈现丰富复杂的层次性。《关雎》的审美意义就在其随文化结构的变化而积淀的文化内涵的丰富深厚。

文化是一种不同的现象序列,"任何文化现象的意义都是在一定关系及其运动过程中产生、发展和变化的"。正如人类学家格尔茨(C. Geertz)所指出的:"文化是意义的结构。"文艺作品,作为一种典型的文化事象,它的意义"不在于作品使用的字、词、句本身的意义,不在于个别作品的形式,而在于字与字之间、词与词之间、句子与句子之间、作品中人物与人物之间、情节与情节之间或作品与作品之间等各种意义所形成的关系中。它存在于一个相互联结的网络结构中"。欣赏一首诗，了解它的原义和引申意义，就是把它放在文化的意义结构中，放在作品与作品之间所形成的意义关系中，来鉴赏它。一首诗，一部作品，在进入公共欣赏的"流通"过程中，它的原义或被挖掘光大，或被曲解、误解。这被挖掘光大或曲解误解的原义，对它以后的作品，都可能沉积为一种母题或原型性的东西。试想，如果没有《诗·关雎》诸篇的原义及其象征意义的文化滋养，会有曹植的《洛神赋》、杜甫的《佳人》、李商隐的爱情诗等源远流长的发展吗？但这里有一个前提，即以不淹没而是光大其原义为前提。诗的本义是作品深层发展的契机，是作品内在结构由以发展的潜在因素。遗憾的是，由于民俗学、文化学兴起于19世纪中叶以后[①]，中国古代文学鉴赏家不能从文化的视野以审美眼光看《诗经》中的《溱洧》、《女曰鸡鸣》、《桑中》、《野有蔓草》等篇章，加上秦汉以后封建礼教的

[①] 维克多·埃尔《文化概念》引《美利坚百科全书》云："文化作为专门术语，于十九世纪中叶出现在人类学家的著述中。"钟敬文《民俗学的研究对象、范围、方法及其他》云："民俗学作为一门科学，它的抬头是在十九世纪中叶的英国。"

禁锢，汉民族的自由天性没有得到充分发展、尽情展示，致使《金瓶梅》《牡丹亭》《红楼梦》这类不朽之作迟至明中叶以后才相继问世。《关雎》和《野有蔓草》这两种曲解对中国文学发展的正负作用，是一个更加值得深入思考的文化学问题，限于篇幅，只好另文探讨了。

↘ 原　文

女曰鸡鸣

女曰鸡鸣，士曰昧旦。子兴视夜，明星有烂。将翱将翔，弋凫与雁。弋言加之，与子宜之。宜言饮酒，与子偕老。琴瑟在御，莫不静好。知子之来之，杂佩以赠之。知子之顺之，杂佩以问之。知子之好之，杂佩以报之。

匀称和谐　典雅庄重

《诗经·小雅·采薇》的形式美探究

张永鑫

作者介绍

张永鑫,1937年生,江苏省无锡市人。1961年毕业于北京大学中文系。先后在郑州大学、苏州大学、无锡教育学院从事高等师范教育与科研三十余年,无锡教育学院中文系副教授。专攻先秦、两汉、魏晋南北朝文学研究。已出版《汉魏六朝小赋选》、《汉乐府研究》、《古典诗文论丛》、《水浒传校注》、《历代赋选注》等专著。

推荐词

本文着重阐述《采薇》的形式美,从用词的选择、语句的组织、段落的铺排、语境的造势上,表现出独特的魅力。读者是否心有同感?

记得法国17至18世纪的美学家安德烈神甫（1675—1764）在其美学名著《论美》中，曾提到有一种本质美。安德烈所认为的本质美，是指整齐之美、秩序之美、比例之美、对称之美。其实这种美学观，就是我们所说的形式美。而且，这种形式美早在我国的诗歌总集《诗经》中就已大量出现过。比如《卫风·硕人》的"手如柔荑，肤如凝脂，领如蝤蛴，齿如瓠犀，螓首蛾眉，巧笑倩兮，美目盼兮"的描写即是。《硕人》对庄姜美的描写，不仅勾勒出一位洁肤光艳、广额皓齿、妍态丽容、笑眸剪剪的美女形象，而且在艺术表现手法上也是美不胜收、淋漓尽致。《硕人》写庄姜之美共用七句，而七句可作三组，三组又几乎都是整齐划一的排偶句。它先以结构相同的四句写出庄姜的"手"、"肤"、"领"、"齿"之美，次以一结构相同而分述二物的单句绘出庄姜的"首"与"眉"之美，末以相近的双句摹出庄姜的"笑"与"目"之美。可谓刻意雕饰，浓墨重彩，镂金错彩，雕绘满眼。考古代之所谓"美"，或称之为"好"。故《说文》云："好，美也。从女子。"《方言》云："凡美色，或谓之好。"《尔雅·释言》进一步解释说："称，好也。"王充《论衡·逢遇篇》有"形佳骨娴，皮媚色称"，也以"媚"与"称"对文。《说文》曾指出："媚，说也。"闻一多《尔雅新义》曾证"媚"与"好"同义。所以《说文》、《方言》、《论衡》所说的"称"即匀称、对称。因之，"好"之所以为"美"或"美色"，原是因其匀称、对称而呈现其美。《郑风·清人》中"左旋右抽，中军作好"的"作好"，是说士卒军事演练的动作整齐规则；《小雅·大田》中"既方既皁，既坚既好"的"既好"，是说收获的谷粒颗颗大小一致，匀称齐等；《大雅·崧高》中"吉甫作诵，其诗孔硕。其风肆好，以赠申伯"的"肆好"，那便是指曲调韵律的均匀协调了。明乎此，《硕人》对庄姜美的艺术表现方法亦因其形式的匀整、句式的齐一体现出一种艺术美。这种美学观念在《诗经》中几乎比比皆是，而尤以"雅诗"最具代表。

试看脍炙人口的《诗经·小雅·采薇》，它堪称是一首古典形式美的佳构名诗。《采薇》内容反映戍卒生活，全诗六章，可划作三大部分。第一部分是诗的前三章，写戍卒的思家情切；第二部分是诗的第四、五章，写戍卒的战戍苦况；第三部分是诗的最末章，即第六章，写戍卒的归途哀叹。第一部分全用比兴，以"采薇采薇，薇亦作止"、"采薇采薇，薇亦柔止"、"采薇采薇，薇亦刚止"的时间发展顺序自成一个系统，由薇菜初生、茁壮到衰老的过程，与之相应地写出戍卒初萌归家不得、继又乡音杳无、最后以无人过问而激发出来的浓烈的思乡之苦。如果在这过程中失去任何一环，或是只写及薇菜的"作"与"刚"，只写戍卒的"靡室靡家"与"我行不来"，或是抽去薇菜的"柔"与戍卒的"靡使归聘"，那便必然会使全诗失却均衡和谐之美，而诗意也就出现了断裂。第二部分仍然采用比兴手法，写出戍卒"岂敢定居？一月三捷（接）"以及"岂不日戒？狁孔棘"的戍守边地、疲于苦战的困境。它无论从形式上抑或内容上，也是齐平相称的。如果减去其间任何一章，势必将造成形式与内容上的缺陷。《采薇》在第一部分（三章）着意渲染的戍守之久与第二部分（二章）竭力反映戍守之苦的基础上，顺理成章地使诗旨归入第三部分戍卒的归家悲叹。

第三部分仅只一章，但它以"昔我往矣，杨柳依依，今我来思，雨雪霏霏"四句组成鲜明强烈的映衬，烘托戍卒的内心痛苦。先是"昔我往矣"与"今我来思"作比，前写离家，后写归途；前写往昔，后写现在。后以"杨柳依依"与"雨雪霏霏"对照，前写柳枝青青，依依含情，春意骀荡，离思缠绵，后写雪片莹莹，凄凄幽冷，冬色悲凉，归路泥泞，由此在这一章内造成两两比照、双双掩映的艺术效果，因而成为千古传颂之句。

如此看来，《采薇》全诗共为六章，每章八句，每句四字，形成均齐整一如几何图形的图案之美。另外，全诗六章分作三组，每组的结构呈三二一的比例与次序展开，每组的表现则采用比兴联想与情景交融手法，或物以托情，或景以达情，心物相感，物我观照，和谐同一，互为表里。第一组与第三组又都从时间和季节上相互呼应，互有复叠。凡此种种，都使全诗呈露出整饬统一、匀称和谐的对称之美，形成《诗经》"雅诗"尤以"小雅"特有的典雅、雍容、肃穆、庄重的形式美。

《诗经》的形式美，是三代美学观的集中体现。只有当显示力度运动、气韵生动的"楚风"注入诗坛之时，这种形式美才有了新的变化和改观。

写情入物　苍凉凄动

《诗经·秦风·蒹葭》赏析

李时人

作者介绍

李时人,1949年生。上海师范大学人文学院教授兼文学研究所所长,中国古代文学博士研究生导师。侧重于中国古代小说(包括文言小说与白话小说)和明清文学研究。

推荐词

《蒹葭》是《诗经》中的名篇,因其被收入各种教材,又因琼瑶小说而传播,流传极广,"知名度"很高。然而,自古以来,对《蒹葭》的认识和理解却不尽相同,也正是这不同,构成了《蒹葭》的无穷魅力。"在水一方"的伊人是男是女?咏唱他的人是老是少?对诗的理解源自于诗本身的潜在魅力,李时人先生的解读为读者揭示《蒹葭》的另一种欣赏。

在《诗经》丰富多彩的情诗中,《蒹葭》是风格独异的名篇。清人王闿运评价这首诗说:"写情入物而苍凉凄动,如'洞庭秋波'之句,千古伤心之祖。"(《湘绮楼说诗》)王氏对《蒹葭》的推崇是中肯的,其评语也是很有见地的。所谓"写情入物",说的是这首诗艺术创造的手段和方法,也是这首诗艺术上的特色;所谓"苍凉凄动",则是对这首诗所达到的凄婉动人的意境的准确概括。

一首成功的诗作,总是以情感人,以意境动人的。诗人在这方面无不锐力以求,力图把读者引进那用炽热的感情色彩描绘的最宜人的画面,同抒情主人公一起歌哭欢笑。当我们吟诵着《蒹葭》这首千古绝唱时,确实不自觉地进入了一个凄清迷惘的境界——一个静静的清秋的早晨,天色刚刚微明,一切都还笼罩在晨曦之中:一望无际的青苍芦荻,苇叶上闪烁着的带有寒光的白色露珠，纵横交错、蜿蜒盘行的河道、港汊，迷雾朦胧的远方洲渚……构成了一幅萧瑟苍茫的"秋水晨光图"。在晨光中，我们依稀看到河水的涟漪上倒映着一个孤独的身影，面对着纷歧杂乱、道路难辨的河湾水网，谛听着风吹芦荻的瑟瑟声、河水流动的潺潺声，怅望着远处沙洲、岸坻的霭霭雾影。这个早行的人儿是谁？是男，是女？眉目身段，衣着穿戴，我们一无所知。但是，我们似乎清楚地听到他（她）幽秘的心灵中焦渴的爱的呼唤，清楚地看到他（她）凝神的双眼中的失意、怅惘。心有所求而不能得，惆怅的意绪深深地感染了我们，以至于我们认为或许我们自己就是感情的抒发者，或许我们原来就是带着这种感情体验进入诗篇特定的意境中的。

《蒹葭》这种艺术上的成功，无疑可以用"情景交融"四个字来形容。实际上，《蒹葭》之所以成为千古绝唱，也就在于它创造了情与景相互生发与渗透并融合无间的神奇美妙的诗歌意境，而这正是我们民族对诗歌的基本审美理想和审美情趣。不过，达到诗情画意浑融的艺术境界可以有多种途径和方法。王氏将其归结为"写情入物"，实是准确把握了这首诗的艺术创造之妙。所谓"写情入物"，首先重在"情"字。在诗中,情和景是同存却不能并列的因素。"情为主,景为客。"(李渔《窥词管见》)诗歌中的景物描写,归根到底是一种表达感情的手段,"一切景语皆情语也"(王国维《人间词话》)。诗人或借景言情,或寓情于景,或缘情布景,都不过是使自己内在的感情外化、对象化和形象化。因此,情是诗歌的生命所系。王氏说《蒹葭》"写情入物",即视"情"为主动因素,抓住了事情的根本。

《蒹葭》是一首情诗。它所抒发的那种爱情的焦渴和失意的感情是深婉凄怅的,也是正常和健康的。爱情是双方的事情,并非所有的爱的追求都是一帆风顺的,因种种原因,恋爱的目的不能达到,在今天也是常常会遇到的事情。因此,《蒹葭》所表现出来的感情是真实的。而"溯洄从之"、"溯游从之"的上下求索,全诗三章的反复叠唱,又表现了抒情主人公爱的殷切和执着。作者正是把这种一往情深的真实感情,通过反复的叠唱,通过读者的心理作用,浑然无迹地注入景物。读《蒹葭》诗,首先进入我们脑海的是苍苍的芦荻、凝霜的白露、曲水盘流、点点沙洲。虽然我们很快地感觉到抒情主人公的存在,甚至他(她)所热烈追求的对象也闪动着身影——"在水一方"、"在水之湄"、

"在水之涘",但是我们仍然没有见到人物行动的直接描写,所见仍然是景物——"道阻且长"、"道阻且跻"、"道阻且右"。虽然对象就在那儿——"宛在水中央"、"宛在水中坻"、"宛在水中沚",却似乎怎样也不可能达到目的。就在这种可望而不可即中,我们感到一种内心的骚动和压抑,感到诗中感情的流动、意绪的回环。诗中的景物,那芦荻,那白露,那河道,那洲渚,因此都被注入感情和意绪,并且带着这种感情和意绪在摇曳、动荡,或者说,它们因感情的作用而意象化了。那瑟瑟的芦荻仿佛在歌唱着哀怨的心曲,那未晞的白露仿佛凝聚着失望的目光,那蜿曲的河道里流动的仿佛是绵绵不尽的愁思……我们仿佛感到整个世界、天地万物都是那样苍凉和令人惆怅。我们因此进入一个诗的美学境界,受到感染,消融了自我。

《蒹葭》诗"写情入物",不仅创造了一个"苍凉凄动"的艺术境界,而且,它"入物"入得如此之深,以至于诗中的"蒹葭"、"白露"等具体形象和诗中所表现的感情浑然难分,并因此成为后代文学作品经常沿用的悲秋怀远的典型物象。像左思《杂诗》中的"秋风何烈烈,白露为朝霜",鲍照《游思赋》中的"对蒹葭之逐黄,视零露之方白",多至不胜枚举。无怪乎王闿运要说《蒹葭》是"千古伤心之祖"了。

↘ 原 文

蒹 葭

蒹葭苍苍,白露为霜。所谓伊人,在水一方。

溯洄从之,道阻且长;溯游从之,宛在水中央。

蒹葭萋萋,白露未晞。所谓伊人,在水之湄。

溯洄从之,道阻且跻;溯游从之,宛在水中坻。

蒹葭采采,白露未已。所谓伊人,在水之涘。

溯洄从之,道阻且右;溯游从之,宛在水中沚。

关系人伦　诗教发凡

《诗经》"四始诗"
《关雎》《鹿鸣》《文王》《清庙》赏析

金启华　金小平

作者介绍

金启华,1919年生,安徽来安人。1947年毕业于中央大学,文学硕士。历任中央大学、国立戏剧专科学校、山东师大、南京师大教授,全国高等教育自学考试委员会中文专业委员,主要从事中国古典文学的教学和科研工作。主要著作有《国风今译》、《诗经全译》、《杜甫论丛》、《诗词论丛》、《中国词史论纲》、《匡庐诗》、《新编中国文学简史》等。

金小平,浙江师范大学行之学院教师。

推荐词

读中国古代文学不可不读《诗经》,读《诗经》不可不知"四始诗",读"四始诗"不可不知何为四始,为何四始。看金先生讲"四始诗",方知何谓学问。

中国第一部诗歌总集是以风雅颂三类诗来编排的。即以《关雎》为风诗之始,《鹿鸣》为小雅之始,《文王》为大雅之始,《清庙》为颂之始,合称为"四始"。这四首诗篇,各有其独自的题旨及其写作手法和艺术风格。但合而观之,这样的编排又与所谓传统的诗教密切配合的。我们不否认传统诗教对后来诗歌有不可低估的影响,但把四始诗篇总合起来认识它们的意义,又是我们这篇文章所要阐发出来的。我们认为四始诗关系人伦至巨,为伦理学提供了丰富而有益的文艺资料。如《关雎》写男女爱情,实为人伦之始;《鹿鸣》写友朋之欢宴,实为人伦之一环;《文王》写文王之功德,实为阶级社会中所称之君臣之正确关系;《清庙》写祭祀之肃敬,则系寻根追远之行为。总之,这四篇诗都是关于人伦的,把夫妇、朋友、君臣、祖孙等关系均通过文艺作品的形式形象地表现出来,使文艺的社会功能充分发挥出来，其诗教意义发凡也即在此。当然《诗经》中的其他篇章也有更多的关于男女、兄弟、朋友、君臣、父母、子女等关系的描绘，可以给我们更丰富的伦理知识方面的资料，也形象地再现伦理方面的人物，予读者以具体的感受。这里，不过是想起一个发凡的作用，只以《诗经》的四始诗来赏析，亦是举一反三罢了。同时，也想把这篇赏析文字提供给海外的炎黄华胄。忆启华在美国华盛顿大学讲学时，接触到很多侨胞，他们组织有中华伦理学会，曾请我谈伦理和诗教这方面的问题。这就也促使我把这篇文章写出来和他们交流。

关　雎

关关雎鸠，在河之洲。窈窕淑女，君子好逑。
参差荇菜，左右流之。窈窕淑女，寤寐求之。
求之不得，寤寐思服。悠哉悠哉，辗转反侧。
参差荇菜，左右采之。窈窕淑女，琴瑟友之。
参差荇菜，左右芼之。窈窕淑女，钟鼓乐之。

这首诗，是《诗经》中的第一篇，也是中国第一部诗歌总集的第一篇，历来为人们所重视，但也因而有各种不同的解说。如说它是歌颂后妃之德，或说它是讥讽康王晏起，等等。不过我们阅读原诗，觉得这些都是题外之旨，与本诗的内容无关，因而不取其说。我们是把《诗经》作为文学作品而阅读，重视它的内容，注意它的技巧，也考虑到它的社会效果，这样，阅读这首诗，可以得到较正确的理解，而欣赏它的美学趣味。不过我们也不放弃前人对这首诗较正确的解说，如说它是人伦之始，又说它是乐而不淫，这就可以给我们一些启发，来推衍它的意蕴。这首诗无疑是一首男女的恋歌，男女的婚姻大事确是人伦之始，而含有成家立业的意思。求食求偶，是关系到人类生存繁衍的问题，诗篇接触到这一重大问题，又最早出现在第一部诗集里，哪能不使人重视呢？至于本诗的写作技巧，兴而有比，含而不露，又以赋的手法铺陈开来，反复吟咏，实是一篇完美的诗篇，显示出中国诗歌良好的开端，是给我们很多启发的。

诗，共分五章，每章四句，皆为四言。首章兴而有比，以关雎之鸣声起兴，也含有和鸣的关雎和男女唱和之意，这是比。"窈窕淑女"点题，"君子好逑"，更申述男女之匹配，二章再以"参差荇菜"点明是在水边，而"左右流之"

则是人在想捞荇菜。这又是用比,和下文铺写"窈窕淑女,寤寐求之"相映照,显得境美、人美。三章则引申求淑女而不可得的相思(有的注本是把二、三章合为一章的,亦通)。追求呀追求,"求之不得,寤寐思服,悠哉悠哉,辗转反侧"。这里尽量抒写相思之苦恼。想呀想,夜里想,睡不着,白天更可想而知。真是多情种子。诗篇中翻腾的抒情可以说是达到高潮。四章再以荇菜起兴,紧接描写求女之行为。五章亦然。只是换了一个字,四章为"采"字,五章为"芼"字。采它、拣它,动作一层进入一层,而对那"窈窕淑女"也是先以"琴瑟友之",再以"钟鼓乐之",亲近她、娱乐她。然而我们不禁要问,这样相思究竟成就其好事没有呢?诗里没有交代。我们说四、五章如果是想象之辞,则是留一个美好的愿望,愿天下有情人都成眷属。如果说是实指,则是在琴瑟声中亲近她,钟鼓音中娱乐她,在这和谐美妙的音乐声中谈情说爱,真是蜜甜滋味。不管是想象也好,实指也好,总之,是纯真的爱。爱的纯真,不是乐而不淫吗?不是升华的美吗?这一永恒的主题,在《诗经》中第一次出现,真是值得重视的啦。这首诗,从背景来说,是在河洲、水边,又有关雎、荇菜,衬托那"窈窕淑女",是诗中有画，画里传情。而情的抒泻，又似水之流，无有已时。是一首绝妙的抒情诗。

在结构上，它是单章与重调交替进行，一、三章为单章，二、四、五为重调，错杂开来。而抒写情怀，毫不凝滞。二、三章的一尾一首，又似顶针续麻，起着一泻无余而又加深描绘的作用。重调的反复歌咏，四、五章是一层推进一层，又横添了浓郁的喜庆欢娱的气氛。至于有的句式完全是散文句法，如"关关雎鸠，在河之洲"，"求之不得，寤寐思服"。写景清丽如画，抒情直截了当，又显出它的语言的明白朗畅。再如叠字、双声叠韵字、虚字等的运用，无不惟妙惟肖，而又音响动人。在韵位的安排上，多为一、二、四句押韵，开后代五七言诗用韵的不二法门。

鹿　鸣

呦呦鹿鸣，食野之苹。我有嘉宾，鼓瑟吹笙。吹笙鼓簧，承筐是将。人之好我，示我周行。

呦呦鹿鸣，食野之蒿。我有嘉宾，德音孔昭。视民不恌，君子是则是效。我有旨酒，嘉宾式燕以敖。

呦呦鹿鸣，食野之芩。我有嘉宾，鼓瑟鼓琴。鼓瑟鼓琴，和乐且湛。我有旨酒，以燕乐嘉宾之心。

这首诗为小雅的首篇，又系描写宾主宴饮之乐的诗篇，所以一向为人们所重视。诗写主人宴客，客对主人加以忠告，主人表示感激，咏之于诗，享之以酒。诗为三章，每章八句，为重调组成，仅二章第六句、第八句为六言，三章第八句为七言，稍加变换，使诗篇有曼声多意之趣，增加诗的音乐美。诗虽为重调，但每章主旨不同，首章系赞美嘉宾奉礼品献忠言，敷衍其事，意态恳挚。诗一起以"呦呦鹿鸣"起兴，"鹿"、"禄"谐音，"呦呦"、"悠悠"同声，当有福禄长久之祝。"食野之苹"，则含有食物广多之意。而"我有嘉宾"到来之时则奏乐献礼，热闹非凡。然而不落俗套，嘉宾之来非徒为酒食，而有美言之告，"人之好我，示我周行"，所谓君子爱人以德，客人对主人的爱护，是指示他向大路行，也就是不走旁门左道。诗是有积极意义的。写宾如此。这首诗，旧解以为君臣相得之乐，亦通。但我们今天从文学角度来欣赏这首诗，以主客、友朋之款待来看待这首诗，当更有广阔的社交意义。二章，首二句仅以"蒿"字换了"苹"字，而描述嘉宾则发挥了他的"德音孔昭"（说话精妙），因而"视民不恌"（人民见他不敢轻佻），"君子是则是效"则是官儿们向他学习，把他仿效。这又是从上章的"人之好我，示我周行"引申、扩展而来。诗意则似断实连。于是为着优待嘉宾，"我有旨酒，嘉宾式燕以敖"。点了宴宾之旨，而又不是徒为酒食。三章"呦呦鹿鸣，食野之芩"又只换来一个"芩"字，但在"我有嘉宾"之下，则是"鼓瑟鼓琴"。"鼓瑟鼓琴，和乐且湛。"一再重复，极显宾主契合之趣。而"我有旨酒，以燕乐嘉宾之心"，又以长句来拖长这一音响，延续这一乐趣，真是其乐无穷，宾主尽兴，而诗味则无有已时。

这首诗，音节顿挫，音响悠扬，读起来朗朗上口，叠字、虚字运用得极为巧妙。如"呦呦鹿鸣"之"呦呦"，"食野之苹"、"人之好我"之"之"字，"君子是则是效"之两"是"字，"嘉宾式燕以敖"之"式"字、"以"字，"以燕乐嘉宾之心"之"以"字、"之"字，等等，均能以虚字传神，舒缓诗的语气，增加韵味。而顶针续麻的写作手法在诗中用来，又特别增加欢乐气氛，如首章之"鼓瑟吹笙，吹笙鼓簧"，三章之"鼓瑟鼓琴，鼓瑟鼓琴"。不但不觉重复，反而觉有诗趣，和宾主之欢乐燕饮，又都是和谐的一致的。诗虽为重调，一、三章章法相同，每章前六句均写鼓瑟、吹笙、鼓簧、鼓琴欢乐场面，只是一章末二句为写宾告主人以大道，三章末两句写主人感激嘉宾享之旨酒。二章则突出写嘉宾之仪容言行堪为官民之表率，末两句则又与三章之末两句相似。这样在重调中又有变化，增加了诗歌的句式美。

就上所述，可以看出这首诗歌是社交场合中的一篇常用乐章，其写宾主的融洽，相敬以礼，相爱以德，相享以乐，相慰以酒，是可以增友谊而敦风俗，无怪乎历来都为各朝代举行大宴会的命名，或亦奏此乐章。现在我们虽因原有诗谱的失传，听不到它的乐音，但当今某音乐家曾为其谱出新曲，演唱其辞，曾风行一时，历久不衰。足见这首诗具有极强的生命力，并有其青春的魅力。

文 王

文王在上，於昭于天。周虽旧邦，其命维新。有周不显，帝命不时。文王陟降，在帝左右。亹亹文王，令闻不已。陈锡哉周，侯文王孙子。文王孙子，本支百世。凡周之士，不显亦世。世之不显，厥犹翼翼。思皇多士，生此王国。王国克生，维周之祯。济济多士，文王以宁。穆穆文王，於缉熙敬止。假哉天命，有商孙子。商之孙子。其丽不亿。上帝既命，侯于周服。侯服于周，天命靡常。殷士肤敏，祼将于京。厥作祼将，常服黼冔。王之荩臣，无念尔祖。无念尔祖，聿修厥德。永言配命，自求多福。殷之未丧师，克配上帝。宜鉴于殷，骏命不易。命之不易，无遏尔躬。宣昭义问，有虞殷自天。上天之载，无声无臭。仪刑文王，万邦作孚。

这首诗，是大雅中的首篇。我们知道《关雎》是风诗之首，写男女爱情的，《鹿鸣》为小雅之首，是写友朋宾主宴饮之乐的，都是写现实生活以及伦理关系的，而本诗则是政治诗了。

诗，共分七章，每章八句。前三章写文王的在天之灵，写他的声誉，写他的培养人才。第四章为一过渡，写他以光明正大的行为，使商朝的子孙来臣服。后三章则写商朝人士臣服后，来助祭，告诫他们要顺天命、修品德，告诫他们莫违天命，要信服文王。诗的政治意味很浓，但又以天命与德行为得天下的主要原因。本来，中国古史所记载的所谓仁君有尧、舜、禹、汤、文、武,而文王生前并未曾为天子,武王为天子时追尊其为天子的,而亦实文王之仁之德,使周家能有天下,并享有八百年历史,所以歌颂他也是很自然的。诗以赋的手法为主,铺陈开来描写文王行为品德,以及造福后世培植人才的政治效果。又以殷之衰亡为对照描写,但绝无谩骂讨伐之辞,而只点出其失去民心违背天命而已,又勉其臣下当效忠周邦。层次极为清晰,其语言则典雅端庄,平易明白,实为诗典范之作。其韵位则一章之中两易其韵,又隔句用韵,如首章之"天"、"新"同为真部,"时"、"右"则为之部。其章与章之间则用蝉联格,上章末句与下章首句有其连续意义而又敷衍开来,绵延不绝,而又首尾呼应,构成一个整体。这首诗按传统正变分法,它属于正雅之首,确是名副其实的。它虽为政治诗,但仍多表现出伦理上的问题,如提出了君臣关系,实补足了国风、小雅之始所未及者,而其描写的本支奕世等事,则更是属于伦理学的范畴了。

清　庙

於穆清庙,肃雝显相。济济多士,秉文之德。

对越在天,骏奔走在庙。不显不承,无射于人斯。

《清庙》为颂诗之始，它又是别开生面的，从社会伦理方面看来，以往风雅中所写的事件，都是人的现实生活。颂诗则都是写神灵的，写人与神灵的关系，也就是所谓祭祀诗。古人认为"国之大事在祀与戎"，把战争与祭祀并列，足见在他们心目中，祭祀与战争同样为国家的重大政治事件，而祭祀尤为他们对祖先的怀念。对祖先的功德给他们带来今天的幸福以志不忘，这又是对伦理方面的另一补充。颂诗的出现，是把伦理学所涉及的各个方面都以诗歌的形式描写出来了，其意义是很玄远的。从整个《诗经》来看，则是把人的生前死后各种情况都写到了。也就是写人又写神灵，人与人、人与神的关系都描写到了，的确是很全面的。这首诗，第一句写庙之氛围，"於穆清庙"，译文即："啊，美啊，清净的宗庙。"紧接着写陪祭的人，"肃雝显相"，译文为："诸侯们恭恭敬敬来陪祭。"写陪祭的人，而主祭者自在不言中，却省文见义了。"济济多士，秉文之德"，译文即："执事的人们整整齐齐，把高尚的品德来保持。"是又写参加祭祀的人们都是品德端庄。"对越在天，骏奔走在庙"，译文为："对于奔走在天上的神灵，大家匆匆奔走在庙里忙祭礼。"这就写到人们对神的敬礼有加。"不显不承,无射于人斯",译文为:"神灵显于天,人们尊敬他,从来不厌倦呀。"写人们对神永远祭祀,从不懈怠。诗篇仅首句点题,其余则写祭祀者之肃敬端庄的仪态,以及对神的虔敬和历久不衰,从而表现出对祖先文王功德的赞颂。诗风亦端庄肃穆。由于颂诗是宗庙的乐章,配合着舞容、舞姿、舞步的,所以其声缓,有和声。姚际恒曾言:"案颂为奏乐听歌,尤当有韵。今多无韵者,旧为一句为一章,一人歌此句,三人和之,所谓一唱三叹,则成四韵。"这可以供我们参考,认识到颂诗的特点,而加以想象得之的。这样我们知道,颂诗虽短,加和声,加舞蹈,则场面是严肃恭敬,而又活泼多姿,不同于一般风雅诗,是有其特色的。其以诗歌形式表现出伦理学的某些问题,尤值得我们注意而加以发掘。

以兴而比 以赋其事

《诗经》中的两首流人诗赏析

金启华

推 荐 词

　　流人是指那些离开家乡在外服役的人。周代王室的劳役（兵役）很多，当时交通不便，所以服役的人劳动强度大，在外时间长，生活艰苦非常。服兵役的人还经常处于负伤与死亡的战争威胁之中，所以，久在他乡的人饱受思念家乡、惦念亲人之苦。这两首诗代表性地表现出流人的思乡之情。

四 牡

四牡骓骓,周道倭迟。岂不怀归?王事靡盬,我心伤悲。

四牡骓骓,啴啴骆马。岂不怀归?王事靡盬,不遑启处。

翩翩者鵻,载飞载下,集于苞栩。王事靡盬,不遑将父。

翩翩者鵻,载飞载止,集于苞杞。王事靡盬,不遑将母。

驾彼四骆,载骤载骙。岂不怀归?是用作歌,将母来谂。

这首诗,写小官吏行役的苦恼,叹息他不能回乡奉养父母。诗分五章,每章五句,一、二章重调,三、四章重调,五章单独成篇。在重调的一、二章,三、四章中,均兴而比,比尤具有特殊意义,紧扣所赋的行役之事来对比,显示出诗的深刻性。首章的"四牡骓骓,周道倭迟"极写四马驾车奔驰在弯弯长长的大路上,而自己的行役自不待言,"岂不怀归"一问,诗意翻腾,语言跳跃,振起全篇。为何如此，实以"王事靡盬"，官家的差遣没停止，老百姓的供给更可想而知。所以只落得"我心伤悲"。二章再写马之奔驰，突出马的疲劳，"啴啴骆马"，具体地写黑鬣的白马跑得气喘吁吁的。马犹如此，人何以堪！三句之提问与首章同，答语亦相同。而自己则"不遑启处"，哪有片刻停息！以上重调两章实写在路上的奔忙，以马起兴，以马为比，赋出一己的辛劳与叹息。

三、四章的重调在手法上仍是以兴而比，以赋其事，不过从走兽变为飞禽，把四牡换为雏鸟。以三句铺写雏鸟之行止，是"翩翩者鵻，载飞载下，集于苞栩"。四章也只换了"下"为"止"，换了"栩"为"杞"。极写雏鸟之飞飞停停，还能聚落在茂密的栎树、杞树上。鵻又名勃姑，是孝鸟。更显出鸟还能孝顺父母，而自己呢？则是"王事靡盬"，"不遑将父"，"不遑将母"。叹息人不如鸟，而"王事靡盬"之差役，迫使人不能奉养父母，其罪恶可想而知。诗富有揭露性，但又寓意幽深。综观重调的一、二、三、四章，以重调加深涂抹，但又提顿见意，使诗情翻腾而又深刻。小官吏之忙迫，身心辛苦，倾泻无余。

五章又回应到首章的诗意来，以"驾彼四骆，载骤载骎"遥应首二章之骆马之奔驰，继续前行。三句之"岂不怀归"仍系以提顿见意，但嗟叹之不足，又咏歌之，以"是用作歌，将母来谂"点明作诗宗旨，是永远忘不了母亲，以结束本诗。

诗，揭露性强，而又充满孝思，是一首思想意义很强的诗篇；诗，在结构上，虽为重调，但写法上仍有差异。一、二章之一、二句均系写马之行驰，以"岂不怀归"提问，再叹息劳役之苦。三、四章则写鸟之自由，飞飞停停。以三句铺写之，然后再转到己身之服役，不能奉养父母。五章虽与一、二章重调，但末二句为抒情，仍小有差异。重调中均显出同中有异，以扩大、引入其内容。诗又用提笔以振起全篇，用铺写来曲尽诗意，显示诗的有起伏、有波澜，而又倾怀泻出，淋漓尽致。其语言则随所写对象之不同，有的凝重，如"四牡骓骓"、"啴啴骆马"；有的则轻快，如"翩翩者鵻，载飞载止"，以显示其不同之音调，增加诗的乐感，收到诗的美学效果。

这首诗，我们如果把它和《北山》对读，可以看出《北山》铺写劳役之不公，是以多许胜少许，本诗则是以简练称，以少许胜多许，各臻其妙。我们如果把它和《蓼莪》对读,又可以看出《蓼莪》是铺写孩儿对父母的怀念,悲痛不能终养,铺写得详尽无遗,也是以多许胜,本诗也是怀念父母,不能奉养,又是以少许胜。两诗各有特色,而其孝思则一。这都可以敦风俗,又可以兴教化的。

黄 鸟

黄鸟黄鸟,无集广榖,无啄我粟。此邦之人,不我肯榖。言旋言归,复我邦族。

黄鸟黄鸟,无集广桑,无啄我梁。此邦之人,不可与明。言旋言归,复我诸兄。

黄鸟黄鸟,无集于栩,无啄我黍。此邦之人,不可与处。言旋言归,复我诸父。

诗借黄鸟而起兴,也以黄鸟而命题,实为游子怀乡的诗篇。诗为小雅诗中之一篇,我们从小雅所反映的现实来看,多为宣、幽王时之作品,此篇当为幽王时宗周覆灭,人民流离失所,但异乡又不可久居,因以诗而抒怀。

诗共三章,全为重调。每章仅换了几个字,却一层深入一层,咏叹极深。首章以黄鸟之莫聚榖树、莫啄粟米而起兴，也暗含此意。喻流人之浪迹他乡，受歧视之可悲，不如赶快回乡。二章以黄鸟莫聚桑树、莫啄黄粱，以兴而比，喻流人之居异地而受骗，不如回到兄长身旁，得到爱护。三章以黄鸟莫聚栎树、莫啄黍米，比兴兼备，以喻流人之不能长久居外，急应回乡，回到长辈的身旁，以得到庇护。诗，极言他乡之不可久留，故乡亲人之可恋，实饱经忧患而发出的愤懑之言。这一诗篇，我们如果结合《硕鼠》诗来看，《硕鼠》是因为"三岁贯女，莫我肯顾"，而要"逝将去女，适彼乐土"。在那统治者贪婪的情况下，而要另谋出路。其实，我们再看《黄鸟》，就觉得"天下乌鸦一般黑"，在剥削社会哪有什么乐土可言。诗篇的现实性很强，而历史意义也是很深厚的。

青春的美 心灵的歌

介绍《诗经·国风》中的几首爱情诗

陈贻焮

作者介绍

陈贻炜,毕业于湖南师范学院。怀化师专中文系副教授。

推荐词

这篇发表于1981年的文章,今天读来,仍无过时之感。将《诗经·国风》中几首表现爱情最出色的诗篇合在一起,在对比分析中展现各自的魅力,对读者比较全面地了解作品某一方面的特征,无疑是十分有益的。陈先生的这篇欣赏文章就起到了这样的作用。

《诗经》中的风诗绝大部分是民间歌谣,而这些民间歌谣中又有很大一部分是反映爱情生活的篇章。南宋朱熹曾经评说道:"凡诗之所谓风者,多出于里巷歌谣之作,所谓男女相与咏歌,各言其情者也。"(《诗集传序》)这是颇有见地的看法。

《诗经》中的许多爱情诗,生动地反映了当时青年男女在爱情发展道路上各种不同的典型感情,表现了他们对爱情的渴望与追求,写出了他们在热恋过程中的感情波澜。这些诗大都诚挚、爽朗、朴素、健康,洋溢着浓郁的泥土芬芳,充满了热烈的生活气息,是《诗经》时代劳动人民青年男女之间比较自由的恋爱生活的真实写照。

  溱与洧,方涣涣兮。士与女,方秉蕳兮。女曰观乎,士曰既且。且往观乎!洧之外,洵訏且乐。维士与女,伊其相谑,赠之以勺药。

　　溱与洧,浏其清矣。士与女,殷其盈兮。女曰观乎,士曰既且。且往观乎!洧之外,洵订且乐。维士与女,伊其将谑,赠之以勺药。

——《郑风·溱洧》

这首诗运用赋的手法,生动地描述了三月上巳之辰,郑国青年男女在溱、洧河畔相约游春,嬉戏谈爱的情景。作品概括地写出了当时的地点、景物、对话、动作,形象生动,情节曲折。诗的每章前四句,描绘自然风光,叙述游春盛况:"溱与洧,方涣涣兮。""溱与洧,浏其清矣。""涣涣",水弥漫的样子;"浏",形容水的澄清。诗人捕捉住此时此地春天的特征,典型地描绘出溱与洧桃花水盛、碧波荡漾的美丽景色。"士与女,方秉蕳兮。""士与女,殷其盈矣。""士与女",泛指众多的游春男女;"秉",拿着;"蕳",同兰,香草名。郑国风俗,每年三月上巳节,男女聚会在溱与洧两岸,手拿着兰草,拔除不祥。"殷",众多;"盈",充满。"殷其盈",形容人多声杂,热闹非常。这几句则摄取了郑国风土人情的图画,形象地展现出男女杂沓、狂欢极乐的热闹场面。浓烈的节日气氛,透过旖旎多姿的自然景物,伴随着和煦的春风扑面而来,读者也仿佛置身于这河水涣涣、士女如云、笑语喧哗、繁花似锦的境界之中。这是一个多么令人心醉的自由恋爱的环境啊,以下诸句,进而着笔写具体的人物在这和美氛围中的活动。作品主要是通过对话显示情节的发展,富有戏剧性地展示出一对情侣游会笑谑、赠物定情的镜头。"女曰观乎,士曰既且。且往观乎!洧之外,洵訏且乐。"这里的"士"与"女"是具体指一对情侣。"既且"的"且",同徂,往;"洵",实在;"訏",大。这几句的意思是,姑娘盛情地邀小伙子说:"一起去看热闹吧!"小伙子回答道:"已经去过了。"姑娘又说:"再去看看吧,洧水外边,地方确实宽广,可好玩哩!"诗句反映出情侣之间的和乐与欢愉,表现了姑娘主动、热情、开朗、大方的性格。话语之中,充满了一种追求幸福的强烈感情。"维士与女,伊其相(将)谑,赠之以勺药。""维"、"伊",都是语助词;"相谑"、"将谑",互相调笑的意思;"勺药",香草名。男女以勺药相赠,表示爱情。诗句写戏谑的欢乐,亲昵但并不轻佻,拳拳之情溢于言表,依依之态跃然纸上。这明白如话的语言,燃烧起对对情侣炽烈、明丽的爱情火焰,这富有青春活力的风俗画面，飘荡出爱情之花的馥郁芬芳。

在爱情问题上，人们的性格千差万别，思想复杂多样。有的是坦率的表白，大胆的追求，有的却把深情藏于心底，只是暗自焦虑，急切地等待着对方的主动，埋怨着对方的迟疑。

> 东门之墠，茹藘在阪。其室则迩，其人甚远。
> 东门之栗，有践家室。岂不尔思，子不我即。
>
> ——《郑风·东门之墠》

这是一首细腻地表现后一种情思的作品。它的构思新颖，心理刻画形象入微，写出了一对青年男女在感情未通的时候，各自的相望与倾心。"东门之墠，茹藘在阪。""墠"，堤；"茹藘"，茜草；"阪"，斜坡。意思是，女家在东门外一道长满茜草的长堤斜坡旁边。"东门之栗，有践家室。""践"，齐，指房舍整齐。意思是，男家的房舍整齐，在东门外一棵挺拔的栗树之下。诗每章的这前二句告诉了读者，这位姑娘和这位小伙子都住在东门外，两家毗邻，两人每天都在相望之中，音容笑貌彼此都是那样的熟悉，因此，随着岁月的推移，年龄的增长，一种微妙的感情在他们淳朴的心灵中萌发,而且日益强烈地冲击着各自的心扉。

第一章,写小伙子对姑娘的爱慕。"室迩",是说姑娘的家近在跟前,描绘出两人的形迹并不疏远;"人远",是说那姑娘却好像相隔遥远,则表现了两人的感情还有距离。现实与感情的矛盾,搅起了小伙子内心苦闷与焦虑的波澜,含蓄而深刻的笔墨,揭示了小伙子爱得深,但又没有机会表白相爱之思的怅惘与忧愁。

第二章,则是写姑娘对小伙子的爱慕。咫尺天涯,衷情相通无由,于是她只有暗自埋怨起对方来了:"岂不尔思,子不我即。"我怎么不思念你呀,你为什么偏不到我这儿来呢?爱的激情像冲出闸门的激流,翻腾汹涌,姑娘的心啊,怎么也无法平静了。但是这种感情却如何能去向心爱的人儿直接倾吐呢?困惑的处境,使姑娘只能把一片痴情隐藏在羞怯之中,沉入火热的心底。

诗分两章,而又融为一体,情真意切,相映成趣。它犹如两幅感情互相渗透,画面互相映衬的人物风情画,富有韵味地表现了一对男女青年情窦初开、各自爱恋的劳心与悱恻,生动地展示了青年男女在爱情生活中的幼稚、质朴、羞赧而又十分热烈的内心世界。

> 野有蔓草，零露漙兮。有美一人，清扬婉兮。邂逅相遇，适我愿兮。
>
> 野有蔓草，零露瀼瀼。有美一人，婉如清扬。邂逅相遇，与子偕臧。
>
> ——《郑风·野有蔓草》

这是一首以感情的力量驱使语言像喷泉一样喷出来的情诗。作品生动地描写了一位青年男子在沾满露水的田野里，与自己久已倾心的姑娘不期而遇时，立即大胆地向她求爱的举动和突然爆发出来的感情。"野有蔓草，零露漙兮。""野有蔓草，零露瀼瀼。""零"，落；"漙"，凝聚成水珠；"瀼"，露珠肥大的样子。诗的开头，以轻灵的笔调描绘出大清早的明澈晶莹之景，安排了一个十分清丽、幽静的自然环境，点明了小伙子与意中人偶然相遇的地点和时间，对全诗起到了烘托气氛的艺术作用。景色的清爽润美，很自然地引起人们联想到姑娘的风韵与神情；晶莹剔透的露珠，难道不正是姑娘那美丽的眼睛的写照么？"清扬婉兮"、"婉如清扬"，"清"，明亮；"扬"，清澈，都是形容眼睛的美丽。"婉"，即腕，目大的样子。这两句诗的意思差不多，是说那漂亮的姑娘有一双水汪汪的大眼睛，是多么的美丽啊！诗中，传情的景物描写与传神的人物描写，互相掩映，行文倩巧，情意泱泱。点睛之笔表现了姑娘的惊人俊俏，自然地流露出小伙子久萦心怀的钟爱深情。处于如此美妙的情境之中，怎能不使小伙子充满幸福之感而欢呼雀跃呢？"邂逅相遇，适我愿兮。""邂逅相遇，与子偕臧。""邂逅"，不期而遇；"臧"，好。"偕臧"，相好，相爱。这不期而遇的相会，真是合我的心愿啊！美丽的姑娘呀，我要和你永远相爱，永远相好！小伙子埋藏在内心的爱慕与相思之情，好像火山爆发一样，喷薄而出，从而形成了诗的感情高潮，衬托出富有艺术感染力的生活画幅，别具一种媚态。

爱情生活应该是十分谐美的，但是有时也难免要产生一些波澜。《诗经》中的爱情诗，有许多篇章正表现情侣们在热恋中的这种感情上的波折，从而又从另一侧面写出了男女青年之间真挚与坦率的相爱，显示了劳动人民纯洁的内心与豁达的胸怀。

> 子惠思我，褰裳涉溱。子不我思，岂无他人？狂童

之狂也且!

子惠思我,褰裳涉洧。子不我思,岂无他士?狂童之狂也且!

——《郑风·褰裳》

大概是这位小伙子在爱情上有什么不真诚的表现吧,不然为什么这位姑娘竟如此生气呢?她怎能容忍,怎能不直截了当地提出:"子惠思我,褰裳涉溱(洧),子不我思,岂无他人(士)?""惠",爱;"褰",撩起。你要是爱我,想我,那就涉过溱水、洧水到我这儿来吧!你要是不把我放在心上,那告诉你,我还有他人呢!这似乎有点尖锐、放肆的言辞,表现了姑娘的声态情貌,写出了姑娘不迁的性格,反映了她在爱情生活中要求平等、追求自由的精神。因为她希望的是真诚的相爱啊!结句:"狂童之狂也且!""狂",痴;"狂童",犹傻小子;"且",语助词。意思是,你这傻小子实在也太傻了啊!这是俏皮的爱骂,其中包含着十分复杂而深沉的感情,有怨尤,有劝诫,有爱恋,文辞婉曲而又粗犷,明白地表达了姑娘珍视爱情,等待对方能给她肯定回答的殷切希望。独特的风调,富有情味，显示出郑国民歌爽朗的艺术特色。

热恋中的情侣即使只是短暂的分离，也会造成他们揪心的深切相思。

> 风雨凄凄，鸡鸣喈喈。既见君子，云胡不夷。
>
> 风雨潇潇，鸡鸣胶胶。既见君子，云胡不瘳。
>
> 风雨如晦，鸡鸣不已。既见君子，云胡不喜。
>
> ——《郑风·风雨》

这是一首脍炙人口的写离情的名篇。"凄凄"，寒凉之意；"潇潇"，急骤之状；"如晦"，言昏暗如夜；"喈喈"、"胶胶"，都是鸡鸣之声。诗中，风雨声，鸡鸣声，嘈嘈切切，错综交织，构成一幅萧索凄苦的有声画面。一个女子怀念情人凄恻徘徊、久思欲病的情状，透过"风雨凄凄，鸡鸣喈喈"的景色，淋漓尽致地显示了出来。而后又写道："既见君子，云胡不夷！""云胡不瘳！""云胡不喜！""云"，发语词；"胡"，何；"夷"，平；"瘳"，病愈。意思是说，盼望到了亲人，我的心怀怎么还不平静，心病怎么还不痊愈，心头怎么还不欢喜！字里行间充满了这个女子与情人相会时刹那间爆发出来的喜悦情感。

这首诗景真情切,形象跃如,创造出凄清而又喜气盎然的艺术意境,戚戚之景与欣欣之情相衬托,更加突出了主人公无比的相思与深厚的相爱,感人至深。

在《诗经》时代,男女青年的爱情生活是自由的、平等的,而且也是真诚的、淳朴的。他们爱得热烈,更爱得专一,表现了劳动人民对待爱情的严肃态度。

> 出其东门,有女如云。虽则如云,匪我思存。缟衣綦巾,聊乐我员。
> 出其闉闍,有女如荼。虽则如荼,匪我思且。缟衣茹藘,聊可与娱。
>
> ——《郑风·出其东门》

诗每章的头二句,"如云",言众多;"如荼",言美好;荼,茅草的白花;"闉",城门外的护门小城;"闍",闉的门。东门外,游女如云如荼,这在那些轻薄男子看来,该是多么醉心的花花世界啊!他们也许要为这众多而漂亮的游女所倾倒了。但是,面对此种情景,诗中主人公的心却一直被一种神圣的感情支配着。从第三句起,笔锋由写外界情景转而写主人公的内心世界:"虽则如云(荼),匪我思存（且）。""缟衣綦巾，聊乐我员。""缟衣茹藘，聊可与娱。""思存"、"思且"，思念的意思；"缟衣"，比较粗贱的衣服；"綦巾"，绿色佩巾，为未出嫁的女子所服用；"员"，语助词；"茹藘"，茜草，可做绛色染料，此为绛色佩巾的代称。诗中写道，这许多美丽的姑娘都不是我所属意的啊！我心里只有那一位服饰朴素的贫陋姑娘，因为只有她才是我所喜爱的人！诗章运用烘托与对照的手法，深刻地表现了诗中主人公纯洁美丽的心灵。"青年男子谁个不善钟情？妙龄女人谁个不善怀春？这是我们人性中的至圣至神"（歌德《少年维特之烦恼》卷头诗，郭沫若译），而我们诗中的主人公在爱情生活中的这种感情，是那样的坚贞不渝，表现出无与伦比的高尚情操。

这首诗，既有叠调，又有叠句，复沓回环，组合巧妙，大大增强了音节的和美，感情的表达因而也更加曲折有致，美妙动人，别具一种风采。

《诗经》中的爱情诗，内容丰富多彩，表现手法绚丽多姿。它以健康纯洁的感情，栩栩如生的形象，广阔婉丽的画面，生动地反映了劳动人民在恋爱过程中的幸福与苦愁，表现了他们对待爱情的忠贞与专一，写出了人类感情的本质特征。千百年来,这一簇富有青春活力的鲜花,一直以其比较强烈的现实感和隽永的艺术魅力,深深地感染着读者,给了人们很好的教益,哺育着人们的灵魂,培养着人们的情操。我国古代劳动人民如此崇高的美德,以及他们所创作的如此优秀的诗歌,难道不值得我们,特别是青年朋友们学习借鉴么?

追寻爱的足迹 浏览爱的画卷

《诗经》爱情诗赏读

孟新芝

作者介绍

孟新芝,北京电子科技学院人文社科部讲师,文学硕士。

推荐词

本文作者将《诗经》中的爱情诗按照青年男女恋爱婚姻的阶段划分组合,所谓:渴望与追求;坠入爱河;走入婚姻。这很有些意思。爱情的成熟,自有其不同的内容与特点,表现的诗篇中,就有各自的特点,相识时的试探,相爱时的热烈,成婚时的幸福,离别后的牵挂,分手时的痛苦,因其内容的发展,诗篇表现出相应的语言特色与结构特色。节奏和旋律也随着情感和思绪的变化而呈现出各自的不同。

自从有了人类,爱情便来到了人间,人类追求爱情的脚步从此就没有停止过。《诗经》作为我国第一部诗歌总集,收录了从西周初年至春秋中叶大约五百年间的诗歌,以诗的形式记录了两千多年前的历史,透过它,我们看到了先民们的社会形态、生活状况,同时也体会到了他们的情感,看到了他们在啜饮爱情琼浆时的幸福与心酸。《诗经》中的情诗是诗集中最有生气和活力的,虽然经过历代经学家的一再曲解和粉饰,仍然无法改变它本来的意蕴。时至今日,只要我们开卷展目,便能感受到那些热情如火、缠绵似水的感情带着远古的质朴向我们迎面扑来,我们的心也在诗歌的引领下追寻到先民们为爱留下的足迹。

一、渴望与追求

爱情是美好的,美好的东西往往不是唾手可得的,它需要你付出努力去追求。而追求的过程常常一波三折，充满求而不得的焦灼和煎熬。《诗经》开宗明义的首篇《关雎》，就向我们展现了一个追求爱情的小伙子痛并快乐着的状态。

> 关关雎鸠，在河之洲。窈窕淑女，君子好逑。参差荇菜，左右流之。窈窕淑女，寤寐求之。求之不得，寤寐思服。悠哉悠哉，辗转反侧。参差荇菜，左右采之。窈窕淑女，琴瑟友之。参差荇菜，左右芼之。窈窕淑女，钟鼓乐之。

诗中娓娓细述的是一个男子在河边邂逅了一位美丽佳人，一见而钟情，而倾慕追求的相思。她的美妙姿态，她的窈窕倩影，深深地烙印在男子的心上，让他日思夜想，不能须臾忘怀。白天里食不甘味，而漫漫长夜只能躺在床上翻来覆去地苦思冥想不能成眠。他为求而不得痛苦着，也为爱的憧憬幸福着，想象着与她琴瑟和谐，钟鼓相迎，他的心里多甜蜜啊！诗中所表达的倾慕、爱恋与渴望正是亘古以来每一个人心中对爱情最深的企盼。虽然《毛诗序》谓《关雎》是颂"后妃之德也"，但即使是生活在封建时代的杜丽娘对这种解释也置若罔闻，只听了这首诗的前两句便触及了她内心的情感，不由得感伤起来：连鸟儿也成双成对，人却如此孤单。郑老先生摇头晃脑、抑扬顿挫的讲解，只字未入她的耳朵。大门不出二门不迈的杜丽娘尚且如此，更何论今天的男女，只要吟起这首诗，即使再不解风情的人也会为之心动，这不能不归功于这首诗率真坦荡、诚挚热烈的抒情所形成的强烈的感发力量。

"君子好逑"已成为对追求对象的标准称谓，而辗转反侧、难以入睡也成了描绘追求受挫时的典型画面。

与《关雎》的直抒胸臆相比，《秦风·蒹葭》则将这种对于美好感情的渴望写得扑朔迷离、凄婉动人。

蒹葭苍苍，白露为霜。所谓伊人，在水一方。溯洄从之，道阻且长。溯游从之，宛在水中央。

钱锺书先生认为这首诗所描绘的是一种"企慕之情境"，至于企慕什么，向来众说纷纭，但不管有多少种可能，总有一种可能是肯定的，那便是对于爱情的向往与追求。全诗主要的意象"伊人"，人们最直接的联想便是诗人所追求与思念的人。通篇诗歌通过对"所谓伊人"的苦苦追求与寻觅，表达了对爱情的执着与渴望。

《蒹葭》的意境是朦胧的，唯其如此，伊人那若即若离、可望而不可即的倩影便成为人们追求爱情的唯美绝版。

二、坠入爱河

对于爱情的追求与向住，往往会发展成为一种行动——恋爱，《诗经》中也有不少诗歌反映了两千多年前男女恋爱中情景。其中《邶风·静女》描绘男女约会互相逗趣的情景，堪称经典。

> 静女其姝，俟我于城隅。爱而不见，搔首踟蹰。
> 静女其娈，贻我彤管。彤管有炜，说怿女美。
> 自牧归荑，洵美且异。匪女之为美，美人之贻。

男女主人公相约于城墙边，心中充满喜悦的男子按时到来，却左看右看不见女子的身影，正当他满腹狐疑、抓耳挠腮之际，女子却从他的身后闪出，并送给他一支小草，男子喜出望外，欣喜不已，心情美好到了极点，以至于看着手中女孩送他的采自野外的小草，也觉得是那样美丽异常。

这一首小诗把男主人公的心理变化，由喜而疑而喜，以及女主人公活泼俏皮的性格，刻画得活灵活现、淋漓尽致，以至于这一经典场面被现代无数影视作品搬用。

恋爱有甜蜜有快乐，但也有痛苦与烦恼。《郑风·狡童》真实地表达了一个女子与情人怄气时的痛苦心情。"彼狡童兮，不与我言兮。维子之故，使我不能餐兮。彼狡童兮，不与我食兮。维子之故，使我不能息兮。"诗歌表现了一个女子在与自己相恋的男子产生矛盾后，由于男子不与她说话，不和她一起吃饭，以致食不甘味，夜不成寐，度日如年的情景。虽然我们不得而知他们为何而产生矛盾，但从女子的焦灼和痛苦中，可以深切地体会到她对男子的感情是多么强烈而深厚，以至于不能自拔。

与《狡童》中女孩的率直相比，《郑风·子衿》中的女主人公在表达得不到男子信息、见不着面的烦恼时，则多了一分女孩的矜持。

青青子衿，悠悠我心。纵我不往，子宁不嗣音？
青青子佩，悠悠我思。纵我不往，子宁不来？
挑兮达兮，在城阙兮。一日不见，如三月兮。

虽然她那么想给他送去消息，那么想去与他相会，见不着他时是那样心神不安，但是她却不愿采取主动，于是在心里一遍一遍地埋怨着她粗心的情郎："纵我不往,子宁不嗣音?""纵我不往,子宁不来?"半嗔半怒的表情仿佛就在眼前。

《子衿》中的女孩虽然不满情人的不殷勤,但她仍然在心急如焚、度日如年地等待,虽然也责怪男子的用情不深,但却不曾想过要与他分手,相比之下《郑风·褰裳》中的女子则没有那样的好脾气与好耐心,她生气而不耐烦地宣布:"子惠思我,褰裳涉溱。子不我思,岂无他人?狂童之狂也且!"对于男子对她的冷落,她的不满已经演变成为最后通牒:"如果你心中还有我,就赶紧过河来找我,如果你心中没有我,难道我就没有别的人了吗(别以为自己有多么了不起)?"她那泼辣而率真的性格跃然纸上,这肯定是一个风风火火、绝不拖泥带水的姑娘,不仅爽快而且自信。

如果已经两情相悦,两心相许,盼望迎娶的心情就会非常迫切。《召南·摽有梅》就描绘了一个待字闺中的女子希望早日出嫁的焦急心情。

> 摽有梅,其实七兮。求我庶士,迨其吉兮。
> 摽有梅,其实三兮。求我庶士,迨其今兮。

> 摽有梅,顷筐塈之。求我庶士,迨其谓之。

看见树上的梅子越落越少,时间一天天过去,女子不禁心急如焚,忍不住大声疾呼:想要娶我的男子快点来呀,现在就来吧!毫不掩饰那迫不及待的心情。中国有句古话:男大当婚,女大当嫁。诗人歌德也曾说过,哪个女子不怀春,哪个男子不钟情?看来古今中外,人同此心,心同此理。

虽然在那个年代,男女的交往没有像后世那样受到严格限制,但选择恋爱对象也常常受到外界的干涉与阻挠。

《郑风·将仲子》就表达了一个女子在父母兄长及邻里的压力下,不敢与心上人交往见面的矛盾痛苦心情。

> 将仲子兮,无逾我里,无折我树杞。岂敢爱之?畏我父母。仲可怀也,父母之言亦可畏也!

女子对于男子是非常喜欢的,但由于父母不同意,她不敢让心爱的人来找她,可以想象她的痛苦有多么难耐。

《鄘风·柏舟》表达了一个女子同样的遭遇与心情。

> 泛彼柏舟,在彼中河。髧彼两髦,实维我仪。之死矢靡它。母也天只!不谅人只!

比起《将仲子》中的女子,《柏舟》中的女孩显得较有反抗精神,面对压力,她的感情并不动摇,并且决心"之死矢靡它",即使是死,我也只选择他!对横加干预的母亲则表现出不满:"母也天只!不谅人只!"指责母亲不体谅她的感情。

三、走入婚姻

爱情的种子一旦种下,就必然会发芽,开花,然后结果。《诗经》中的男女也同样会在古老音乐的伴奏下走入婚姻的殿堂。《周南·桃夭》记录了一个女子出嫁时人们对她的美好赞扬与祝福:"桃之夭夭,灼灼其华。之子于归,宜其室家。"出嫁时的女子是那样美丽,就像那盛开的桃花,女子的美丽,不仅来自于容貌,更来自于内心的幸福,是有情人终成眷属的喜悦使她显得格外美丽动人。她不仅美丽,而且贤惠,她与那男子是那么般配,他们的结合一定会非常美满幸福。

《郑风·女曰鸡鸣》则描绘了一对夫妻婚后幸福甜蜜的生活,同时也写出了他们日渐笃厚的感情。

> 女曰鸡鸣,士曰昧旦。子兴视夜,明星有烂。将翱

> 将翔,弋凫与雁。弋言加之,与子宜之。宜言饮酒,与子偕老。琴瑟在御,莫不静好。知子之来之,杂佩以赠之。知子之顺之,杂佩以问之。知子之好之,杂佩以报之。

一问一答,夫唱妇随,既有女子对男子的取悦,也有男子真情的誓言,全诗洋溢着一种其乐融融的家庭生活氛围,体现了婚后生活的和谐与幸福。

托尔斯泰曾经说过,幸福的家庭个个相同,不幸的家庭却各有各的不幸。幸福的婚姻自古有之,不幸的婚姻同样伴随着人类相互结合的进行曲而出现。在《诗经》中同样有不少反映婚姻不幸主题的作品,《卫风》中的《氓》、《邶风》中的《谷风》即是两首婚后被弃的女子的悲歌。

> 氓之蚩蚩,抱布贸丝。匪来贸丝,来即我谋。送子涉淇,至于顿丘。匪我愆期,子无良媒。将子无怒,秋以为期。

诗的首段女子回忆了自己与男子的相识与相恋,他们是偷偷地好上的,那男子假借以布换丝的名义靠近她,他们俩背着父母相恋了，心急的小伙子请求女子嫁给他，女子起初遵循礼法以男子没有媒人而拒绝了他，可看到男子生气了，女子不禁心软了下来，答应男子以秋天为婚期。正是对这份感情的执着，使得她在没有媒妁之言，没有父母之命的情况下，义无反顾地嫁给他，"以尔车来，以我贿迁"，一辆简简单单的马车载着她，载着她的憧憬奔向男子，却不是奔向幸福。婚后夙兴夜寐不知疲倦地操劳，换来的却是男子的变心，"女也不爽，士贰其行。士也罔极，二三其德。"薄情寡义的男子用情不专，在女子年老色衰之后移情别恋，并粗暴地将她抛弃。曾经那样地付出，得到的却是无情的休弃，女子的心情该是怎样的痛苦啊！"淇则有岸，隰则有泮"，滔滔的淇河可以望到岸边，而她的痛苦却无边无际。她全心全意为之付出的爱情，却成为她痛苦的源头，这不禁让她产生了对于真情的怀疑。"于嗟女兮，无与士耽。士之耽兮，尤可说也，女之耽兮，不可说也。"她以自己的遭遇为教训，奉劝天下女子不要与男子沉迷于感情之中。"痴情女子负心汉"，看来自古以来女子就比男子用情专、用情深，唯其如此，受伤也更深。

《邶风·谷风》是另一首被弃女子的怨歌。任凭女子勤勉持家，委曲逢迎，男子却喜新厌旧，另有新欢。"宴尔新婚，不我屑矣"，"不我能慉，反以我为仇"。在那个妇女没有任何权利与地位的时代，我们无法想象一个女子一旦被抛弃，等待她们的将是怎样的命运，那如泣如诉的诗句，又怎能不让人一掬同情之泪呢？

读着千百年前那朴素真挚的诗句，仿佛看到先民们为爱留下的一串串脚印，又仿佛翻阅着一幅长长的爱的画卷，反观现实中不断上演的悲欢离合，不禁让人想起张若虚的诗句："人生代代无穷已，江月年年只相似。"从古至今，人类的物质世界发生了翻天覆地的变化，而人类的情感世界则是那样相似，古人在追求爱情的道路上所经历的苦辣酸甜，我们依然经历着。隔着两千年的风风雨雨，吟唱起那古老的情歌，千百年下，我们与古人心通着心，情连着情，那亘古不变的人性，就像那不知何年初照人的江月，岁岁年年、世世代代永远相似。

状物形象　蕴涵深刻

《橘颂》及咏物诗的传统特色

金志仁

作者介绍

金志仁,1938年生,江苏如东人,南通大学文学院教授。

推荐词

本文认为,屈原的《橘颂》是中国文学史上最早的咏物诗。《橘颂》作为咏物诗的翘楚,不仅拓广了诗歌的题材,增添了诗歌的样式,更重要的是以它鲜明的特色给予后代咏物诗以深远的影响,形成了我国咏物诗独有的传统特色。

"屈平词赋悬日月，楚王台榭空山丘。"（《江上吟》）这是唐代诗人李白对中国文学史上第一位伟大诗人屈原所做的崇高评价。这确非过誉之词，屈原是当之而无愧的。

屈原的作品很多，不仅他一生中最瑰丽的抒情长诗《离骚》为千古所传颂，就是直抒胸臆的《九章》，充满浪漫主义色彩的《九歌》，构思奇特的《天问》，对后世也产生过巨大影响。

《橘颂》就是九章中的一篇。它虽是屈原早期的作品，但从思想的深刻性与艺术表现的独特性来看，较之他后期的作品，也毫不逊色。

《橘颂》是中国文学史上最早的咏物诗。诗人屈原借岁寒不凋的橘树，寄托了他对祖国对乡土的无限挚爱之情，表达了他"秉德无私"、"横而不流"的高洁志向，在那个

"朝秦暮楚"、"楚材晋用"的战国时代里,屈原能做到志洁行廉,确是难能可贵的。

《橘颂》篇幅不长,全篇仅三十六句。可分两大部分。从"后皇嘉树"到"姱而不丑兮"是第一部分。这部分主要是颂橘。开首四句点出"后皇嘉树"中只橘树"受命不迁",离不开楚之水土,开始接触题旨,虚笼全篇。接着对橘树的根、叶、花、果、枝、棘一一做了描述,勾勒出一幅枝繁叶茂、团果累累、色彩缤纷、生意盎然的橘树图。浓墨重彩,精勾细勒,为下文的述志张本。末两句总赞橘树的风姿,略作顿歇。第二部分从"嗟尔幼志"到"置以为像兮",主要是述志。开首六句照应前文,加以引申,反复强调橘树的"独立不迁"、"深固难徙"的高贵品质,强烈地写出了屈原的爱国主义思想。接着六句,直抒胸臆,进一步写出做人还必须"横而不流"、"秉德无私"、"闭心自慎"。诗意又开拓了一层,主题也得到了深化。最后八句表明作者决心与橘为友,以橘为师,并点明可以为友为师的原因。收结全文,戛然而止。仍以颂橘作结、通篇紧扣题旨,写物寄志,层次清楚,衔接自然;状物形象,蕴涵深刻,用词精当,警句迭出,成了咏物诗的典范之作。

《橘颂》在中国文学史上首开咏物之风，在它之后，历代咏物之作争妍斗艳，纷呈迭出。像唐代诗人杜甫，他写的咏物诗就有四十多首，北宋诗人王安石，他的咏物之作也有三十多首，南宋诗人陆游，仅咏梅花的诗篇就有八十多首。近代女诗人秋瑾，咏物诗在她的诗作中也占了很大比重，几近半数。从这些例子可以看出，历代诗人都把咏物诗作为他们诗歌创作的一个重要组成部分。撰写咏物诗的风气，不仅在文人中流行，而且也影响到民歌的创作，明代结集的《山歌》、《挂技儿》、《南音之籁》中就收集了大量的民间咏物诗。由此可知咏物诗在我国的确是源远流长，它在文学史上应占有不容忽视的地位。

《橘颂》作为咏物诗的翘楚，不仅拓广了诗歌的题材，增添了诗歌的样式，更重要的是以它鲜明的特色给予后代咏物诗以深远的影响，形成了我国咏物诗独有的传统特色。概括起来有下列几个方面。

一、寄寓深刻

清人况周颐在他写的《蕙风词话》中说，咏物诗要写得好，"先勿涉呆，一呆典故，二呆寄托，三呆刻画"。一、三两点讲得还有些道理，唯第二点未免说得太武断了。

请看《橘颂》是怎样写的吧：从表面上看作者在赞美橘树的美德，而实际上却在表露作者与橘树同风的人格，由于有了很深的寄寓，作品便有了灵魂，而不同凡响了。

后代不是也有许多咏橘的诗篇吗？隋李孝贞是这样写的："嘉树出巫阴，分根徙上林。白华如散雪，朱实似悬金。布影临丹地，飞香渡玉岑。自有凌冬质，能守岁寒心。"（《咏橘树》）再看梁范云写的《园橘》："芳条结寒翠，圆实变霜朱。徙根楚洲上，来覆广庭隅。"这些作品有的虽也偶有佳句，但比起《橘颂》来就黯然失色了。原因就在于缺少寄托，作品只有外壳，没有内核，要打动读者也就难乎其难了。

由此可知，咏物诗要写得好就必须要有寄托。寄托是咏物诗的灵魂，是咏物诗的核心。有了它，咏物诗就能神采飞扬，没有它，咏物诗便形同槁木，它是咏物诗身上的一块"通灵宝玉"。

为了进一步说清楚这个问题，下面我想再举两首咏竹诗来进行比较：

西南产修竹,色异东筠绿。裁箫入檀唇,引枝宜凤宿。移从几千里,不改生幽谷。

(宋)梅尧臣《紫竹》

咬定青山不放松,立根原在破岩中。千磨万击还坚劲,任尔东西南北风。

(清)郑板桥《竹石》

梅尧臣的一首,写了紫竹的特色,它的功用,它的移栽,虽然用词遣字很讲究,但构思平庸,流于一般。

郑板桥的一首是题画,语言不事雕琢,可写得形象生动,构思奇特。读后一个不向恶劣环境低头,不被千磨万击吓倒,不随波逐流的扬州八怪之一的"怪人",便呈现在我们面前了。

从上面所举例证,我们可以看出:凡是像《橘颂》那样注意诗的构思的,肯在诗的命意上下功夫的,其作品便隽永有味,感人良深,高于描写同类题材的其他作品。这可以说是一个共同的规律。当然,纯粹的咏物诗可以不必有寄托,也同样有它存在的价值,但比之有寄托的作品总觉境界不高,意义不大,感人不深。所以《诗人玉屑》说:"意深义高,虽文辞平易,自是奇作。"《姜斋诗话》说:"无论诗歌与长行文字皆以意为主。""意犹帅也,无帅之兵,谓之乌合。""意"在咏物诗中就是"寄托"。

二、选材典型

世间事物包罗万象。屈原为什么独独选择橘树来加以赞美呢?司马迁在《史记》中说:"江陵千树橘。"楚地多橘,屈原对它比较熟悉固然是一个原因,但更重要的,是因为橘树的品质与屈原的人格有相似之处,所以屈原才选择了这一美好事物来表达他崇高的襟怀。

由此我们可以悟出一个道理,写咏物诗选择题材很重要,所咏之物必须典型。也就是说,选择的事物的主要特征要与作者的寄托相吻合,否则这一事物便不能表达作者的深刻寓意,甚至会使读者发生误解,而作者所选择的事物一经赋予了作者的深刻寓意(如果这个寓意是带有普遍意义的),那么,这一事物也就成了典型事物。

所以,历代咏物诗中,凡是表现作者的高风亮节而选择的事物,往往是岁寒不凋的橘、松,出淤泥而不染的莲、荷,朴素淡雅的兰花,凌寒独放的梅花,正直的柏、竹,傲霜的枫、菊；凡是表示作者憎恶之情而选择的事物，往往是不劳而获的老鼠，怕见阳光的蝙蝠、鸱鸟，形态丑陋的蜘蛛，虚张声势的喇叭等。

优秀的咏物诗都与屈原的《橘颂》一样精心选择了富有特征性的事物，来表现具有普遍社会意义的深刻主题。选材严格，开掘很深。作者的主观心情渗透了客观事物，凝成了一个完满的艺术形象。读者读后便可由物而知人论世。这就说明：选材是否典型往往决定了咏物诗价值的高低。

但是，在咏物诗中也有这样的情况：不同的诗人，虽咏同一事物，却表达了截然相反的感情。像蝉、杨柳、桃花、燕子、蟋蟀，有的诗人把它们当作正面形象来加以赞美，有的诗人又把它们作为反面形象来加以贬斥，常常叫人捉摸不定。像咏蝉，唐骆宾王说："无人信高洁，谁为表予心。"（《在狱咏蝉》）李商隐说："本以高难饱，徒劳恨费声。"（《蝉》）都是以蝉的高洁自喻。可也有诗人说蝉专喜攀附，爱唱高调，喻义截然相反。再如咏柳，宋司马光说："陶潜宅外如无此，想更萧条不易居。"（《垂柳》）韩琦却又说："生计任随栽者意，却嗤松柏不禁移。"（《新柳》）看法完全不同。其实这也不奇怪，因为事物的特征是多方面的,作者对同一事物的不同特征会产生不同的认识,选择不同的表现角度,寄寓不同的思想感情。这与词汇中有褒义词、贬义词、中性词,中性词的使用因人而异,因语言环境而异的情况是一样的。尽管这样,但是,由于它们仍然从不同角度接触到事物的本质,加以生发,从个别中体现了一般,因而同样具有普遍意义,所咏之物也同样是典型的。

写咏物诗必须注意选择题材,开拓题材,但题材的选择毕竟是有限度的。因此杰出的作家往往会从前人已写过的题材中翻出新意,在艺术表现上别开生面,同样能写出匠心独运的诗篇。

比如咏梅诗,应首推林逋的《山园小梅》:

> 众芳摇落独暄妍,占尽风情向小园。疏影横斜水清浅,暗香浮动月黄昏。霜禽欲下先偷眼,粉蝶如知合断魂。幸有微吟可相狎,不须檀板与金樽。

但在他之后的王安石却是这样写的:

> 墙角数枝梅,凌寒独自开,遥知不是雪,为有暗香

来。(《梅花》)

苏东坡又从另一角度去写梅花:

怕愁贪睡独开迟,自恐冰容不入时。故作小红桃杏色,尚余孤瘦雪霜姿。寒心未肯随春态,酒晕无端上玉肌。诗老不知梅格在,更看绿叶与青枝。(《红梅》)

而一生酷爱梅花,希望"一树梅花一放翁"的陆游,却又别出机杼。请看他写的《落梅》二首:

雪虐风饕愈凛然,花中气节最高坚。过时自合飘零去,耻向东君更乞怜。

醉折残梅一两枝,不妨桃李自逢时。向来冰雪凝严地,力斡春回竟是谁?

这些生活在同一时代的大诗人,写的虽是同一题材,可他们的咏梅诗却各具特色,各有千秋,纷呈异彩。主要是因为他们都明白了"文章最忌随人后"、"随人作计终后人"的道理。在内容上善翻古人(或前人)之意,在表现方法上推陈出新,因而做到了"诗也新,立意更新"(《红楼梦》

中李纯语),终于使屈原开创的咏物诗的新领域,出现了群芳斗艳的局面。

三、不即不离

上面讲了《橘颂》在命意、选材上的特点,对后代咏物诗的影响。现在再来谈《橘颂》在艺术上的表现特色。

《橘颂》是咏物的诗篇,但它又不停留在所咏之物上,而能生发开去,述志言情。但是作者的述志言情又不是外加上去的,它巧妙地与所咏之物糅合成一体,水乳交融。所以蒋骥说它:"体物之精,寓意之善,兼有之矣。"(《山带阁注楚辞》)

清人刘熙载在《艺概》中把这种表现手法概括成四个字:"不即不离。"也就是说:写咏物诗,不要停留在物上,但又要切合所咏之物。

前面所举的许多纯粹咏物诗之所以开拓不深,有的甚至味同嚼蜡,主要是由于没有做到"不要停留在物上",有"即"的毛病。想象的翅膀没有展开,诗要做到光彩照人,也就不可能了。苏东坡就曾深刻指出这点:"赋诗必此诗,定知非诗人。"

同时在咏物诗的创作中还有另一种不好的倾向，那就是有的作品又脱离所咏之物的特征，把作者的命意强加上去，这就"离"了。

像姜白石写的咏梅词《疏影》："苔枝缀玉，有翠禽小小，枝上同宿。客里相逢，篱角黄昏，无言自倚修竹。昭君不惯胡沙远，但暗忆江南江北。想佩环月夜归来，化作此花幽独……"周振甫先生在《诗词例话》中指出："这首里讲明妃的话，其实跟梅花无关，既然无关，不好写进去，所以虚构明妃死后魂化梅花的话……这首词的寄托是拼凑有痕。"姜白石是南宋著名词人，他的作品尚且有"离"的毛病，更不要说一般的作者的作品了。

更有甚者，作者语言晦涩，寓意不明，读者读后常不明作者所咏何物，所寄何意，像下面所举一例就是：

> 蝟毛苍苍碟不死，铜盘蠹蠹钉头生。吴鸡斗败绛帻碎，海蚌抉出真珠明。（梅尧臣《咏芡》）

这种咏物诗非但没有做到"不即"，就是"不离"也没有做到，即使在纯粹咏物诗中也落下乘。

所以凡是好的咏物诗都应做到"不即不离"，像明代爱国将领于谦写的《咏石灰》诗就运用了《橘颂》的表现手法，并有所发展。其第一句"千锤万凿出深山"，采石灰，比喻作者吃尽千辛万苦；第二句"烈火焚烧若等闲"，烧石灰，比喻作者经受严酷考验；第三句"粉骨碎身浑不怕"，泡石灰，比喻作者不计个人安危；第四句"要留清白在人间"，写粉石灰，比喻流芳后世。

《橘颂》的状物写志，既有合的地方，也有分的地方，还可清楚地看到物我界限，而上面所举这首咏物诗，何者为我、何者为物已分不清了，真正做到了物我两融，可以说已臻"不即不离"的化境，在继承的基础上又有了发展。

从以上介绍，我们可以知道以《橘颂》为滥觞的我国咏物诗有着悠久的传统，有着它独具的特色。它在今天应像抒情诗、讽刺诗、爱情诗一样，得到我们的重视。

↘ 原　文

橘　颂

后皇嘉树，橘徕服兮。受命不迁，生南国兮。深固难徙，更壹志兮。绿叶素荣，纷其可喜兮。曾枝剡棘，圆果抟兮。青黄杂糅，文章烂兮。精色内白，类任道兮。纷缊宜修，姱而不丑兮。

嗟尔幼志，有以异兮。独立不迁，岂不可喜兮？深固难徙，廓其无求兮。苏世独立，横而不流兮。闭心自慎，终不失过兮。秉德无私，参天地兮。愿岁并谢，与长友兮。淑离不淫，梗其有理兮。年岁虽少，可师长兮。行比伯夷，置以为像兮。

献给为国殉难将士的祭歌

《国殇》赏析

姜汉林

作者介绍

　　姜汉林，1943年出生，江苏通州人。毕业于北京师范大学中文系。浙江省特级教师。自1995年8月起从事教育科研和语文教学研究工作，现在浙江嘉兴北京师范大学南湖附属中学工作。系浙江省文学学会、省语文学会、省写作学会会员，出版有《古典名篇赏析》、《历代官怨诗赏析》等专著。

推荐词

　　《国殇》是《九歌》中的第十篇，为祭祀为国殉难的将士而作。《国殇》所表现出的英勇、壮烈和顽强，使读者震撼。这种犹如战歌般的气势，成为中华民族精神成长的营养，成为中华民族魂魄的构成。本文从《国殇》的结构、语言和内涵上，对其进行了细致分析和欣赏，有益于读者理解作品。

《国殇》是战国时期爱国诗人屈原所作《九歌》中的第十篇，是一首献给为国殉难将士的祭歌。这首诗采用了直陈其事的手法，既抒发了屈原对死难将士的深切哀悼之情，也表达了诗人强烈的爱国主义激情。

楚秦曾于河南丹阳和陕西蓝田交战。楚国在这两次战争中都吃了败仗。《国殇》可能是以这两次战役为题材的作品。

全诗可分为两段：前十句记叙死难将士英勇作战和壮烈牺牲的经过，后八句是诗人热烈赞颂为国捐躯将士的歌词。

诗一开始就描写一场激烈的战斗已经进入到白热化的程度："操吴戈兮被犀甲，车错毂兮短兵接。"这就为楚国将士英勇杀敌和壮烈牺牲准备了典型环境。吴戈，战国时吴国制造的一种兵器，以锋利著称，这里是指楚国按吴戈的形状制造的兵器。"被"通"披"。犀甲，犀牛皮制作的护身军服。兮，通常情况下作语助词，相当于现代汉语中的"啊"。闻一多在分析《九歌》中的"兮"字的语法作用时，认为"兮"这个虚词"竟可说是一切虚字的总替身"（《怎样读〈九歌〉》）。本篇中的"兮"除有语助词的作用外，似乎还有连词的作用：连接一句诗中的两个动宾词组或主谓词组，如"操吴戈兮被犀甲"是由两个动宾词组加上"兮"构成的，这个"兮"就具有语助词兼连词的作用。其他十七句中的"兮"字，其作用也大抵如此。"操吴戈兮被犀甲"是写披坚执锐的将士的威武形态。"车错毂兮短兵接"，是写敌我双方战车交错、短兵相接的激战情景。毂，车轮中心安放车轴、承接车辐的部位，这里泛指战车的轮轴。这两句，勾勒了一幅广阔而又悲壮的战争图画，像磁石一样一下子就把读者的注意力吸引到了战马驰骋、刀光闪耀、利箭飞舞的古战场上。

"旌蔽日兮敌若云"一句，运用夸张和比喻的修辞手法，极言敌军之众多、来势之凶猛。它直叙敌方势力的强大，为下文进一步描写战斗的白热化和楚军将士英勇作战及壮烈牺牲的悲壮场面做铺垫。随即，展现在读者眼前的则是一幅惊天地、泣鬼神的战争画面："矢交坠兮士争先"。"矢交坠"写敌我双方如雨般的利箭互射的情景，表明战斗的激烈和形势的危急。可是，在这种敌强我弱、"矢交坠"的情况之下，更为感人的是楚军将士却奋力"争先"。"士争先"三字，把楚军将士不怕牺牲、争先恐后、奋勇杀敌的形态刻画得栩栩如生，跃然纸上，形象地表现了楚军将士崇高的爱国主义精神，字里行间流露了诗人对楚军将士的倾慕和颂扬之情。

接着，车战更为激烈了："凌余阵兮躐余行。"这句写敌军已冲入楚军阵地和队伍之中，楚军正处于千钧一发之际。凌，侵犯。躐,践踏。这两个动词都是贬义词，表现了诗人对敌人的刻骨仇恨。与此同时，诗人又十分亲切地称楚军的阵地和队伍为"余阵"、"余行"。两相对照，褒贬昭然，憎爱分明。"左骖殪兮右刃伤。霾两轮兮絷四马，援玉枹兮击鸣鼓"三句，更进一层描写楚军在战事节节失利的情况下，将士们仍英勇顽强地作战的情形。左骖，古代一辆战车四匹马，"左骖"是左侧拉套的马。右，即"右骖"，是右侧拉套的马。殪，死。"霾"同"埋"。"霾轮絷马"是古代车战时后撤而据以固守的一种战法，即把车轮埋在地里，将战马拴住，借以坚持战斗。"玉枹"中的"玉"，形容枹好如玉，不是真的用玉做枹。枹，鼓槌。这三句高度集中地描写楚军将士临危不惧、浴血奋战的壮烈场面：战车左边的战马已战死，右边的战马又负伤，但是，指战员们临危不惧，埋好车轮，拴住战马，举起玉枹，紧擂战鼓，拼命杀敌。将士们这种奋不顾身、奋战疆场的大无畏英雄气概，气贯长虹，可歌可泣！

最后，诗人先议论后写实，交代了这场战争的结果："天时怼兮威灵怒，严杀尽兮弃原野。"天象怨恨、鬼神愤怒，这是议论；将士荡尽，尸体遍野，这是写实。"严杀尽兮弃原野"，这是一个何等悲壮的场面啊！

以上十句，九句写实，一句议论，主要描写了楚军将士壮烈牺牲的经过，字字句句渗透着诗人对死难将士的无限景仰和热烈赞颂之情。

诗的后八句，写诗人对以身殉国的楚军将士的热烈颂扬和深切悼念。由于内容上的连贯和协调，因此，在结构上，这两部分的承接就显得十分自然。"出不入兮往不反，平原忽兮路超远"，写出了出征将士们以身许国、义无反顾的决心，同时表达了诗人对死难将士们的无限真挚而深沉的怀念之情。读之，仿佛看到诗人悲痛欲绝、面对苍天述说着死难将士出征时振臂宣誓的动人情景。

"带长剑兮挟秦弓，首身离兮心不惩。"这是感人肺腑的形象描写。楚军将士生则操吴戈为国而战斗，死则佩长剑持秦弓而含笑九泉。这两句把楚军将士那种为国捐躯、死而后已的爱国主义精神，生动形象地表达出来了。秦弓，古代以秦地制造的弓为最强劲有力，这里是指按秦弓的制式造的弓。这里的"秦弓"与开篇的"吴戈"遥相呼应，连成一气。"心不惩"是说楚军将士们虽身亡而志不屈。诗人通过形象描写，再次表现了楚军将士壮烈牺牲时那种威武不屈和令人肃然起敬的英雄姿态，揭示了爱国将士至死不渝的爱国思想。联想起诗人"虽体解吾犹未变兮，岂余心之可惩"的诗句，足见诗人的思想与行操同殉国将士是息息相通的。只有像屈原这样的爱国诗人才能有如此体会并想象到那些为国捐躯的将士的心境。"诚既勇兮又以武，终刚强兮不可凌"，这两句是对牺牲将士的崇高品德的高度赞扬，并自然归结到"身既死兮神以灵，魂魄毅兮为鬼雄"，诗人驰骋想象，以极大的敬意向死难将士进行祝告和安慰。人死而神灵，生为人杰，死为鬼雄，诗人从死者正义的爱国精神、勇武的气魄展开想象，这是赞美，也是怀念和祝愿，再次表达了诗人对爱国将士的无限崇敬和深切悼念之情。

《国殇》是一首以叙事为主、以议论抒情为辅的追悼为国捐躯的将士的悲壮祭歌。这一首诗采用现实主义的创作方法，与《九歌》中另外几章的创作方法不尽相同。《九歌》中的其他篇章是以巫歌或传统神话故事为基础的，其间充满了浪漫色彩。《国殇》则摒弃了鬼神之类的题材，描写了关系楚国命运的实事，同时，诗人又把自己同那些为国献身的将士的命运联系在一起，所以，句句带着深情，字字凝聚着爱国精神，表现了诗人对英雄将士的庄严礼赞和深切哀悼。

诗人这种现实主义的创作方法，来源于他的"重民"思想和对楚国命运的由衷关切。诗人认识到，在外敌入侵的时候，保卫祖国主要依靠那些浴血奋战的将士，而不是依靠那些荒淫无耻、祷告鬼神、祈求福佑、妄图苟全国土的贵族统治者。正是诗人运用了现实主义的创作方法，表现了爱国主义的重大主题，才使《国殇》传诵不息，并且至今还激励着人们。

《国殇》描写的死难将士的形象生动而又具体，具有强烈的艺术感染力。

结构严谨是《国殇》的又一特色。诗的第一部分共十句，其中九句是叙事，而叙事时则按车战经过的先后进行，显得层次清楚，有条不紊。在叙事中又夹着"天时怼兮威灵怒"的议论，因而使记叙得到了深化。第二段主要是抒情，但也有"带长剑兮挟秦弓"等记叙。这样，诗的两部分的记叙和抒情就互为补充，使诗篇的结构显得十分严谨而成为不可分割的整体。

总之，无论从作品的主题还是从艺术特色看，《国殇》都无愧于楚辞中的名篇佳作。此外，对于屈原和他的爱国思想，我们也应当予以肯定：虽然"他的理想并不是直接代表当时的人民的利益的理想，他所爱的国家也和我们今天的国家有着根本的不同，然而他对于理想的坚持和对楚国的热爱，仍然可以引起我们的同情和尊敬"（何其芳《屈原和他的作品》）。

↘ 原　文

国　殇

操吴戈兮被犀甲，车错毂兮短兵接。

旌蔽日兮敌若云,矢交坠兮士争先。

凌余阵兮躐余行,左骖殪兮右刃伤。

霾两轮兮絷四马,援玉枹兮击鸣鼓。

天时怼兮威灵怒,严杀尽兮弃原野。

出不入兮往不反,平原忽兮路超远。

带长剑兮挟秦弓,首身离兮心不惩。

诚既勇兮又以武,终刚强兮不可凌。

身既死兮神以灵,魂魄毅兮为鬼雄。

屈原"发愤以抒情"说诗例一则

简析《九章·抽思》

王英志

作者介绍

王英志,1944年出生,毕业于北京大学中文系。苏州大学博士研究生导师,编审。著作有《灵境诗心——中国古代山水诗史》(清代编)、《清人诗论研究》、《中国古典诗歌艺术新探》、《古典美学传统与诗论》、《性灵派研究》、《袁枚评传》等二十余种。

推荐词

本篇阐述的问题是,屈原在《惜诵》开篇曰:"惜诵以致愍兮,发愤以抒情。""发愤以抒情",开创性地揭示了一个诗歌美学的命题,直接启示了司马迁"发愤著书说"的提出,从而形成中国文艺创作中一个贯穿古今的优良传统。

中国文学史上第一个伟大的爱国诗人屈原（约前340—前277），被人誉为属于"有第一等襟抱，第一等学识，斯有第一等真诗"者（沈德潜《说诗晬语》）。诚然，屈原热爱祖国，热爱人民，其为追求理想九死而未悔的崇高精神如日月经天，江河行地，千古不朽。他创作的以《离骚》为代表的光辉诗篇，"衣被词人，非一代也"（《文心雕龙·辨骚》）而流芳百世。诗人的创作实践离不开美学思想的指南。屈原虽然不是文艺理论家，没有专门的诗学著作，但是他的辞赋中却体现着丰富的美学思想，某些方面亦有具体的表述。《九章》之一《惜诵》开篇曰："惜诵以致愍兮，发愤以抒情。""发愤以抒情"，就开创性地揭示了一个诗歌美学的命题。此说直接启示了司马迁的"发愤著书说"的提出，从而形成中国文艺创作中一个贯穿古今的优良传统。

"发愤"作为心理学的范畴大概发轫于孔子,《论语·述而》曰:"不愤不启,不悱不发。""其为人也,发愤忘食,乐以忘忧,不知老之将至也。"朱熹释曰:"愤者,心求通而未得之意;悱者,口欲言而未能之貌。"(《楚辞集注》)这表明"愤"之原意是指人们在学习时遇到疑难而呈现的一种憋闷不舒的心理状态;"发愤"则指克服疑难、解除憋闷而求得内心之通畅。孔子之"发愤"显然尚不具有政治思想方面的因素,但在心理状态这一点上则沟通了屈原的"发愤以抒情"说。屈原的新贡献在于赋予"发愤"以深刻的社会内涵,并从美学的角度提出。所谓"申旦以舒中情兮,志沈菀而莫达","介眇志之所惑兮,窃赋诗之所明",表明屈原之"发愤以抒情"说与"赋诗"相关;又与其"志"即政治理想不可分割,同时与其政治遭遇为因果关系。为屈原作传的司马迁洞悉这一真谛,故曰:"屈原疾王听之不聪也,谗谄之蔽明也,邪曲之害公也,方正之不容也,故忧愁幽思而作《离骚》。"(《屈原贾生列传》)屈原之"愤"与"不得通其道"相关,而"道"亦指屈原的政治理想。司马迁正确地揭示了屈原"发愤"的思想内涵。司马迁还指出:"屈平正道直行,竭忠尽智以事其君,谗人间之，可谓穷矣。信而见疑，忠而被谤，能无怨乎？屈平之作《离骚》，盖自怨生也。"（《屈原贾生列传》）"怨"而作《离骚》亦为"发愤以抒情"之含义，道出了创作的规律，"抒情"、"赋诗"乃是"发愤"之必然。而屈原与司马迁之所谓"愤"实即"怨"或"忧愁幽思"，故李白云："哀怨起骚人。"（《古风》）"哀怨"亦即"愤"。

今传屈原所作楚辞二十五篇。千古绝唱《离骚》是"发愤以抒情"说的典范诗例自不待言，即是《九章》亦堪称"发愤以抒情"说杰出的艺术实践。朱熹认为："屈原既放，思君念国，随事感触，辄形于声。后人辑之，得其九章，合为一卷，非必出于一时之言也。"（《楚辞集注》）尽管《九章》各篇写作时间不同，除《橘颂》外，皆属于屈原失意后"发愤以抒情"之作，其精神与《离骚》一脉相承，具有鲜明的政治性与强烈的抒情性。这里对《九章》中的《抽思》篇稍加分析，作为屈原"发愤以抒情"说之一则诗例。

《抽思》写于楚怀王后期，时屈原被贬汉北，为抒发忠怨之情而作，篇内有"有鸟自南兮，来集汉北"之句可证。蒋骥所谓："原于怀王，受知有素。其来汉北，或亦谪宦于斯，非顷襄弃逐江南可比。故前欲陈辞以遗美人，终以无媒而忧谁告。盖君恩未远，犹有拳拳自媚之意；而于所陈耿著之辞，不惮亶亶述之，则犹幸其念旧而一悟也。"（《山带阁注楚辞》）称得上探骊得珠之论。此诗乃取"少歌"首句"与美人之抽思兮"中两字为篇名。"抽，绎也；思，情也。"（王夫之《楚辞通释》）"抽思"即抒写情思，详言之则为"发愤以抒情"。《抽思》所发乃幽怨之愤，所抒系忠贞之情，诗中幽怨与忠贞如经纬交织，既闪耀出爱国主义的思想光辉，又展示出复杂细腻的感情世界。全篇大致可分五个层次。

第一层次相当于全诗的引文，为读者渲染出幽怨的氛围，并点明写作动机。

开篇两句"心郁郁之忧思兮，独永叹乎增伤"，就直抒胸臆，袒露出内心"忧思"。此"忧思"正是《抽思》之"思"。诗人远离国君，愤郁积于心，只能独自长叹而显得加倍忧伤。这又进而写出"忧思"之外现。三、四句"思蹇产之不释兮，曼遭夜之方长"，"思"承接首句之"忧思"，"蹇产"形容忧思的迂曲不平，深入表现其忧愤之深重而难以消释，这正像长夜中人欲盼天亮不可得而更觉黑夜漫长，这个比喻十分贴切地显示出内心的郁闷焦虑。由于内含"忧思"，才"举物态而觉哀怨之伤人，叙人事而见萧条之感候"（陆时雍《读楚辞语》）。其所见之客观物态亦为其忧愤之情所涂抹，故曰"悲秋风之动容兮，何回极之浮浮"。容，指自然物态；回极，写秋风回旋而至；浮浮，动荡不安貌。此二句移情入景，以景衬情。"悲"乃"忧"的强化，表明前言之"忧思"不释且发展。因为心悲，故自然界秋风回旋，摇落枯叶之萧条惨淡景象益增其悲。这里主客观在哀怨一点上似乎融为一体了，诗人"独咏叹"、"悲秋风"并非自作多情、歌泣无端，这与国君密切相连："数惟荪之多怒兮，伤余心之忧忧。"荪，在《离骚》中亦曰荃，香草也，用以喻怀王。忧忧，愁苦貌。诗人经常想到怀王之"多怒"而被贬斥，此乃其伤心愤怨的原因。诗人既蓄因荪怒而伤心之愤，又"曼遭夜之方长"，乃于刹那间产生"愿摇起而横奔兮"的想象，远走高飞当可脱离泥淖，卸下思想的重负。诗至此生一波澜。但是，"览民以自镇"，又实在不忍心离开灾难痛苦中的人民，故立即打消了这个念头。诗至此又一跌宕，感情细腻而有变化。此句诗人的爱国忧民的思想如闪电划空，一下子照亮了郁闷的诗境，诗人既不忍远离，而独咏叹亦于事无补，那么诗人只有正视现实，继续坚毅执着地抓住与怀王沟通才能实现其政治理想这一关键，"结微情以陈词兮，矫以遗夫美人"。此微情即忠怨之情。所欲列举之词亦只是这种感情所铸就。"灵修美人以媲于君"（《楚辞章句》）也。尽管怀王多怒而疏之，但仍视怀王为"美人"，可见其对君之一往情深，怨而不怒。诗人不能不把其实现政治理想的希望寄托于君主身上。这两句又道出诗人《抽思》之写作动机，故蒋骥曰："结情于词，举以告君，则此篇之所为作也。"（《山带阁注楚辞》）

第一层次采用赋比兴相结合以及寓情于景等艺术手段，曲折跌宕地点出其忧思之愤与忠贞之情，乃是欲陈词于美人之内在要求，并作为全篇的引子。至此，一个愁容满面但忠贞不渝的抒情主人公形象已生动鲜明地向我们走来。

第二层次是全篇的主体，即写其"结微情以陈词"的具体内容，从而更加波澜起伏、淋漓尽致地"发愤以抒情"。

一、现实是历史的继续，有其前因后果，因此诗人不能不回顾过去，字里行间充满了愤怨，必发之而后快。"昔君与我成言兮，曰黄昏以为期"，以一"昔"字领起下文，并转入历史的追述。这两句以男女关系喻君臣，其精神与《离骚》"初既与余成言兮"完全相同。当初屈原"为楚怀王左徒，博闻强志，明于治乱，娴于辞令。入则与王图议国事，以出号令；出则接遇宾客，应对诸侯。王甚任之"（《屈原贾生列传》）。对这段君臣合作、共图霸业的历史，诗人是多么眷念！当时诗人对怀王寄寓着殷切期望，如同对美人约定与自己于黄昏举行婚礼一样充满憧憬。但是"羌中道而回畔兮，反既有此他志"，羌，发语词。谁料想美人中途违背诺言，"后悔遁而有他"（《离骚》）。诗意至此一转折。怀王既疏屈原，则为一班"党人"所迷惑，所谓"悇吾以其美好兮，览余以其修姱"正写出怀王得意之状。一、二句意指怀王听信谗言，宠爱小人，向屈原夸耀、显示其美好，这是对怀王"有此他志"的落实。叙述中饱含诗人的忧愤、痛苦。怀王信奸为忠，必然以忠为奸，"与余言而不信兮，盖为余而造怒"。怀王言而无信。"黄昏以为期"乃是空话，而且有意找屈原的岔子而发怒，君臣合作的关系彻底破裂。这一小层，诗人通过追述怀王对自己始信终疏的往事，先发愤怨之声。

二、如果说上一小层是与引子中"数惟荪之多怒兮"相呼应，侧重于写"君"，那么这第二小层则是对引子中

"伤余心之忧忧"的具体展开,主要写其自己于王"造怒"之后仍不失其忠怨之情,写得曲折而有层次。"愿承问而自察兮,心震悼而不敢。"诗人既因受谗而遭怒,所以希望寻找机会向怀王说明真相,但始则心惧而不敢言,怕引起怀王更旺的怒火,继则又不甘自已,"悲夷犹而冀进兮"。心中迟疑仍希望进言,终则"心怛伤之憺憺"。憺憺,忧伤貌。诗人最后陷于内心痛苦的深渊。上述几句写内心活动与感情变化,可谓一波三折,层次清晰,感人肺腑。诗人既然不能"承问而自察",只好"发愤以抒情"——"历兹情以陈词",列举忠怨之情编成歌辞希望传闻于怀王,可见屈原"惓惓之意盖极深厚"(朱熹《楚辞集注》)。但是"荪详聋而不闻"。详同佯,伪装,一字传神,入木三分地道出怀王的冷漠无情,非极忠贞之人谁不为之心如死灰!屈原则思考其原因:"固切人之不媚兮",他本是切直之人而耻于诌媚取宠,亦不肯同"党人"合流而背叛理想,顺从怀王的错误,因此使得"众女嫉余之眉兮,谣诼谓余以善淫"(《离骚》),被众小视为眼中钉——"众果以我为患"!对此屈原岂能不充满愤懑之情?这一小层以缠绵悱恻的笔调,抒写出细微复杂的感情,表现出主观与客观的尖锐矛盾,忠怨交织的感情仍是其主旋律。

　　三、"众果以我为患"，当然是颠倒黑白，但屈原忠贞之心并未稍改，所谓"虽九死其犹未悔"（《离骚》）也。第三小层即开始正面畅述自己的崇高的政治理想，向怀王进陈讽谏之言，集中笔墨显示出爱国主义激情。诗人明确表明自己多遭谗被疏而不改初衷："初吾所陈之耿著兮，岂至今其庸亡？"庸通用，亡通忘。反问的句式坚定有力，即当初所陈述之忠言非常明白，难道现在会因时之推移而忘记？诗人上下而求索，其理想之志是永不磨灭的。然后诗人又自问："何独乐斯之謇謇兮？" 謇謇指忠贞之情，此意又与《离骚》"余固知謇謇之为忠兮，忍而不能舍也"合辙，诗人忠贞不渝而陈词，乃是"幸君之一痌"（朱熹《楚辞集注》），还是不放弃通过怀王实现其强国富民的政治理想的打算，又向怀王提出殷切希望："愿荪美之可光。"先是概括地希望怀王的美德发扬光大；"望三王以为像兮，指彭咸以为仪"，然后具体提出希望怀王以三王（夏禹、商汤、周文王）、五霸（齐桓公、晋文公、楚庄王、吴王阖闾、越王勾践）为榜样，而他自己则愿以殷贤臣彭咸为模范，倘君臣携手，通力合作，何愁霸业不成？诗人不禁为自己所设想的锦绣前程所激动，他竟有些忘情："夫何极而不至兮，故远闻而难亏。"认为这样就可以无往而不达，并声名远传。但热极而后冷，诗人毕竟又是一个清醒的政治家。他深知要使幻想成为现实，必须对怀王"中道而回畔"进行讽谏，使之实践昔日"成言"。这在更深的层次上表现了自己的忠贞之情："善不由外来兮，名不可以虚作。孰无施而有报兮，孰不实而有获？"这四句是讽谏怀王应该修养品德，讲求实际，真刀实枪地去建立霸业，一颗忠贞爱国之心跃然纸上。屈原之忠怀王并非愚忠，所以不盲从其错误。说到底，屈原之所以忠君乃是因为非通过君主不能实现其理想，这是其忠贞之实质，亦是可贵之处。

以上三小层构成第二层次，是诗人"发愤以抒情"之陈词。其内容总的属于追述历史，但这一段历史本身亦具有阶段性，即被疏前、被疏与被疏后，内容极其丰富深刻。艺术上仍赋比兴兼用，时而直切，时而委婉，亦忠亦怨，或冷或热。抒情主人公的形象更加鲜明感人。

第一、二两个层次构成诗的前半篇。第三层次"少歌"是对前半篇的小结。"少歌"一作"小歌"，其作用为"总论前意，反复说之也"（王逸）。"反复说之"乃楚辞一大特色,《抽思》尤其明显。"与美人之抽思兮,并日夜而无正。"这是总结前半篇自己向怀王抒发幽怨之情,却无人证其是非之意。诗人之遗恨不难体会。"憍吾以其美好兮,敖朕辞而不听。"憍同骄,敖同傲,前句已出现于第二层次中,此又重复言之,再次对怀王刚愎自用、不听其言而表示忧愤。"少歌"既承上亦启下。洪兴祖所谓:"少歌之不足,则又发其意而为倡。"(《屈原赋校注》引)

第四层次则属"倡",即唱,这里有"更端言之"(先大父),即另起头之意,以展开后半篇。如果说前半篇属于追述历史"发愤以抒情",那么这一层次则是集中笔墨实写此时被贬汉北而独处时的心境,从而把现实与历史交织在一起,给人以更丰富的感受。"有鸟自南兮,来集汉北。"这一比兴开辟了诗的新意境:诗人如鸟从郢都来到汉水之北。"好姱佳丽兮",此"鸟"极其美丽,是比喻诗人"纷吾既有此内美兮,又重之以修能"(《离骚》)的禀赋内质的纯美。但此"鸟"却"胖独处此异域"。胖,离异;异域指远离郢都之汉北。诗人之怨愤通过美好的主观条件与恶劣的客观境遇的不和谐而流露出来。在此异域诗人不能不感叹:"惸煢独而不群兮,又无良媒在其侧。""惸"义同独,前句与《离骚》"鸷鸟之不群兮"相通。屈原曾曰:"举世皆浊吾独清,众人皆醉吾独醒。"(《渔父》)他与世俗、党人自然水火不相容,也就没有"良媒"在怀王君侧为其美言疏通。因此"道卓远而日忘兮,愿自申而不得"。卓,远也。屈原远离怀王,音讯断绝,怀王已把他置之脑后,他也无缘当面进忠言,前途茫然。这对于有远大抱负的屈原来说该是多么痛苦的现实!于是,"望北山而流涕兮,临流水而太息"。北山,指"楚都鄢北十里之纪山也"(《屈原赋校注》),当代表楚国鄢都与君王。前句是远眺,写出对祖国的眷恋之情,后句为近看,显示对现实的悲伤之态。诗人急盼能改变这郁闷悲苦的处境而不可得,故云:"望孟夏之短夜兮,何晦明之若岁?"这既是写实,描摹其辗转反侧、夜不能寐之情状,亦有象征意义:渴望逆境能如夏夜之早结束,但实际上却长夜漫漫。夜既长而梦多:"惟郢路之辽远兮,魂一夕而九逝。"九,虚数,言次数多。诗人不能亲回郢都,只能借梦魂萦系之,以求"自申"的机会。"一夕而九逝"的夸张之笔,突出其深挚感人之忠贞。其魂"曾不知路之曲直兮,南指月与列星",诗人不顾路之曲直,又借星月为指南路标,南归之心可谓迫切之至,但"愿径逝而未得兮"，又"魂识路之营营"，意谓"魂虽识路，而营营独往，无与俱也"（朱熹《楚辞集注》）。这一方面突出了诗人意志坚定、感情真诚，一方面又写出路程艰难与孤独。于坚贞之中不无悲伤哀怨，故又叹息："何灵魂之信直兮，人之心不与吾心同。"诗人之心忠信正直，党人之心乃"背绳墨以追曲兮"（《离骚》），二者截然相反，诗人对此发出"为什么（何）"的质问，感情掀起波澜。人我异心，即使归去，亦无人为之向怀王介绍，君主亦无以知诗人"闲暇而不变所守"（朱熹《楚辞集注》），所谓"理弱而媒不通兮，尚不知余之从容"。理指提亲人，此句与《离骚》"理弱而媒拙兮，恐导言之不固"如出一辙。诗人之一片忠贞仍将付之冰水，感情又转为悲伤。这一层以现实与梦境相映衬，感情仍起伏多变，表现则忽晦忽明，但酣畅淋漓。

第五层次为"乱"，总结全篇；"乱"又为终了的乐章，属尾声。此乱辞基本以四言句为主，有的语气词"兮"若不计，则实为三字句。这种繁音促节的短句式适宜于体现诗人急切的心情。"长濑湍流，泝江潭兮。"濑，沙上浅水；泝同溯，逆流而上。此句写诗人欲穿过浅滩急流，并溯沧浪江而上，以兴起其"狂顾南行，聊以娱心兮"之意。狂顾，左右急视貌。但"轸石崴嵬，蹇吾愿兮"。轸借为畛，"田上道"（《屈原赋校注》）；崴嵬，不平；蹇，阻碍。南行的道路坎坷，阻碍着诗人归去的意愿，欲"聊以娱心"亦不可得。这是补充"倡"一层次"郢路之辽远兮"的含义，此写忧愤也。"超回志度，行隐进兮"，指诗人欲越曲路取直道，但仍步履维艰，此写忠贞也。但"低徊夷犹，宿北姑兮"。低徊，流连盘桓貌；北姑，地名。诗人最后仍不能前进，只能停留在汉北附近之地。此又转写忧愤也。"烦冤瞀容，实沛徂兮。"烦冤，心烦意乱；瞀容，当为"瞀闷"，心乱也；沛徂，谓颠沛之行（据《屈原赋校注》）。诗人之所以心烦意乱，实因此颠沛困苦之行也，与"轸石崴嵬，蹇吾愿兮"相呼应。为此，诗人只好"愁叹苦神，灵遥思兮"，又与"魂一夕而九逝"映照；重叹"路远处幽，又无行媒兮"，亦回应前文。既然"南行聊以娱心"是空想，诗人只好表示："道思作颂，聊以自救兮。"道思即抽思，此二句意为惟"发愤以抒情"才可求得内心暂时的畅达。因为"忧心不遂，斯言谁告兮"。遂通达，又从反面重申唯有"道思作颂"一条道路可走，并再次证明《抽思》实乃"发愤以抒情"之作。

刘勰曾评屈原辞赋"其叙情怨，则郁伊而易感；述离居，则怆怏而难怀"（《文心雕龙·辨骚》）。屈赋之所以感人，一方面决定于其忧愤具有进步意义；一方面也决定于屈原"第一次创造了十分富于个性的诗歌，而且大大地扩大了诗歌的表现能力"（何其芳）。《抽思》即是：诗或把历史与当前相映衬，或把理想与现实相比照，或把忠贞与怨愤相交织，或把主观与客观相对立，显得神思飞越，内容丰富，意境开阔，感情深厚。诗人尤其长于揭示内心世界，把那股"芳菲凄恻"之情表现得跌宕多姿，曲折多变，又层次分明，极为真挚细密。诗中既有直抒胸臆的赋，亦有象征意义的比兴，感情时隐时显，或明或暗，奇妙无比。诗人又吸取了民谣章句复沓的手法，把"忠怨之辞"（《辨骚》）反复吟咏，使人不觉其重复，而只觉感情不断加深，表现得淋漓尽致，有一唱三叹之妙。《抽思》句式或长或短，错落参差，皆随感情的变化而安排，并显得抑扬顿挫，有"大珠小珠落玉盘"之美。唯此才使"发愤以抒情"之《抽思》具有"永久的魅力"。

↘ 原　文

抽　思

心郁郁之忧思兮，独永叹乎增伤。思蹇产之不释兮，曼遭夜之方长。悲秋风之动容兮，何回极之浮浮。数惟荪之多怒兮，伤余心之忧忧。愿摇起而横奔兮，览民尤以自镇。结微情以陈词兮，矫以遗夫美人。

昔君与我成言兮，曰黄昏以为期。羌中道而回畔兮，反既有此他志。憍吾以其美好兮，览余以其修姱。与余言而不信兮，盖为余而造怒。

愿承问而自察兮，心震悼而不敢。悲夷犹而冀进兮，心怛伤之憺憺。历兹情以陈词兮，荪详聋而不闻。固切人之不媚兮，众果以我为患。

初吾所陈之耿著兮，岂至今其庸亡？何独乐斯之謇謇兮？愿荪美之可光。望三王以为像兮，指彭咸以为仪。夫何极而不至兮，故远闻而难亏。善不由外来兮，名不可以虚作。孰无施而有报兮，孰不实而有获？

少歌曰：与美人之抽思兮，并日夜而无正。憍吾以其美好兮，敖朕辞而不听。

倡曰：有鸟自南兮，来集汉北。好姱佳丽兮，牉独处此异域。惸茕独而不群兮，又无良媒在其侧。道卓远而日忘兮，愿自申而不得。望北山而流涕兮，临流水而太息。望孟夏之短夜兮，何晦明之若岁？惟郢路之辽远兮，魂一夕而九逝。曾不知路之曲直兮，南指月与列星。愿径逝而未得兮，魂识路之营营。何灵魂之信直兮，人之心不与吾心同。理弱而媒不通兮，尚不知余之从容。

乱曰：长濑湍流，泝江潭兮。狂顾南行，聊以娱心兮。轸石崴嵬，蹇吾愿兮。超回志度，行隐进兮。低徊夷犹，宿北姑兮。烦冤瞀容，实沛徂兮。愁叹苦神，灵遥思兮。路远处幽，又无行媒兮。道思作颂，聊以自救兮。忧心不遂，斯言谁告兮。

寓情其中 蕴藉风流

读《九歌·湘夫人》

凌左义

作者介绍

凌左义(？—2008),九江师范专科学校教师。长期从事宋诗、黄庭坚及《水浒传》研究。

推荐词

《湘夫人》大约是《九歌》中最为浪漫的。祭祀的是水神,表现的却是美人。以美人自喻、以鲜花为美的屈原,在《湘夫人》中寄寓什么呢?这篇文章从来龙去脉上理清了传说的故事线索,也理清了诗的感情线索。

楚辞《九歌》是传世之奇文。其中有慷慨悲壮如《国殇》者，也有缠绵悱恻如《湘君》、《湘夫人》者。它是山川之神的祭歌，诗中形象兼有自然形态和神的特性，同时又蕴涵着丰富的人情。它是诗，又兼有合唱、对唱与表演等戏剧因素。它词采美丽，想象丰富，充满着浪漫主义色彩。它是我国古典文学中稀有的珍品。

关于《九歌》的创作，文学史上颇有争议。笔者却信汉人王逸之说："九歌者，屈原之所作也。昔楚国南郢之邑，沅、湘之间，其俗信鬼而好祠（按，即祭祀），其祠必作歌乐鼓舞以乐诸神。屈原放逐，窜伏其域，怀忧苦毒，愁思悲郁。出见俗人祭祀之礼，歌舞之乐，其词鄙陋，因作九歌之曲。上陈事神之敬，下见己之冤结，托之以讽谏。"（王逸《楚辞章句序》）宋人朱熹引申王说，谓荆蛮之间祭祀之词"亵慢淫荒"，"原既放逐，见而感之，颇更定其词，去其泰甚"（《楚辞集注》）。综合王、朱之说，则《九歌》是屈原放逐沅、湘之际，根据民间祭歌改作。近世学者多从此说。

《湘夫人》是《九歌》（共十一篇）组诗之第四篇，是祭祀湘水神的。祭祀日月山川是上古民风，楚地尤甚。谓之"夫人"则牵涉到传说中舜与二妃的故事。《史记·秦始皇本纪》载始皇南巡，至湘山祠遇大风，"上问博士曰：'湘君何神？'博士曰：'闻尧之女舜之妻，而葬此。'"张华《博物志》载："尧之二女，舜之二妃，曰湘夫人。"又曰："洞庭君山，舜之二女居之，曰湘夫人。"《水经注·湘水》曰："大舜陟方也，二妃从之，溺于湘水，神游洞庭之渊，出入潇湘之浦。"《列女传》、《礼记》亦有类似记载。将舜与二妃生死离别的悲剧故事附丽于湘水之神，这正是南楚人民的一种创作。屈原"更定其词"，做了一番艺术加工。这便是我们今天见到的《湘君》、《湘夫人》。

湘君指舜，湘夫人即指舜之二妃：娥皇、女英。《湘君》写湘夫人对湘君的思慕与追求，《湘夫人》则写湘君对湘夫人的思慕与等待。两篇既各自成章，又浑然一体。两篇情节相似，结构相似，语气上互相呼应，而主题是一致的，即写思而不见，邂逅无缘的痛苦。二者虽为祭词，实可看做一组美丽、幽怨的恋歌。它不但有极高的审美价值，亦有助于陶冶我们美好的情操。

《湘夫人》是写湘君得悉湘夫人来寻他的消息之后，来到洞庭湖畔等候湘夫人而终于不遇的经过。作为祭歌它应是扮演湘君的男巫唱的。全诗四十句，可分为三个层次来理解。

第一层是起篇至"将腾驾兮偕逝"，共十八句。作品先用"帝子降兮北渚"一句照应前篇，点明湘君已经获悉湘夫人来到了"北渚"这个地方，湘君于是从九嶷山上降临洞庭湖畔。八百里洞庭，水天相接，这时候是在秋天，湘君站在湖畔举目远望，但见渺渺烟波，只闻秋风飒飒，津上是落叶纷纷。夫人何在？既不见她的身影又不闻她的声音，湘君不觉徒生惆怅。眼前这萧条零落的景色使湘君倍觉神伤。作品一开始便画出了一幅洞庭湖边伫望图。"嫋嫋兮秋风"两句，点明了地点、节候，创造了衰飒气氛，渲染了湘君心中的哀愁，为全篇定出了一个基调。这种哀怨的情绪仿佛是全篇低沉、忧郁的一根主弦。它有一种感人的悲剧气氛，一开始便有一种抓人的艺术力量。

湘君望不见湘夫人的踪影,于是登上一片长着白薠的草地向远方骋目。他想为着与夫人在今晚欢聚,他已做了种种张罗布置。可是事情并不顺意。你看鸟儿聚集在水草(薠)之间,鱼罾高挂在树上。这不是正常的现象(按,鸟应在树上,罾应在水中)。这种颠之倒之的景象,隐喻湘君的失望。从两个疑问句中,我们感到了此刻湘君失望的痛苦和焦灼的情绪。

"沅有芷兮澧有兰",兴中有比。沅水、澧水是流入洞庭湖的两条水系,芷(一作茝)、兰都是香草。湘君因香草而思夫人(公子,古时贵族家庭女子的通称,犹公主,这里指湘夫人),但是他不便将这种深长的思念表达出来。湘君是一个爱得热烈而又能含蓄其情的东方型男子。此两句内心独白,深入地揭示出湘君对湘夫人之一往情深。他的思念的痛苦,也表现了他的持重、深沉的性格。《越人歌》曰:"山有木兮木有枝,心悦君兮君不知。"汉武帝《秋风辞》:"兰有秀兮菊有芳,怀佳人兮不敢忘。"与屈子此二句仿佛,皆以前句兴起后句。屈子与武帝之句兴中尚有比义,即以香花比美人也。"荒忽兮远望,观流水兮潺湲","荒忽"同"恍惚"。湘君由于思之深,望之久,他视野迷茫，心神恍惚，似乎见到了湘夫人的影子，然而细视眼前，依旧是迷茫的烟水，飘飞的木叶，那有着岸芷汀兰的沅水、澧水则依旧流逝着，流逝着。"逝者如斯"，而伊人不至，这候人的痛苦，无情地煎熬着久伫在秋风萧瑟中的湘君啊！

"麋何食兮庭中？蛟何为兮水裔？"麋，鹿类动物，似鹿而大，山间之物，今在庭中；蛟，无角的龙，水中之物，却在岸上。两句皆以不合常理的事物拟喻湘君之遇合不偕。"麋何食……蛟何为……"同样形式的两个句子使湘君失望的幽怨得到了强调，加强了诗的表现力。而在行文上，这两句是上文情绪发展的必然结果——湘君由湖畔伫望、登高骋望，到恍惚有见，而终于失望，其愁情在加深着、高涨着，到此便形成了一个高潮。

"朝驰余马兮江皋，夕济兮西澨。闻佳人兮召予，将腾驾兮偕逝。"这四句是一个补叙——补叙湘君的行程：他一早从江边纵马出发，傍晚便到了洞庭湖边。"闻佳人兮召予"——补叙湘君来到此间的原因。湘君闻命而来，"朝驰……夕济……"写其行路之迅速，兴致之高涨。"将腾驾兮偕逝"，写湘君心中的美好设想：见到湘夫人之后，即与她一道坐着车子飞驰而归——这又是补叙湘君赴约时的兴奋心情。这种兴奋心情正与失望的结果形成对比,从而加强了失望的痛楚。

第二层自"筑室兮水中"至"灵之来兮如云"。是湘君设想与湘夫人腾驾而归后的美满生活。亦即是"与佳期兮夕张"的具体内容。他在水中建筑与湘夫人聚会的房屋,用碧绿的荷叶覆盖屋顶,用荪草做成墙壁,用紫色的贝壳镶饰门庭,堂上涂了香椒,桂树做的屋梁,兰木做的椽条,辛夷香木做的门檐,白芷香草做卧房,编结薜荔做帷帐,用蕙草编结成屏风,座席的四角压上美丽的玉石,室内陈放着石兰草,一片芬芳。屋顶上再盖些香芷,房屋四周再缠绕些杜衡,庭院中栽种着种种奇花异草,花的芳香充满了庭院门廊。九嶷山的山神纷纷腾云驾雾而来,对湘夫人的到来曼舞欢歌,表示热烈欢迎。这一层极写湘君的美好愿望。湘君如此殷勤地营造、布置他的房屋,正是一种华屋藏娇之意,集中体现了其对湘夫人的喜爱。这一层次中的句式,用五言与六言结合,节奏比较急促,表现出一种营造华屋,极事张罗,如迎娶新娘的那种急切、激动的心情与无比欢乐的气氛。在表现上则是一种夸张的、铺张扬厉的手法。这是一种色彩丰富、香气袭人的美好世界,极富于浪漫主义情调。

可惜，这只是一种幻想，一种愿望而已，湘夫人终于没有到来。于是，便有了第三层。

第三层是诗篇的最后六句，写湘君虽然失望而仍有所待的心情。"捐余袂（袂是衣袖，这里应是指上衣）兮江中，遗余褋（裙子，一说内衣）兮澧浦。"湘君经过了长久等待仍不见湘夫人到来，于是将一些衣物放在水中或岸上。这些衣物原是湘夫人送给湘君的，湘君丢下这些衣物，不是因思成恨，不是为了决绝，为的是好让湘夫人见到，让她知道湘君曾在此地等候过她。湘君不相信湘夫人终不会来，他仍然希望她的到来。所以，当他丢放了一些衣物之后，便又到洲上去采拾香草了。他准备再用些芳草鲜花来迎接湘夫人呢，可是，相见时难，这幸福的相逢真难等待啊！如何打发这令人烦恼的时间呢？"聊逍遥兮容与"——暂且采拾芳草，观赏风景，化无聊为有为吧！湘君的逍遥中有沉重，容与中有急切，失望中有期待。

读罢全篇，掩卷而思，我们似乎来到了那秋波渺渺的洞庭湖畔，看到了那多情而忠实的湘君。他在这湖边，或翘首而望，或登高骋目，或徘徊湖畔，或采香芳洲。他有热烈的追求与幸福的畅想，有失望的痛苦，却也有耐心的等待、不渝的忠贞。这是一个热情、追求、忠贞的形象。湘君的缠绵中有坚毅,婉约中有崇高。《湘夫人》有《关雎》、《汉广》、《蒹葭》之遗韵,而追求的精神过之。这种精神正是屈原的精神。这种忠贞与追求的精神是一切高尚人物忠于民族、忠于国家、忠于爱情的美好情操。《湘夫人》的感人的艺术魅力,不是首在于此么?

《湘夫人》在人物刻画上虽也有行动的描写,如"目眇眇"、"登白薠兮骋望"以及捐袂遗褋等,但主要的是景物烘托与心理描写。秋风木叶,洞庭波涌,以凋零衰败之景渲染湘君怅惘之情。鸟萃苹中,罾挂木上,以颠倒错乱之事述遇合不偕之悲。诗中的独白是湘君的心理描写,"沅有芷兮澧有兰"之句及"筑室兮水中"一段,皆充分揭示出湘君的内心世界。由于诗篇主要采取这后两种方法,因此诗篇达到了情景交融、遗貌取神的境界,使作品有一种神韵缥缈、情致缠绵之美。

诗篇起于临洞庭而骋望,结于"聊逍遥兮容与",首尾照应,结构完整。语言上朴素中有华美。写景则寥寥数语能绘出一个具有鲜明时空特色的典型环境,寓情其中,蕴藉风流。凡此种种皆值得细细玩味。

原　文

湘夫人

帝子降兮北渚，目眇眇兮愁予。嫋嫋兮秋风，洞庭波兮木叶下。

登白薠兮骋望，与佳期兮夕张。鸟何萃兮蘋中？罾何为兮木上？

沅有芷兮澧有兰，思公子兮未敢言。荒忽兮远望，观流水兮潺湲。

麋何食兮庭中？蛟何为兮水裔？朝驰余马兮江皋，夕济兮西澨。

闻佳人兮召予，将腾驾兮偕逝。筑室兮水中，葺之兮荷盖。

荪壁兮紫坛，播芳椒兮成堂。桂栋兮兰橑，辛夷楣兮药房。

罔薜荔兮为帷，擗蕙櫋兮既张。白玉兮为镇，疏石兰兮为芳。

芷葺兮荷屋，缭之兮杜衡。合百草兮实庭，建芳馨兮庑门。

九嶷缤兮并迎,灵之来兮如云。捐余袂兮江中,遗余褋兮澧浦。

搴汀洲兮杜若,将以遗兮远者。时不可兮骤得,聊逍遥兮容与。

气势磅礴 喷流奔涌

《天问》中的困惑与超越

刘毓庆

作者介绍

刘毓庆,1954年生,山西省洪洞县人,山西大学文学院教授、博士生导师。长期从事先秦文学、诗经学、古代文化等领域的研究,有著作《古朴的文学》、《朦胧的文学》、《泽畔悲吟——屈原:历史峡谷的永恒回响》、《雅颂新考》、《诗经图注》(国风)、《诗经图注》(雅颂)、《从经学到文学——明代诗经学史论》、《图腾神话与中国传统人生》等出版。

推荐词

《天问》是中国文学史上关于宇宙起源、天地构成、山川地貌、河流海洋、人类发展、历史脉络、个人命运终极意义的第一次排山倒海般的追问,气势磅礴,喷流奔涌,这些问题直到现在,也没有人能完全解答。然而,发出天问的人——屈原,也许根本就没有希望获得解答。那他为什么要发出这般涉及终极的天问?刘毓庆先生的回答是沟通屈原心灵的一种解答。

或许你认为《天问》只是一种"试问",也可能觉得它像时代学术疑问的结集。然而作如是观,我们却感到了它与屈原——一个象征着情感力量的名字——心灵的巨大隔阂。很难想象一个理智、冷静的头脑,能提出如此多根本不可能回答也压根不希望人回答的问题。尽管这些问题是关于宇宙的、自然的、历史的,是学术的,而那长江决堤般的滔滔发问,那铺天盖地般的上下发难,那对历史、对宇宙的叩询,那对于宇宙间给定一切的怀疑,不正是诗人困惑、绝望、悲愤、痛苦情感的体现吗?太史公说:"余读《天问》,悲其志。"我们无法相信经受过腐刑之辱砺练的太史公,竟然感情脆弱到读不得一篇"学术性文章"的程度!太史公是研究屈原最早的学者,也是最理解屈原的一个人。他的际遇,促成了他与屈原心灵的冥契。《屈原列传》就是太史公之《离骚》。他最早对《天问》进行了研究(王逸云"太史公口论道之"),用心灵触摸《天问》的每根神经。而那种发自心灵深处的"悲"的感受,不正昭示着《天问》的情感底蕴吗?

我们不愿意抛弃古之权威的成说:

> 《天问》者,屈原之所作也……屈原放逐,忧心愁悴,彷徨山泽,经历陵陆。嗟号昊旻,仰天叹息。见楚有先王之庙及公卿祠堂,图画天地山川神灵,琦玮谲诡,及古贤圣怪物行事。周流罢倦,休息其下,仰见图画,因书其壁,呵而问之,以渫愤懑,舒泻愁思……
>
> ——王逸《楚辞章句·天问》

> 《天问》之作,其旨远矣。盖曰遂古以来,天地事物之忧,不可胜穷。欲付之无言乎?而耳目所接,有感于吾心者,不可以不发也。欲具道其所以然乎?而天地变化,岂思虑智识之所能究哉?天固不可问,聊以寄吾之意耳。楚之兴衰,天邪人邪?吾之用舍,天邪人邪?国无人,莫我知也,知我者其天乎?此《天问》之所为作也。
>
> ——洪兴祖《天问补注》

尽管前贤之论，不尽合人意，而其对于《天问》情感的体会，却是有所获取的。我非常赞同蒋天枢先生的卓见："观篇中辞意，实为自沉前悲愤绝唱。"（《楚辞论文集》，陕西人民出版社，1982年，第34页）。如以学术言，《天问》一百七十多问，等于什么也没有问，因为他根本就不该问。这种提问不仅没有任何科学意义，而且恰恰暴露了提问者的无聊和无知。而就情感言，它无"问"不蕴藏着绝望的悲愤与悲哀，无"问"不是走向死亡前对世界原形的追寻，也无"问"不体现着对万有、对人生的巨大困惑，以及超越困惑的巨大努力。

虽然我们举不出坚实的证据，证明屈原不可能参与宇宙本体大讨论，也无法由旁证材料证明屈原专注于政治，无心参与学术争鸣，现存的史料，几乎无法从外部支持我们的论点，而《天问》自身，却为我们提供了可靠的根据。我们无须过多地旁征博引，只要切诊一下《天问》心脉的搏动，也就足够了。我们不否认《天问》的学术性倾向，而我们更关注的是其学术的躯壳里，所装载的情感内容。

澎湃的情感乃是《天问》的生命，困惑乃是其情感的内核。困惑产生于对固有信念的怀疑，产生于个人人格与社会人格的冲突之中。屈原是一个堂堂正正、不知苟且的男子汉，他执着于主观认识与道德坚定，以人格修养为立身之本。一篇《离骚》说得明明白白：他有"修能"，又好"修姱"，志在力法"前修"，失败后还要"复修初服"，即使死也不改其"修"。"修"便是他对人格的完善与坚持。饮坠露，餐秋菊，扈江离，佩兰秋，戴高冠，佩长剑，是其高清人格的象征。他不考虑外在世界需要自己怎样做，而只知道为了保持人格的高清，自己应该做什么；不考虑如何与社会求得和谐，减少与外物的摩擦，从而顺利实现自己的政治抱负，只知道一种崇高的理想，应该伴随正直的个人行为；不考虑时代价值观的变更，只知道以古圣前贤为人格楷模，求得在现存世界的落实。他以单纯、善良、童稚之心，接受着前贤的古训，认为只要坚持人格修养，正心诚意，就可以"参天贰地"，把握宇宙的一切，获得人生的真实意义。然而个体人格修养的深度与污浊现实的强烈反差，造成了个体与社会的强烈对撞。这样不仅无法实现"美政"理想，甚至坚持正常的人生也感到步履维艰。他所认定的价值观已无法解释这个世界的意义。圣贤遗训与这个世界格格不入。固有的信念根本动摇了！巨大的人生困惑笼盖了全部心灵！

原先以为自己把握了宇宙真理，自己什么都知道，足可以为王先导，"及前王之踵武"，现在突然发现，原来自己什么都不知道，甚至连自己的存在依据也不清楚。自己无论怎样搜尽枯肠，也无法用固有的价值观为自己的放逐找到合理根据与实在的意义。他上天下地，想为现存的一切找到合理的解释，最终还是什么也没有找到。他想远游四方，寻回失去的人生，也还是什么也没有得到。他为现存世界的不公平、不合理、不道义愤怒悲痛，仰天呼号，却找不出"合理"存在的真实根据。心灵的困惑使他无比痛苦而走向了绝望，向茫茫苍天发出了进攻性的呵问。这便是他困惑的根由，也是《天问》产生的内在根据。如果没有个体与社会的冲撞，没有固有信念的动摇或崩溃，没有对人生的巨大困惑，即使时代有再激烈的宇宙本体的讨论，再炽热的学术论辩之风，也不可能产生《天问》。即便产生，也将会是另一种面目。

是的，《天问》没有提出人生的诸种问题，也没有表达个我生命之旅的种种困惑。它几乎没有涉及对自我遭际、经历以及痛苦、绝望的诸种情绪的描写，然而那一百七十多个问题，不正是其内心痛苦的宣泄吗？不正是其人生困惑的转化吗？现存世界苦闷和痛苦的巨大压力，使他在绝望中将目光转移于历史与自然，企图在这无限空阔之中，找到真理赖存的绿洲，找到人生慰藉的岛屿。可是在虚无、空阔、茫茫无着之中，他却感到了更大的困惑。宇宙的一切——无论存在的还是消亡的，目及的还是耳闻的，简牍的还是口传的，都无法理解，不可理解。"啊，宇宙啊，时间啊，生命！"一切都是不可解的谜！世莫我知，我也无法理解这个世界。自我迷失在了世界的困惑之中，宇宙的海底充满深沉的悲伤。一个个问号像一把把火炬，燃起悲愤的火焰。他要驱逐知识领域的黑暗。尽管这火炬燃烧的乃是生命的油脂，但唯有如此，才有可能超越困惑。为战胜困惑、战胜黑暗而死，也比糊里糊涂地生存高尚。于是屈原"嗟号昊旻"，开始了对宇宙真实根据的追寻。

所谓"天问"，乃是对茫茫宇宙的发问。中国人的宇宙生成理论认为：混沌初开，先有天而后有地，气化而生人。秦博士有议曰：古有天皇，有地皇，有泰皇（人皇）。后世史家则更有盘古氏（浑敦氏）、天皇氏、地皇氏、人皇氏的历史发展序列，这无疑是国人宇宙史观的体现。屈原与现实冲撞的巨大反弹力，使他回到了宇宙的始端。他循着宇宙历史的序列，由混沌初并而天而地而人类社会与历史。在布满迷雾的历程中,苦苦追寻合理的解答,寻找人生与自然、历史的意义联系。

> 曰遂古之初,谁传道之?
> 上下未形,何由考之?
> 冥昭瞢暗,谁能极之?
> 冯翼惟像,何以识之?
> 明明暗暗,惟时何为?
> 阴阳三合,何本何化?

面对宇宙初态的给定答案,一个巨大的问号产生了!战国宇宙本体大讨论,各家于"遂古之初",言之凿凿。《老子》推原"有物混成,先天地生"。《列子·天瑞》言:"一者,形变之始也。清轻者上为天,浊重者下为地,冲和气者为人。"《吕氏春秋·有始》述阴阳家之言曰:"天地有始,天微以成,地塞以形。天地合和,生之大经也。"然而这是人类经验未至之所,其原初状态,由谁传述出来?天地没有形成,有什么根据可供考察?时间与空间处于休止的变化运动中,谁知道它的真实形态,谁了解它的运动目的?现存的答案难道不是欺骗?人们把给定的解释认作真理,不会怀疑这所谓真理的根据。连万物赖以存在的根据——宇宙时空的根据,都被谎言所掩盖,世界还有什么"真实"可言呢?自己曾坚持过的信念的真实根据又何在呢?在"瞢暗"、"冯翼"之中,到哪里去寻找宇宙确立的真实可信的经验和信念确立的绝对根据呢?巨大的困惑由此而发轫。

随而转向"明明上天",将困惑由虚无之中推向了有形之内。由天上九重之垣("圜则九重"之"圜",闻一多以为通"垣",可从)的居民("孰营度之",旧释"营度"为经营度量。今按《说文》云:营,市居也。《大雅·皇矣》毛传云:度,居也。营度即营居),问到天体的建造、结构,十二时辰的划分,日月星辰的安装;由太阳、月亮的运动、变化,问到天地晦明的控制,洒下了满纸神秘。继而走出神秘,转向沉重的大地。由鲧禹的治水平地,问到大地的斜倾;由地的结构、形态,问到昆仑县圃的城建、居民;由独龙、若华的光明,问到冬夏变化以及四方奇物怪兽,带出一片恐怖。终而转向人类的神话与历史。从禹之不幸婚姻,问到益启争国;从后羿之丧身,问到少康复国;从玄鸟生商,问到成汤灭夏;从武王伐纣,问到周幽亡国。随后问到殷纣惑乱,比干遭剖,梅伯受醢,后稷被弃,吕望鼓刀,夷齐采薇，直问到自身的处境。由远而近，拉拉杂杂，带出许多愤恨、不平。巨大的困惑，由空惘而神秘，而恐怖，而深沉，而愤慨，完成了追问的历程。追问是为了超越困惑，唯有问才有可能打破无知的沉寂，走出困惑。可现在偏偏走进了更深的困惑之中。天上、地下、人间，一切的一切，皆不可知，不可信，不可解！

尽管《天问》学术的躯壳里装的是情感的内容，情感有不讲理、无伦次的一面，但《天问》并不是漫无边际的询问。"忧心愁悴"、"烦悫已极"的情绪，虽不可能有控制地选择疑惑，精心构制《天问》，而潜在的个体经验却规定了疑问的意向性。在情感的冲动下，大浪淘沙般地去捕捉事物的根本，去追寻世界的真貌，去观照历史的兴替，去叩询生命的根据，以求获取人生的最终解答。

首先屈原所注目的是宇宙、天地的根本及总体框架、面貌。"遂古之初，谁传道之"是对宇宙原初状态的质询；"冥昭瞢暗，谁能极之"，是对空间终极之根的追寻；"明明暗暗，惟时何为？"是对时间动力之源的追寻；"圜则九重"、"孰初作之？"是对天体创始的追寻；"天极焉加？八柱何当，东南何亏？九天之际，安放安属？隅隈多有，谁知其数"等等,是对天体框架、面貌的探询;"何阖而晦?何开而明?"是对昼夜变化之根源的探询;"九州安错?川谷何洿?"、"东西南北,其修孰多?"是对大地形态外貌的探询;"昆仑县圃,其居安在?"是对神山之根的探询;"日安不到"、"何所冬暖"、"焉有虬龙"等等,是对大地总体的探询。这种对于事物根本、对于天地总貌的追问,正源于作者对于人类社会真相的怀疑,以及对世道人心不可捉摸的困惑。面对漫漫人生之路,他感到茫然无着。不知道罪从何来,也不知道行将何如,不知道谗言为何被视作真理,忠正为何被视作不祥,不知道什么是宇宙的真实面貌,也不知道真理的根据、意义在哪里。"蝉翼为重,千钧为轻;黄钟毁弃,瓦釜雷鸣",难道这就是世界的本貌、给定的真理?他曾向詹尹一口气提出过十八个人生问题,而今又向天地讨取答案。在这些似乎缺乏科学价值的追问中,蕴涵着对于糊涂人生的抗争情绪和急于把握世界、适应变化、掌握命运、寻找信念确立的绝对根据的意识。

其次关注的是历史。《天问》三分之二的篇幅是关于神话历史传说的。问题在于如果历史有规律可循,困惑便不存在。而现在历史却呈现出混乱之态。圣王大禹偏有淫湎之行，为一时痛快，私通于涂山女子。伯益有善行，夏启非正人，二人争夺政权，最后胜利的却是夏启。为民除害的后稷，却要为霸占洛妃去伤害河伯。贤能的大舜，却屡屡遭到亲弟弟的暗算。夏桀隆重地供奉上帝，上帝却让他亡了国。舜弟象行诡诈之道，子孙却绵延昌盛。受父亲嘉许的王亥，却在有易送了命。继承父德的王恒（王亥子），在有易却得到了分赐。汤本桀的囚犯，而灭桀的却是汤。稷本帝之弃儿，而兴周的偏是稷。伊尹本奴仆出身，最终配祀于殷之宗庙。阖闾本流亡少年，最终却声名远扬。"天命反侧，何罚何佑？""授殷天下，其位安施？及成乃亡，其罪伊何？""皇集命天，惟何戒之？受礼天下，又使至代之？"天命何在？真理何在？一切皆不可把握。人类在无常的不可知物支配之下蠕动着。历史如此荒唐，人生如此荒谬，人又怎能寻绎出一条可循的规律呢？在这里，我们感受到了诗人的深深悲哀。他于每一个问号中，注入了对国家前途的忧虑和对人生的痛苦感受。

然而，在对历史的困惑和天命的怀疑中，他也似乎朦胧地感觉到了一条历史兴亡的痕迹。在如狂如痴的情感表现中，将楚国的现实通过心灵的折射，投向了历史的屏幕，与历史交融重叠在了一起。"兴废存亡、善恶因果"的无常表现，否定了天命的恒定性，也否定了固定模式的存在性。人的活动赋予了历史决定性的意义。人事之多变决定了事物的万千结果。因而屈子在"天命反侧，何罚何佑"的困惑中，骚乱、烦恼的心绪为人事之变化所牵引。个体经验的本质规定性，使他在颠倒无序、幻化无端的历史疑丛中，看到了楚国君臣的幻影。林云铭云："篇中点出妹喜、妲己、褒姒，为郑袖写照；点出雷开，为子兰、上官靳尚写照；点出伊尹、太公、梅伯、箕子，为自己写照。"（《楚辞灯》）。而篇中羿、汤、桀、纣、幽，又何尝不是楚王的投影？尽管在感情上他不愿将楚国与历史上的亡国联系在一起，不希望在这里发生易姓之变，可是一颗爱心，使他表现得极端脆弱、敏感，似乎死神随时有可能毁灭他所关爱的君国。心灵无法摆脱历代亡国君臣阴影的困扰，也无法除却这份担忧和恐惧。但爱而产生的恐惧，又是一种冒险拼搏的动力。为了阻止死神靠近自己所关爱的对象，他要愤怒呼号。并疯狂地叩打历史，要它交出一份准确无误的标准答案，让所有的人都明白历史是怎么一回事，兴亡之道何在！

其三，《天问》在对天地、历史的叩询中，表现出了对生死问题的特别关注。中国古代哲学认为，阴阳变化而生万物。屈原则曰："阴阳未合，何本何化？"他要追寻阴阳化生万物的根据和过程，获取宇宙生命的本原。目睹月之盈亏而曰："夜光何德，死则又育？"将有与无的变化，与生死问题相联系，探求生命的本质。于女歧九子的传说，而曰："女歧无合，夫焉取九子？"于鲧禹传说，而曰："永遏在羽山，夫何三年不施？伯禹腹鲧，夫何以变化？"于女娲造人传说，而曰："女娲有体，孰制匠之？"异乎寻常的生育现象，体现着生命的神秘性。通过探寻异常现象，获取其奥秘，正是作者所希望的。但生存与死亡也是一个不可忽略的问题。故曰："何所不死？""延年不死，寿何所止？""彭铿斟雉，帝何飨？受寿永多，夫何久长？"在哪里可以获得长寿？长寿的界限又是多少？长寿的秘密何在？长寿的希望往往伴随着对死的厌恶，故曰："何勤子屠母，死分竟地？""何羿之射革，而交吞揆之？""何少康逐犬，而颠陨厥首？""妹喜何肆？汤何殛焉？""齐桓九合，卒然身杀。"等等。又曰："（鲧）化为黄熊，死何活焉？""天式从横，阳离爰死？大鸟何鸣，夫焉丧厥体？"鲧死而化黄熊，王子晋死而化鸟，这种死而复生的转化，正意味着对于生的眷恋和死的厌恶。

　　生死问题的一再提出，体现着屈原对于个体生命的关切。他想从生死本质的揭示中，了解个体生命的真实意义，从而从有限之中，获取不朽的价值，体现一种真实而有意义的存在。他认为生命是值得热爱、应该热爱的。哪怕是一个脆弱的生命，其意义都是不可估量的。"水滨之木，得彼小子，夫何恶之，媵有莘之妇？"伊尹本是弃儿，因人对生命的同情而被人收养，又因人对曾被遗弃生命的鄙视而做了陪嫁品。可是伊尹的历史功绩，他所体现的生命意义，又有几人可与比拟呢？"稷惟元子，帝何竺之？投之于冰上，鸟何燠之？"连鸟都知道爱护不属于自己的生命，为什么"帝"却要将他遗弃？不正是这曾被遗弃的生命，创造了周族吗？可见生命是神秘的，不可解的。只有生存，才能创造价值，才有意义可言。自我保存的本能人皆有之，长生永远在欲望之中，可是人又怎能避免死亡？有谁不厌恶死亡？而现在屈原却不能不提出死亡的问题来。因为他的生存除了经受无休止的痛苦，已没有任何意义。他无法获得他所要追求的一切。只有死亡才能使他获得超越。《天问》生死问题的一再出现，正暗示着屈原热爱生命可又不得不放弃生命的痛苦心理。

当一个人意识到自己必然选择死亡时，他会怎样对待有限的生存时间呢？难道只有痛苦的告别吗？不！他可以冲击般地加大生的步伐。屈原正是这样。他不仅要死得明白，而且要明明白白地死。他要在死亡面前，"满怀情感地上天下地，觅遍时空，来追索、来发问、来倾诉、来诅咒、来执着地探求什么是是，什么是非；什么是善，什么是恶；什么是美，什么是丑。要求这一切在死亡面前展现它们的原形，要求就它们的存在和假存在来做出解答"（李泽厚《古典文学研究札记》）。要求超越生之困惑，获得生与死的实在根据，要求天、地、人类——宇宙间的一切，把一切向自己交代明白。如果这一切在死亡面前都不肯显露原形，那么就让虚假与丑恶存在吧，死亡可以超越一切！

生——困惑，追问——超越困惑的努力，死——绝对的超越！《天问》不正是由困惑而努力超越，而走向绝对超越的痛苦、急迫、激烈、烦乱、愤慨心灵的展示吗？

客体与主体的神秘互渗
自我意识的痛苦挣扎

《离骚》的另一种解读

王富仁

作者介绍

王富仁（1941—2017），山东高唐县人。北京师范大学中文系教授、博士生导师。出版有《鲁迅前期小说与俄罗斯文学》、《文化与文艺》、《历史的沉思》、《中国文化的守夜人：鲁迅》等著作。

推荐词

王富仁先生曾经在文化研究的大视野下对屈原进行过系列的研究，分三次刊登在《名作欣赏》（1993年第5期、第6期，1994年第3期）上。文章发表后，引起极大反响。这种不同于传统方式的研究，开启了屈原研究甚至楚辞研究的新局面。这几篇文章，在今天看来仍是很有意义的。这次，将它们集中收集在这里，更能方便读者阅读。

(上)

在20世纪40年代,我国曾发生过两场关于屈原及其《离骚》的学术论战。第一次是由廖季平先生引起来的。在更早些的时候,胡适曾发表过《读楚辞》的文章,对屈原的存在问题提出过质疑。他提出《史记》中的《屈原贾生列传》是不可靠的,其中有很多自相矛盾之处。后来廖季平先生发表了《楚辞新解》,正式提出并没有屈原此人,并说《离骚》首句"帝高阳之苗裔兮"是秦始皇的自序,屈原的文章多半是秦博士所作,还说《楚辞》是《诗经》的旁支,《诗经》本是天学,讲的多是天上的事,《楚辞》也是如此。针对廖季平先生的观点,闻一多先生发表了《廖季平论离骚》一文。闻先生不同意廖季平先生的前述两个论点,但对第三点却有保留。他不同意廖季平先生之用经学的眼光论《楚辞》,但对其"(《素问》)《上古天真论》'真人'、'至人'为《楚辞》之师说,专为道家神仙去世离俗之所本。读《内经》而后《楚辞》之本旨明"的说法,认为"不容我们不接受了","任何读《离骚》的人只要肯平心静气,忘掉太史公的传,王逸以来的注,就《离骚》读《离骚》,他的结论必与这相去不远"。郭沫若先生则发表了专著《屈原研究》,他认为,"屈原思想明显地带有儒家的风貌",并认为屈原的儒家思想体现着当时由奴隶制向封建制转变期的先进思想。他从内容和形式的区分上说明屈原诗歌的总体特色,说:"他在思想上尽管是北方式的一位现实主义的儒者,而在艺术上却是一位南方式的浪漫主义的诗人。"

第二场论战是孙次舟先生引起来的。他的主要观点是屈原是个"文学弄臣",是个"富有娘儿们气息的文人"。他说屈原在《离骚》中每以美人自拟,以芳草相比,又好矜夸服饰,代表着当时的一种世俗倾向,当时崇尚男性姿容,男性在姿态和服饰上则以模拟女性为美。他由此认为《离骚》只是"充满了富有脂粉气息的美男子的失恋泪痕"。在去秦以前,屈原曾得楚怀王宠爱,但后来屈原与靳尚之流争宠,使气出走,又久不被楚怀王召回,以致后来绝望自杀。也就是说，屈原只不过是楚怀王宠爱过的一名男色，屈原是一个同性恋者，《离骚》则是同性恋者的失恋诗。孙次舟先生的文章由朱自清先生剪存并寄于闻一多先生。孙次舟先生也从李长之先生信中知道闻一多先生曾持有相似的观点，遂有意促使闻一多先生发表文章支持他的说法。闻一多先生写了《屈原问题》，虽然没有完全否认孙次舟先生的全部观点，但却对之做了不同的解释。他是从奴隶解放的历史来阐述屈原现象的。他认为当时的奴隶共有三种：农业奴隶、工商奴隶和家内奴隶。就社会地位而言，农业奴隶最低，工商奴隶次之，家内奴隶最高；但就解放的过程而言，农业奴隶最早，工商奴隶次之，家内奴隶则最迟。下面是他关于家内奴隶的一段论述：

> 但解放得最晚的，还是那贴紧的围绕着主人身边，给主人充厮役，听差遣，供玩弄，和当清客——总而言之，在内廷帮闲的奴隶集团。这其间所包括的人物，依后世的说法，便有最狎昵的姬妾佞臣，最卑贱的宫城太监，较高等的乐工舞女和各色技艺人才，以及扈从游谶的"文学侍从之臣"等等。论出身，他们有的本是贵族，或以本族人而获罪，降为皂隶，或以异族人而丧师

亡国，被俘为奴，或以出国为"质"，不能返国，而沦为臣妾，此外自然也有奴隶的子孙世袭为奴隶的。若就男性的讲，因为本是贵族子弟，所以往往眉清目秀，举止娴雅，而知识水准也相当高。从此我们可以明白，像这样的家内奴隶（包括孙先生所谓"文学弄臣"在内）身份虽低，本质却不坏，职事虽为公卿大夫们所不齿，才智却不必在他们之下。他们确乎是时代的牺牲者，当别的奴隶阶层（农、工、商）早已获得解放，他们这群狐狸、兔子、鹦鹉、山鸡和金鱼却还在金丝笼和玻璃缸里度着无愁的岁月，一来是主人索要他们的姿色和聪明，舍不下他们，二来是他们也需要主人的饲养和鉴赏，不愿也不能舍弃主人。他们不幸和主人太贴近了，主人的恩泽淹灭了他们的记忆，他们失去自由太久了，便也失去了对自由的欲望。他们是被时代牺牲了，然而也被时代玉成了。玲珑细致的职业加以悠闲的岁月，深厚的传统给他们的天才以最理想的发育机会，于是奴隶制度的粪土便培养出文学艺术的花朵来了。没有弄臣的屈原，哪有文学家的屈原，历史原是在这样的迂回过程中发展着，文化也是在这样的迂回中长成的。

我之所以把闻一多先生这段话全部引述出来，是因为我觉得他的这一论述体现了从社会发展史和精神发展史的角度对屈原做出的最公正的评价。他接着还指出，关于人的意识也就在作为奴隶的文人的意识中产生出来，我们在屈原的身上可以看到"奴隶的软弱"，也能看到"'人'的尊严"。但是，历史学的方法有它的优点，也有它的缺点。历史学的发展观带有一次性的单纯性，很难说明文学鉴赏的历时性和多次性重复的特征。事实是，历史并没有因奴隶的解放而使屈原变成完全难以接受的人物。我们在他身上看到的"奴隶的软弱"并不比我们的更多，在他身上看到的"'人'的尊严"也不比我们的更少，他的人性的软弱和坚强在当时和在现在甚至在未来，都能够在不同的思想框架中以大致相仿佛的形式出现在我们的感受中。文学艺术不是黄道婆的织布机，在当时曾给人以伟大的惊讶而在现在却给人以陈旧的感叹。其原因何在呢？因为当历史做着一次性的前进性发展的时候，每个时代的人的精神却以发展了的形式做着具有相同内涵的多次性重复。奴隶的历史时代早在一千多年以前便结束了，但每一个个体的人却还必须在精神上反复地走着从奴隶到人的漫长的历程，有很多现代人在这条道路上很可能远不如古代一些人走得更远。正是在这样一个意义上，鲁迅比我们更不是一个奴隶，而屈原比我们走得也可能更远些，离人的距离更近些。也就是说，当我们在历史学的框架中研究了屈原及其作品之后，我们还有必要从个体人的精神发展的角度研究一下屈原及其作品。

持有廖季平、孙次舟两位先生的观点的，现在大概已没有了，但这并不说明他们提出的问题都已经得到了圆满的解决。只要我们细致地分析一下我们的感受，我认为我们一定会发现，对屈原及其作品的一系列的矛盾印象仍然在我们意识的层次中存在着，但我们特别应该注意到的是，这些互相矛盾着的印象都是在屈原的并不矛盾的和谐完整的艺术作品中体现的。这就提示我们应当找到一种理论的框架，使这些相互矛盾着的印象在这种理论框架中重新呈现出和谐统一的面貌，并与我们对实际的作品的感受取得大致相近的效果。

我们对屈原及其作品的相互矛盾的印象至少在下列一些方面仍然存在着：

一、儒家的屈原、道家的屈原和神仙家的屈原；

二、思想坚贞的政治家的屈原和多愁善感的文人的屈原；

三、直言敢谏的毫无媚态的屈原和温存体贴的楚怀王的文学侍臣的屈原；

四、男性化的不同流合污的屈原和女性化的带有脂粉气的屈原；

五、自尊自爱的屈原和自卑自贱的屈原；

六、思想自由、想象力丰富的屈原和行动上极不自由、毫无超越感及灵活性的屈原；

七、现实主义的实利性的屈原和浪漫主义的精神性的屈原；

八、乐观主义的屈原和悲观主义的屈原；

九、有自恋倾向的屈原和有他恋趋向的屈原；

……

显而易见，自然屈原的作品在我们的感受中是完整的、统一的，那么，这诸多矛盾就不是屈原作品自身的矛盾，而是我们的概念世界中的矛盾，是我们以彼此相互矛盾着的概念评论它们和判断它们的结果。鸡蛋皮和鸡蛋清、鸡蛋黄是没有矛盾的，但到了概念的世界中，它们却成了相互矛盾的东西。屈原的作品也是这样。在这里，关键的问题是要在它本身的内在联系中把握它，而不是在它的外部随意找一个标准衡量它。首先，郭沫若先生把屈原的思想归结为儒家的思想，他所举的例证都是正确的或曰大部分是正确的，但屈原作品的独立性却恰恰在于他不是一个纯粹的儒家诗人，他不是杜甫也不是岳飞。闻一多先生从道家和神仙家的传统中把握屈原的特点，但他没有把屈原跟后来的道家和神仙家的诗学传统区别开来。屈原的作品不同于后来的游仙诗和神魔小说，他的《离骚》不同于李白的《梦游天姥吟留别》。他们之间有一个根本的区别，就是后来的诗人无论如何精心构制一个神仙家的世界，他们都不是把它们当作环绕着自己的一个真实的世界来描写的，而在屈原的作品里，所有那些我们认为不实的情景都是作为一个真实的世界描写着的。在《天问》里，他向那由神话传说构成的世界发出了一连串的责问，但这责问也恰恰说明他就把这样一个世界当成了一个真实的世界。人们只能怀疑他所认为实实在在的东西，而不会怀疑自己也认为不实际的、幻想性的东西；在《离骚》中，真实的界限和虚幻的界限是极不明确的，真实的也是神秘的，神秘的也是真实的，它不像李白的《梦游天姥吟留别》一样把虚幻的世界就当作虚幻的世界来描写，一切都在"梦"的非现实的基础上才有了自己的真实性。这一切告诉我们的是这样一个问题：在全部的中国诗人及其作品中，屈原及其作品保留着更多的原始神话的思维特征和艺术特征。我们经常谈到在屈原的作品中最早也最多地保留了中国古代的原始神话和传说，但我们却极少指出屈原自身生活的世界便是原始神话式的世界，他的思维特征就更像原始神话的特征。须知他并不像后来的学问家一样只是为了保存古代的史料或搜奇猎胜，他是把这一切都作为自己生活的世界来看待的。他在精神特征上不是儒家的，儒家的文人生活在一个完全现实化了的世界上，一个世俗的世界上；他也不像道家的文人，道家文人生活在个人的但却是一个完全真实的客观世界中。屈原则不同，在屈原的眼前，神话的世界还是一个活生生的、有血有肉的真实世界。因此，屈原作品的统一性，我们得返回到由原始神话向现实世界转化的过渡中来寻找。

在这里，我们介绍一下法国学者列维·布留尔对原始思维特征的研究成果。列维·布留尔在其《原始思维》一书中指出，原始思维不是现代理性思维的简单形态，而是与现代人的思维完全不同的另一种思维形式。"原始人丝毫不像我们那样来感知……原始人所感知的外部世界也与我们所感知的世界不同……不管他们的意识中呈现出的是什么客体，它必定包含着一些与它分不开的神秘属性，当原始人感知这个或那个客体时，他是从来不把这客体与这些神秘属性分开来的。""原始人的知觉不但不抛弃那一切缩小它的客观性的东西，而且相反的，它还专注在存在物和现象的神秘属性、神秘力量、隐蔽能力上面，从而指靠那些在我们看来具有纯主观性的，但在原始人看来却不比其他任何东西更少实在性的因素。"原始人的思维靠的不是我们现在所使用的逻辑思维，他们没有矛盾律的观念，因而也对世界不做我们依照矛盾律观念所做的划分。他们也不按照我们现在的因果观念感知事物，因而他们觉察不到我们叫作经验和现象的连续性的那种东西。"原始人的意识已经预先充满了大量的集体表象，靠了这种集体表象，一切客体、存在物或者人制造的物品总是被想象成拥有大量神秘属性的。因而，对现象的客观联系往往根本不加考虑的原始意识，却对现象之间的这些或虚或实的神秘联系表现出特别的注意。原始人的表象之间的预先形成的关联不是从经验中得来的，而且经验也无力反对这些关联。"列维·布留尔把这种原始思维所特有的支配这些表象的关联和前关联的原则叫作"互渗律"。通过互渗，主体与客体以及客体的各种存在物之间具有了种种神秘的联系，并且彼此具有了一种密不可分的共生关系。假若我们并不拘泥于列维·布留尔的个别结论，我们便会感到，这种通过神秘的互渗建立起个体与群体、主体与客体、客观世界各种存在物之间的关联的方式，在现代世界上仍是人类全部思维发展的基础。人类的理性仅仅是由自我的经验和理性思考严格修正过了的少量的关系，在现代人的深层和无意识的领域，这种在互渗律的原则左右下建立的神秘联系仍是大量存在的，特别是在儿童期，在他还不具备理性思考能力和从生活经验获得实际知识的能力的时候，他与周围世界的关系，以及周围世界不同存在物之间的关系已经在他的头脑中建立起来，在这时他所具有的种种关联，是具有为成年人所难以理解的神秘性质的，他还分不清哪些属于梦幻的感觉，哪些是现实的实在的感觉，并且两者往往是在他的感觉中同时出现的东西。他能看到成人所绝对看不到的东西，当然他也无法发现只有成人才能发现的事物的因果联系，即使在大量以理性形式出现的教育中，有些也是建立在互渗关系基础之上的。一个四五岁的孩子当被告知他是山西人的时候，他可能对山西省这个概念还没有任何明确的意识，但他却已与它建立起了神秘的共生关系，他会在下意识中便把山西省与自我等同起来，以至少年时期、青年时期乃至老年时期，他都会在体育比赛中本能地希望山西队取胜。实际上他可能与两队的胜负毫无实际的关系，他只是在本能上便把自我与山西等同了起来。

这种神秘的互渗还可能是极抽象的理论概念的接受方式，在中国我们可以看到有很多人，他们从来没有读过一本马克思的书，和他们谈起来你便知道，对于马克思主义的哲学、政治经济学和科学社会主义学说他们是一窍不通，但他们却真诚地坚信自己是一个马克思主义者，只要有人被指斥为反对马克思主义，他们会十分真诚地感到义愤填膺，并对之进行较之一般人更坚决、更严酷的斗争。这类人与马克思主义的关系是一种互渗关系，他们依靠把自己在别的联系中感到好的、正确的、伟大的东西附加到马克思主义这个概念上的方式想象马克思主义，并想象自己与马克思主义的关系。总之，人在神秘的互渗关联中建立起整个世界的表象，这种表象是集体表象通过语言、暗示等各种形式转移到个体人的精神世界中来的，因而他还无法把个人与周围的世界区分开来，他还没有严格意义上的个性意识。只是在各种没有逻辑联系的、在互渗中建立各种神秘关联之间发生了激烈的冲撞时，人类才开始有了"经验"的意识，同时也才会以"经验"的形式积累起自己的知识，才知道在矛盾律的意识下区分不同的事物，在因果律的形式中建立事物与事物的真实的、现实的有实践价值的联系。也就在这种思维形式下，人类才开始把自我与周围的世界区别开来，从而增强对自我独立性的意识。但是，人类的自我意识、个人的个体独立性的意识，又永远不可依靠一种更强有力的互渗关系才能把自我从与其他事物的互渗中独立出来，没有一种互渗关系的强化，就没有另一种互渗关系的中断。

我认为，当我们从这个意义上看待屈原的时候，才会感到屈原的真正价值，才会感到屈原是我国历史上真正具有诗人的精神特质、不带有任何附带的职业意义的一个纯粹而又伟大的诗人，是个比陶渊明、李白、杜甫、白居易、王维、李贺、李商隐、苏轼、陆游、辛弃疾、郭沫若、戴望舒、艾青、北岛这些历代的最杰出的诗人更纯粹更伟大的诗人，他是一个真正活在由神秘互渗建立起来的神话世界中的诗人，但也是一个真正具有个性意识和自我意识的觉醒的人。唯有在精神上与周围的世界在互渗中融成了一体，他才真诚地感到了自我失落的巨大痛苦，开始无法接受这个矛盾重重的世界；唯有开始感受到自我的孤独，他周围的整个神秘的世界才活跃起来，在他的面前重新攒集、聚拢和组合。如果说在他之后的历代诗人身上都多少能够听到一点世俗的、小巧的、虚荣的、孱弱的、胆怯的、夸饰的气息的话，屈原身上则没有，他是一个沉浸在自己的精神世界中的人，是在自己的精神世界中与整个周围的世界说话的人。在外部的社会关系上他确实是一个最高统治者的奴隶，但在精神世界中他不是，至少他身上的奴性不比我们的更多。假若从我的主观感受上来说，古代诗人中的屈原、古代散文中的司马迁、古代小说中的曹雪芹、现代作家中的鲁迅，是中国文学史上的四位最伟大的人物，是四个不同但又是真正具有独立精神价值的诗人和文学家。对于他们，任何外在的尺度都不足以说明其价值和意义，说明他们首先必须用他们自己的尺度。孙次舟、廖季平的观点之所以不可取，因为他们是用衡量一般人的那种庸俗的尺度衡量的，这种方式不可能理解屈原的诗歌及其内在真正意蕴，郭沫若、闻一多虽然更多地发掘了屈原的历史价值，但他们仍是用自己的尺度衡量屈原的。郭沫若看到的是一个儒家的屈原，闻一多看到的是一个不满现实政治的屈原。但屈原诗歌的真正价值却不在于此。

以上说了太多的话，意在希望摆脱我们用惯了的思维方式和评价方式，真正从理解屈原的角度去思考他的作品的内在意蕴。只有这样我们才能够真正走进屈原所生活着的那个半神秘半真实的世界中去。

下一篇文章我们具体分析《离骚》的诗歌文本。

（中）

> 帝高阳之苗裔兮，朕皇考曰伯庸。
>
> 摄提贞于孟陬兮，惟庚寅吾以降。
>
> 皇览揆余初度兮，肇锡余以嘉名。
>
> 名余曰正则兮，字余曰灵均。

在现在看来，《离骚》开头这几句像是自报家门，像是填写履历表，是相当枯燥无味的。几乎所有的研究者都不把它们当成诗句来感受，来分析，实际上，对于屈原，对于《离骚》全诗，这几句是最重要不过的，并且它们充满着神秘的意味。

我们要感受到它们的神秘意味，感受到它们的重要意义，最好再回到童年的意识中去，或者，你也像屈原一样在一种绝对的意义上思考一下你自己，思考一下你存在的价值和意义。在这时,你就会感到你的出身,你的家庭,你的出生年月日期和时辰,你的姓名和字号,你的这一切一切被先天注定了的东西,不是由你能够自由支配的东西,对你都是有一种若无若有的神秘意义的,它们好像都意味着什么,好像它们就是一种超自然的力量对你的暗示,好像你一生的命运和前途都已经先天地被包括在了它们之中。算命先生就用这一切来推算你的命运和前途。事实上你们自己也会常常不自觉地通过它们来猜测自己。这些东西为什么会具有一种神秘感觉?因为它们正是你童年起便与之发生着神秘互渗的对象。在童年,你无法通过你自己思考你自己,你是与你自己赖以诞生和存在的所有这些因素等同于一起的,并且这些也是你与整个世界建立联系的基础。屈原在这里不是填写履历表,也不是像《西厢记》中的张君瑞一样为了达到一种实际的目的,而是讲的自己对自己存在意义与价值的意识。

"帝高阳之苗裔兮"讲的是屈原的远祖就是古代的帝王颛顼,高阳是他在位时的称号。楚国人把颛顼视为自己的远祖,屈原与楚同姓,是屈、景、昭三大姓之一,所以他认为颛顼是他自己的远祖。在这里,屈原不是在宣扬自己高贵的出身,他是在与颛顼的神秘互渗关系中讲这番话的。在世界所有的原始民族中，几乎都存在着与祖先的神秘互渗关系。在这种互渗关系中，他们把自己就视为是祖先的灵魂的一部分，他们就是自己的祖先，祖先也就是他们自己，二者之间并没有本质上的差别。屈原说他是颛顼的后裔子孙，也就是说他的心灵是高尚的，内质是美好的。这里不是逻辑的关系，而是一种互渗的关系，屈原就从他的祖先是颛顼这一点上，便知道自己有一种内在的美。在屈原的这句话里，我们同时应当体会到下列几个方面的意蕴。

一、他是非常重视他与自己和祖先颛顼的高尚性和内在的美好素质的。他与颛顼的互渗，就是与自己的高尚情操的互渗。这种互渗的意义是他不能不是高尚，假若他没有了高尚的情操，也就不再是他自己了。实际上，这是真正有高尚情操的人的内在意识基础，这产生了人类的真正的自爱心。后来的道德中儒家的"知耻"观念变成了怕人耻笑的被动的行为，遂带上了虚伪性和自私感。

二、颛顼是楚国的远祖，也是屈原的远祖，从而使屈原在内在意识中也建立了与楚国的互渗关系。必须指出，爱国在当时的知识分子中并不是一种时髦的道德观念，像孔子、孟子这类道德家，也并不忠于自己的诸侯国，而是周游列国，推行自己的政治主张，有官就做，只要能得到君王的赏识就不违自己的道德良心。而屈原恰恰是这种神秘的互渗意识，才使他与楚国建立了牢不可破的联系。在这时，楚国成了他自己，他自己也便等于楚国，而有着一种共生的关系。只要理解了这种由互渗建立的共生关系，只要体会到《离骚》中开首即说的这句话的分量和意义，你就会感到司马迁在《屈原贾生列传》中对屈原生平的叙述在整体上是可信的。屈原的一生实际上与楚国有一种共生关系，他在下意识中就把楚国当作一个外在的自我，任何人对楚国的损害就等同于对他的损害。这种意识，使他不可能像当时多数知识分子一样到别的诸侯国去寻找出路。司马迁的传中记叙他在被疏之后并未自杀，而在楚国的郢都被攻陷，从屈原看来楚国已亡时他便投水自尽了，这最清楚不过地体现了这种神秘互渗的共生关系。实际上，楚国的灭亡在屈原看来也就是自己的死亡，这时候的投水自尽是顺应了天意，是完全合乎情理的行为。由于中国长期的专制制度和儒家国家观念的影响，中华民族成员与自己民族的这种神秘互渗关系遭到了根本的破坏（在儒家的观念里，国家仅仅属于君主一人，民族成员是属于君主即国家的管辖的），他们很难理解屈原与抽象的国家之间的这种互渗关系的,因而他也是很重视自己人格整体所建立的神秘的共生观念了。这也就是孙次舟先生觉得屈原因失恋而自杀比因楚国灭亡而自杀更易理解的原因。实际上,任何保持着神秘的共生关系的事物的灭亡,都会导致一个人的轻生乃至自杀,因恋爱而自杀只是其中的一种。

三、由以上两点我们应当体会到屈原的爱国主义绝对不能被纳入儒家的"忠君爱国"的观念中来理解。儒家的忠君爱国的核心是为君尽忠,屈原的爱国主义是与自己的祖国共生;后来在儒家忠君爱国的旗帜下表现出爱国行为的忠臣良将是在一种伦理道德观念支配下的人格选择,是在做一个好人、忠臣免被后人耻骂而被世人尊敬的意识支配下的道德人格的自塑,屈原的爱国主义是自己也难以摆脱的内在情感上的联系。假若以现在的例子说明,前者就像雷锋见人有困难便觉得应该去帮助,后者就像一个母亲见儿子受苦便心如刀绞。伦理道德选择是一种理性的选择,神秘的互渗关系更是一种情感联系。由此我们还应看到,儒家的忠君爱国应该主要从君臣关系中来理解,而屈原的爱国主义则应主要从屈原与祖国本身的关系中来理解。"朕皇考曰伯庸",一般认为"皇考"即"父亲","朕"即"我",这里说的是屈原的父亲名叫伯庸。闻一多先生则根据刘向的看法认为伯庸是楚的太祖,是开始受命治楚的君主。但不论怎样理解,其根本意义是没有多大差异的:伯庸是屈原的先辈,是屈原所尊敬与爱戴的人物,并且与楚国有密切关系。但如果用神秘互渗观念理解这句话,屈原在这里便不是对自己的身世做的纯客观的介绍,它有着这么一层更内在的意蕴:我的远祖颛顼是一个高尚有德之人,我的父亲(或楚的太祖)也是一个高尚有德之人,这难道不更证明我也是一个高尚有德之人吗?我怎么会与那些谗谄小人同流合污呢?它的另一层意思是:颛顼是楚的远祖,伯庸是楚的太祖(或曰我的父亲也是楚国人),我也是一个楚国的人,楚国就是我的生命的本原,我怎么会背弃楚国呢?这种与自己的父亲互渗的现象,在现代儿童中仍然是极常见到的现象。他们就把自己的父亲当作自我的存在价值和意义的体现。对自己父亲很满意的孩子,往往有自信,很自傲,而不满意自己的父亲的孩子,往往很自卑,觉得己不如人。"朕皇考曰伯庸"同"帝高阳之苗裔兮"一样,透露着屈原对自己道德人格的自信心,这同时也是贯穿全篇的一种思想情绪。

"摄提贞于孟陬兮,惟庚寅吾以降。"在这句诗里,我们仅仅知道屈原生于何年何月何日还是不够的，我们应该感到，他对自己的生辰有一种神秘感觉，认为这个生辰寓有深意，证明了他的非同凡俗的人格："我为什么恰恰生在这样一个好的时辰呢？这不说明我就是一个出类拔萃的人物吗？像我这样的人物怎能与那些谗佞小人同流合污呢？"需要顺便提及的还有，在中国古代社会，没有像现代的钟表之类的纯粹计时方式，因而也不存在纯粹的时间观念。中国古代人的时间观念是与一系列大自然的现象融为一体、无法单纯提取的，它是日月星辰的方位，是周围环境的晦明变化，是春夏秋冬的不同自然景色，是各种动物出没和活动的状况，是雷电风雨霜雪的天气变化。中国古代人生活在时间里，也就是生活在整个大自然里。这样，一个人与自己生辰的神秘互渗，也就同时是与整个大自然特定状态的互渗。

屈原认为他是颛顼和伯庸的后代，又生在这样一个好的时辰，就说明自己是一个内质极美的人，自然如此，他就会一生下来便表现出不平凡的气度。他的父亲，或按闻一多先生的说法，当祀于神朝，祈太祖赐名之时，就给他起了很好的名字。显而易见，他与他的名字的关系也是一种神秘的互渗关系。这种关系不像现代人理智中的名字，只是自己的一个符号和标记,是可以随意更换的东西,而是与自己共生的东西。"原始人把自己的名字看成是某种具体的、实在的和常常是神圣的东西",屈原也是这样,他的名字成了他的本质属性的体现。与此同时,他的名字实际也成了他的自然属性和社会属性的中介,在他的名字里,自然的属性和社会的属性成了不可区分的东西。他是颛顼的后裔子孙,是伯庸的后代,是寅年寅月寅日而生,这在我们看来,都是他的自然的属性,但在屈原看来,他的出身不是像旁逸斜出的枝条,属于一个不正常的血统,而是一种从总体的枝干上生长出来的细枝茂叶,是正常的、合乎自然规则的一种存在,而寅年寅月寅日的生辰,也正得时辰之正。这一切,都体现在了"正则"这个名中。当这个名被产生出来,它同时也就具有了社会的道德人格的意义。这个名暗示给屈原的是,他就是一个正道直行的人,是一个得人道之正的人,背叛人道原则、与世俗小人为伍,不但是违背他的道德良心,同时也是违背他的自然本性的。他的字是"灵均",也是从他的不同凡俗的出身和生辰时日的自然属性中归纳出来的,它们像具有灵异色彩的、高而平坦的高原,不卑下,不同流俗,但也不逼仄、狭隘、刁钻古怪,这同时也成了他的做人的标准,不趋炎附势，不同流合污，特立独行，但又胸怀坦荡，气度宏大。总之，"正则"、"灵均"是与屈原本人发生着神秘互渗关系的名和字，而同时也是自然属性与社会属性的浑然整体。如果说屈原的出身和生辰是笼罩全篇的，他的名和字也是笼罩全篇的，下面的所有描写和抒情都脱离不开这里的"名"和"字"所已经暗示了的东西。

> 纷吾既有此内美兮，又重之以修能。
> 扈江离与辟芷兮，纫秋兰以为佩。
> 汨余若将不及兮，恐年岁之不吾与。
> 朝搴阰之木兰兮，夕揽洲之宿莽。
> 日月忽其不淹兮，春与秋其代序。
> 惟草木之零落兮，恐美人之迟暮。

"纷吾既有此内美兮"一句把屈原与他的出身和生长的神秘互渗关系异常明确地表现出来，这里的"内美"并不是屈原后天努力的结果，而是他的自然的本性，先天的素质。为什么屈原会认为自己有这样的自然本性和先天的素质呢？正是因为在屈原的意识里他就是颛顼，就是伯庸，就是他生辰时日所体现的意义。由于彼此之间的等同关系，他才把它们的本质也就当作了自己的本质的证明。

但是，屈原并不仅仅把自己的出身和生辰当作自己本质的证明，同时也作为对自己生存方式的暗示。"重之以修能"就是从这种暗示中得来的：自然这一切都说明我是一个具有内在美质的人，我怎能不重视我的美德的修养呢？

"修能"的"能"字有两种不同的解释，一说通"態"字，古音nì；一说指才能，古音nài。我同意第一说，上面讲的是先天的内美，这里讲的是后天的外貌和修饰，但这内美与外态又是相应的，"江离"、"辟芷"、"木兰"、"宿莽"都是香草，是有内美特征的植物，屈原用它们来装饰自己的外表，是相信它们可以与自己的内在心灵发生感应，以进一步增益自己内在的美质。在这里，与"才能"的培养习练没有任何关系，并且才能是处理现实事务的能力、应付周围环境的手段，与《离骚》的整体精神是不相谐和的。

只要从神秘互渗的观点看待屈原的外貌修饰，孙次舟先生所提出的问题就容易解答了。屈原与楚怀王的实际关系我们是不可能找到历史的实证材料的，孙次舟先生也只能从屈原的作品寻找证明自己观点的证据。但屈原这里的描写根本不能纳入到人际关系中来理解，它只是与屈原的内在心灵素质发生关系。它是向内的而非向外的。它使我们想到英国的王尔德，他也是一个有奇装异服爱好的人，他的奇装异服倾向直接产生于他的人生观念。他认为美是人类生活的至高无上的原则，他把奇装异服仅仅作为美化生活的一种手段。屈原在诗中写得非常清楚，他之佩兰披离是相信这种修饰与他的内在心灵的美有着神秘的互渗关系，它能保持并增益自己固有的内心世界的美质。我认为，屈原堪称我国古代文学史上唯一一个有着真正意义上的唯美主义倾向的诗人，他的唯美主义不建立在对艺术形式美的追求上（这实质是形式主义的倾向），而是建立在以美作为内外两个世界的最高原则的倾向上。

屈原把内在的与外在的美作为自己的本质，作为自己生命的意义，而生命的短暂也就意味着美的短暂易逝，而美的短暂易逝也就意味着他的生命的脆弱不坚。在这里，这些香草的命运也就如同他的生命，他的生命也如同这些香草，二者是在神秘的互渗中等同于一起的。正是因为如此，屈原发出了"日月忽其不淹兮，春与秋其代序"的感慨，日月不驻，时光易逝，香草有盛有衰，人生也有青春有衰老，衰老也就是生命的萎谢，内在美质的凋萎。所以他"朝搴阰之木兰兮，夕揽洲之宿莽"。一是怕香草枯萎，一是怕内在美消退，生命有限，他要在有限的生命中不稍懈怠，用香草的美增益内心的美。关于"恐美人之迟暮"中的"美人"，很多学者都认为指国君，指楚怀王。我不能同意这种说法。马茂元先生说这里的"美人"是屈原自指，应为不易之论。他的"汩余若将不及兮，恐年岁之不吾与"，他感叹"日月忽其不淹兮，春与秋其代序"，怕的就是自己生命力的衰竭，内外美质的委顿。诗的一开头屈原就说自己是有内在美的素质的人，现在又以佩离披芷增饰自己外在的美，他称自己是"美人"是有充分心理根据的。倒是突然称楚怀王是一个美人，毫无根据，且突如其来，让人感到莫名其妙。

> 不抚壮而弃秽兮，何不改乎此度？
> 乘骐骥以驰骋兮，来吾道夫前路！
> 昔三后之纯粹兮，固众芳之所在。
> 杂申椒与菌桂兮，岂惟纫夫蕙茝！
> 彼尧舜之耿介兮，既遵道而得路。
> 何桀纣之猖披兮，夫唯捷径以窘步。
> 惟党人之偷乐兮，路幽昧以险隘。

岂余身之惮殃兮，恐皇舆之败绩！

忽奔走以先后兮，及前王之踵武。

荃不察余之中情兮，反信谗以齌怒。

余固知謇謇之为患兮，忍而不能舍也。

指九天以为正兮，夫唯灵修之故也。

曰黄昏以为期兮，羌中道而改路！

初既与余成言兮，后悔遁而有他。

余既不难夫离别兮，伤灵修之数化。

从"不抚壮而弃秽兮"开始了一个转折，即从自我的申述转向了社会国家的命运。但重要的是严格把握屈原在特定对象的神秘互渗中所形成的主体意识，并以这种主体意识来理解《离骚》的全部描写。在这里我应首先提请人们注意的是，以往所有对《离骚》的解读，都过多强调他与楚怀王以及少数奸佞小人的关系。这固然因为人们不自觉地受了司马迁《屈原贾生列传》的历史记载的束缚，企图只用作者的实际身世解读文学作品，但更由于越来越世俗化了的中国文化对屈原这一精神主体的不自觉的歪曲。屈原是中国古代诗人中最具有原始宗教意识的诗人，他保留着中国原始神话所反映出的对整个世界、整个人类生活的最强烈的神秘感受，这样的人不会把自己的感受仅仅放在对个别人的厌恶或憎恨上。即使出现，也只是整个现实人生的象征，而不只是个人与个人间的交情关系。解读《离骚》，不能忘了它的作者是写过《天问》的。在《天问》里，他觉得整个世界、整个人生、整个中华民族的历史都是不可思议的，难以理解的，假若认识到这一点，我们就不会认为这里的转折只是向楚怀王一个人身上的转折，而是向整个现实人生感受的转折。屈原是爱美的，是追求美的，是按照美的原则设计自己的服饰和心灵的。因而他也必然以这样的原则把握和要求他周围的整个世界、整个楚国（对于他，这两个概念几乎是没有任何差别的）。但在现实的世界中，在当时的楚国，情况却并不像他所希望的那样。实利的原则往往比美的原则更强大有力，在实利原则的统治下，美的东西是受到摧残和损害的，而丑的东西却受到人的欢迎和崇奉。对这样的现实状况，屈原在意识的深层便觉得难以理解。所以他向现实人生发出的第一声感叹便是"不抚壮而弃秽兮，何不改乎此度？""壮也，盛也，美也，义并相通。"壮为美则秽为丑，美不得抚持，丑不得抵制，屈原感到难以理解，"何不改乎此度？"怎么不改了这种习惯呢？人类、人生、社会，并不是一定要这样的。假若大家能够跨上骏马向前奔驰，我是可以给你们带路，把你们带到一个美好的世界中去的。

"昔三后之纯粹兮，固众芳之所在。杂申椒与菌桂兮；岂惟纫夫蕙茝？"这两句，根据闻一多先生的见解，应放在"启江离与辟芷兮，纫秋兰以为佩"一句之下。我同意闻一多先生的意见。按照闻一多先生的看法，可以解决很多现在很难解决的问题。首先，《离骚》是每四句一节的，按现在的排列方法，就必须把"不抚壮而弃秽兮，何不改乎此度！乘骐骥以驰骋兮，来吾道夫前路"与"日月忽其不淹兮，春与秋其代序。惟草木之零落兮，恐美人之迟暮"构成一节。实际这两句根本不是同一个意思，并且由于这种划分，致使很多人误把"美人"解为楚怀王，给读者造成了更加别扭的感觉。当我们按闻一多先生的意见调整了固有顺序之后，文义就非常顺畅了。

纷吾既有此内美兮，又重之以修能。

扈江离与辟芷兮，纫秋兰以为佩。

昔三后之纯粹兮，固众芳之所在。

> 杂申椒与菌桂兮，岂惟纫夫蕙茝？
> 汨余若将不及兮，恐年岁之不吾与。
> 朝搴阰之木兰兮，夕揽洲之宿莽。
> 日月忽其不淹兮，春与秋其代序。
> 惟草木之零落兮，恐美人之迟暮。

全诗第一节写出身与姓名，第二节写采香草为饰，第三节写时不我待之感。文义何等顺畅！

第二，按照原来的排列方式，实际上没有人能将"固众芳之所在"的"固"字、"杂申椒与菌桂"的"杂"字和"岂惟纫夫蕙茝"的"岂惟"这个词组讲得清楚而又熨帖。他们认为上面的众芳就等于下面的申椒、菌桂与蕙茝，又将申椒、菌桂与蕙茝当作并列关系，既然如此，"固"、"杂"、"岂惟"几个词还有什么意义呢？当按闻一多先生的意见调整之后，这两句的含义便较易理解了。屈原上面说自己采香草为饰物以增益自己的内美，但在当时，这种装饰方法是不合乎多数人的风俗习惯的，甚至受到很多人的攻击和污蔑（如下文所说"众女嫉余之蛾眉兮，谣诼谓余以善淫"等），所以屈原说在"三后"那样纯粹而美好的时代，固然也有各种世俗的打扮（"众芳"），但同时也有用申椒、菌桂放在香草等饰物中以增加其香味的人,岂只有像我一样仅仅把蕙茝等香草编织起来作为饰物的人呢?从而说明自己以香草为饰并没有什么值得大惊小怪的地方,是"三后"时代就有的。

第三,按照原来的解释,"众芳"即是申椒、菌桂、蕙茝的总称,成了屈原所欣悦赞美的对象,这实际破坏了"众芳"这个意象在全诗中的统一性。全文还有两处提到"众芳",都是与屈原相对立的。"虽萎绝其以何伤兮,哀众芳之芜秽","众芳"实际是丑恶的、不美的;"萎厥美以从俗兮,苟得列乎众芳","众芳"是世俗势力的代表。现在正确解读了这两句中的"众芳",才与另两处取得了一致,使"众芳"真正成了一个独立的意象。这在理解《离骚》全诗的思想中是有极重要的作用的。它是世俗美的象征,但在屈原看来,它是丑的。屈原的《离骚》全文便是贯穿了反世俗的精神。

第四,"三后"有的解为夏禹、商汤、周文王,有的解为楚国的先君熊绎、若敖、蚡冒,但不论做何解释,放在下文都在时序上不合,先提"三后"而接着又提尧舜,打乱了固有的历史顺序。这两句提前后,"三后",便被独立了出来,成了一个美好时代的象征,便不存在时序颠倒的问题了。

这样,调整之后的第四节,意义也就更加集中明确了。

> 不抚壮而弃秽兮,何不改乎此度?
> 乘骐骥以驰骋兮,来吾道夫前路!
> 彼尧舜之耿介兮,既遵道而得路。
> 何桀纣之猖披兮,夫唯捷径以窘步!

尧舜是抚壮而弃秽的典型,他们忠正耿介,便能得正道、有前途,而纣桀则是不抚壮而弃秽的典型,猖狂恣肆,不遵法度,只想贪图眼前利益,结果走上了绝路。显而易见,这里仍是对整个社会发话的。既然有了尧舜这样忠正耿介的人物,他们因高尚的情操而获得好的前途,为什么还会出现像纣桀这样因猖披而自寻死路的人呢?屈原感到难以理解,同时也向世人发出了警告。

> 惟党人之偷乐兮,路幽昧以险隘。
> 岂余身之惮殃兮,恐皇舆之败绩!
> 忽奔走以先后兮,及前王之踵武。
> 荃不察余之中情兮,反信谗而齌怒!

在这节里，值得提出来讨论的是一个"荃"字。在许慎的《说文》中，"荃"字只有一解："荃，芥脃也。""荃"字解作"香草"在后来的辞书中才出现。但我怀疑中国学者对"荃"字的解释实际是陷入了一种循环论证的怪圈：后来人因《说文》中的解释与《离骚》的文义不合，便根据《离骚》将"荃"字解释为一种香草（现在一般认为它音义同"荪"），而再后来的学者则又根据辞书确认这里的"荃"就是一种香草名。而最初将"荃"解为一种香草的学者实际是建立在对《离骚》的错误理解之上的。他们根据《史记·屈原贾生列传》所述的历史事实将"荃"附会为楚怀王，并用后来臣下对君主的必不可少的谀美称呼，认为屈原必须以美名称谓楚怀王，《离骚》中又充满香草的名字，"荃"字也就顺理成章地被当成一种香草名了。尤其是当把上文的"美人"也当成对楚怀王的称呼之后，"荃"作为一种香草也就不会引起人们的怀疑了。但是，用历史事实附会屈原的文学创作有极大的危险性，即它会将作者独特的精神感受简单化，并破坏文学作品意象创造的独立意义。实际上，"荃"在这里解作"香草"是根本讲不通的。

就诗的意象而言，《离骚》当中的香草群体是屈原自我精神的象征，是屈原美好心灵的体现，在屈原与香草之间是不会存在根本的矛盾的；就诗的形象特征而言，香草是芳香的、富有温馨特征的事物，与这里写的信谗齌怒的形象不相符合。再者，屈原是以佩饰香草为荣的，《离骚》中提到他佩戴的多种香草，但其中却没有提到他曾经佩戴过荃草。因此；尽管现在多数学者把这里的"荃"解释为一种香草，但我认为，它至多是一种普通的、没有美恶特征的植物名称，不会是一种值得赞美的事物。与此同时，我也不认为它只是楚怀王一人的代称，而是更带综合性的楚国民众的象征。屈原的以香草为饰，本身就不符合当时民众的风俗，这种反流俗的行为，在个别别有用心的人的挑动下，是很容易引起众怒的，楚怀王只是这愚昧民众中的一员，但却不仅指他一人。根据我的理解，这一节的意思应是：那些结党营私的小人苟且偷安，淫佚奢侈，不会有好的下场，我倒不是害怕自己遭殃而不敢与他们同流合污，而是为了国家的前途，社会的利益。我勤勤恳恳，四处奔忙，为的是追赶上先王们的步伐。谁知道这些愚昧的人却并不了解我的本心，反而听信谗言迁怒于我，使我成了众矢之的。

多数学者都已根据洪兴祖的《楚辞补注》，指出了"曰

黄昏以为期兮,羌中道而改路"一句属于衍文,应该删去。这样,下一节便是:

> 余固知謇謇之为患兮,忍而不能舍也。
> 指九天以为正兮,夫唯灵修之故也!
> 初既与余成言兮,后悔遁而有他。
> 余既不难夫离别兮,伤灵修之数化。

这里的"灵修"也是被后代学者附会到楚国君主一人身上的概念。实际上,这里的附会是极为牵强的。一、"灵修"原有神明、神灵的意味。人们没有任何根据说明这里就只能指楚国君王而不能用其原意。文章解读的一个根本原则就是,只要用一个概念的原意能够疏通原文的就不能轻易用它的转义。语言原本是为了表达意义的,用转义必须造成用原意与上下文矛盾的局面,把一个概念逼迫到转义上去,没有这种矛盾局面的产生,人们就没有理由怀疑它的原本的意义。否则,语言的功能就混乱了。二、在前文中没有提出这里指楚国君王的任何强有力的根据,特别当我们证明"美人"、"荃"都不再是楚国君王的代称之后。这里说的謇謇为患、忍而不舍,若仅仅是因为楚国君王,就太把屈原眼里的君王看重了。屈原在上文反复交代的是，他之所以佩离披芷是为了自身美质的培养。三、就是在上下文中，这里的"灵修"若解做楚国君王的代称也是前后矛盾的。屈原既说"不难夫离别"，又说"荃不察余之中情兮"，又说"唯灵修之故也"，自然不难离别，只是为了楚国君主一人，而楚国君王又不能理解他原谅他，他又何必坚持呢？事实上，这里用"灵修"的原来的意思原本是很明白的，只是由于人们硬与历史事实相附会而把意思搞乱了。

从上文我们知道，屈原感到自己是忠正无私的，他为了楚国的前途而奔忙操劳，但由于他佩香草为饰，不合时人风尚，众人都讥笑讽刺他，更兼一些小人的嫉妒谗言，周围的人非但不能理解他本来的意图（增益自己内在的美质），反听信谗言而加怒于他。他接着说的实际是下列一番话：我面对着众人的指责，欲辩无词，很难让他们理解我的正大的用意，我明明知道若不向俗众妥协，便会招来自身的祸患，但我仍然不忍心放弃我的高尚的习惯。我只能指着九天发誓，让它们为我作证，我的行为原来是顺从着神灵（命运）的差遣，它使我生来就具有这样美好的品德和乐美好修的习惯。但谁知它现在又遗弃了我，使我遭此污蔑和攻击。须知要让我向众人投降，放弃这乐美好修的习惯，并没有半点的困难，我只要同流合污，人云亦云，按照他们那样办，事情还不简单？但使我伤心的是，为什么神明（命运）也是这么出尔反尔，没有一贯的主张呢？这是屈原向冥冥中决定着人的命运的神明提出的控诉和抗议。任何自认为清白而又不得周围人理解的人，在痛苦中都会产生这种心理的。

> 余既滋兰之九畹兮，又树蕙之百亩。
> 畦留夷与揭车兮，杂杜衡与芳芷。
> 冀枝叶之峻茂兮，愿俟时乎吾将刈。
> 虽萎绝其亦何伤兮，哀众芳之芜秽。

按照李嘉言先生的意见，这一节也应同"昔三后之纯粹兮，固众芳之所在"等两句移于前面的"纫秋兰以为佩"下面。他的说法不无道理，但按照两处皆可则从传统的原则，我还觉得把它放在这里更为恰当。这一节若出现在这里，则带有不向流俗妥协的意思。但这里不应像传统的解释一样，仅仅视为一种比喻，说是屈原在政治上培养贤才，结果宋玉、景差之类后进都背叛了他，向邪恶势力妥协了。这是因为人们太把《离骚》政治化而并没有重视屈原一开始便强调的以香草为饰的反流俗性质。以诗解诗,这里是说别人都反对他披离戴芷、以香草为饰,有的人还以此为借口对他进行政治陷害,他则绝不妥协,反其道而行之,反而更加积极地广植香草,待到枝叶繁茂便采下披戴。即使这些香草枯萎了又有什么关系呢?"零落成泥碾作尘,只有香如故。"(陆游诗)它们到底是香草呀!值得悲哀和伤心的倒是那世俗的媚态,杂乱无章而又污秽龌龊。这里的"众芳"也就是"固众芳之所在"中的"众芳",是世俗美的象征。

> 众皆竞进以贪婪兮,凭不厌乎求索。
> 羌内恕己以量人兮,各兴心而嫉妒。
> 忽驰骛以追逐兮,非余心之所急。
> 老冉冉其将至兮,恐修名之不立。
> 朝饮木兰之坠露兮,夕餐秋菊之落英。
> 苟余情其信姱以练要兮,长颔颔亦何伤。
> 揽木根以结茝兮,贯薜荔之落蕊。
> 矫菌桂以纫蕙兮,索胡绳之纚纚。
> 謇吾法夫前修兮,非世俗之所服。
> 虽不周于今之人兮,愿依彭咸之遗则。

> 长太息以掩涕兮，哀民生之多艰。
>
> 余虽好修姱以鞿羁兮，謇朝谇而夕替。

疏通了前几节，这几节便极易理解了。这里的第一节写世人的追名逐利，彼此嫉妒（不仅仅嫉妒屈原，嫉妒屈原仅是他们嫉妒本性的一种表现），而屈原则只关心自己的品德修养，人生短暂，不容懈怠。第二节写他如何修养。他饮露餐英，结茝贯蕊，与自然界洁美芳香的植物在精神上互渗共生，不容芜杂的东西占据自己的心灵。他坚信自己是真心爱美、精诚坚定的，即使形容憔悴、人生坎坷也在所不惜。第三节的前两句是说他的服饰不同于现在人的风俗，但却遵循着前代人的修饰方式，虽然不为今人所容，但他宁愿按照彭咸时代的传统习惯，而绝非故意标新立异、崇尚歪门邪道。

在这一段中，应该提出的倒是"长太息以掩涕兮，哀民生之多艰"这一名句的解释。郭沫若将它翻译成：

> 我哀怜着人民的生涯多么艰苦，
>
> 我长太息地禁不住要洒下眼泪。

我认为，这是中国学者爱用好心曲解古人诗意的最典型的例证。像郭沫若这样的大学者不会不知道,这里的"民生"根本不等同于"人民的生活",也不是我们现代知识分子口中的"民生",它就是现在所说的"人生"。"人生"与"民生"的根本不同在于,"人生"是以自己的人生感受为基础的,"民生"则是讲的外在于自我的广大社会群众的生活。简单讲来,"人生"更是主观的,"民生"则是客观的。到了后来,儒家的传统发展起来,同情人民疾苦的民本思想在中国知识分子的价值观念体系中有了更崇高的思想价值,而以我为中心、以自己的独特人生体验而反对多数群众的习俗爱好,并将这种个人体验上升为普遍原则的倾向受到了抑制,因而郭沫若有意将"人生"混同于"民生"而企图维持屈原的崇高思想地位。但是这在《离骚》的全文中却是讲不通的。屈原的《离骚》不是杜甫的《三吏》、《三别》,它自始至终抒的是个人的苦闷,在其中屈原的个人是与整个社会流俗相对立的,群众站在他的对立面,是反对他的主要力量。屈原的思想旗帜上写的是"反庸众",而不是同情多数群众的生活疾苦。所以,这里的"民生"就绝对不能翻译为"我哀怜着人民的生涯"。这后两句的意思是:我仰天长叹,涕泗交流,哀叹人生的艰难。我虽然爱美好修,洁身自好,但却整日受到人们的诟骂和攻讦。整个情调是自怜而非怜人。

> 既替余以蕙纕兮,又申之以揽茝。
> 亦余心之所善兮,虽九死其犹未悔。
> 怨灵修之浩荡兮,终不察夫民心。
> 众女嫉余之蛾眉兮,谣诼谓余以善淫。
> 固时俗之工巧兮,偭规矩而改错。
> 背绳墨以追曲兮,竞周容以为度。
> 忳郁邑余侘傺兮,吾独穷困乎此时也。
> 宁溘死以流亡兮,余不忍为此态也。
> 鸷鸟之不群兮,自前世而固然。
> 何方圜之能周兮,夫孰异道而相安?
> 屈心而抑志兮,忍尤而攘诟。
> 伏清白以死直兮,固前圣之所厚。

我认为,人们如果寻找《离骚》的现实性主题,最清楚明白地莫过于这一节了。世人攻击屈原的是什么呢?就是他的"蕙纕"与"揽茝"。屈原捍卫的是什么呢?也就是他自己的这种特殊的习惯和爱好,"余心之所善"。为了维护自己的这种习惯和爱好，他誓不屈服，"虽九死其犹未悔"。屈原之所以感到痛苦就是因为人人都不能理解他、同情他。"灵修"在这里仍是"神明"。神明浩荡，广大无边，但即使它也难于了解人的心，"我原本是为了修养美好的品德，喜爱美好的事物，以香草为饰，增益自己心灵之美，没有任何见不得人的污浊目的，但人们却嫉妒我的美的修饰而造谣污蔑，说我的行为放荡淫乱"（不难看出，若在当时，孙次舟先生也会这样揣测屈原的用意）。大概屈原当时的很多人，也已经像现代中国的很多人一样了，见别人有点超于常规的行为，先就不从好的方面理解别人，一定要把这种不同寻常的行为联系到不正当、不光彩的目的上去，从而对之侧目而视，讥笑谩骂嘲笑讽刺无所不用其极。更有一些与之有实际利益冲突的人，利用社会群众这种排斥异己的文化心理，推波助澜，进行人身攻击，乃至给以各种实际的损害。屈原也就是因此而招怨的人，整个《离骚》抒发的也便是屈原由此而生的苦闷。

人们或许认为，我的解读缩小了屈原作品的社会意义。但我恰恰认为，中国学者对屈原作品的不自觉的歪曲恰恰在于把它们政治化、实利化了。在儒家文化价值的体系里，看不到屈原这种坚持自己独立生活方式和行为方式的意义,他们把人自身选择自己的生活方式和行为方式的权利看做毫无意义的个人小事,而这恰恰是儒家文化从众心理的反应。屈原的描写,在中国学者的眼里,一律看成是一种对政治、道德理想的比喻,从而把一个我们眼中很可能是有"怪癖"的屈原变成了一个正人君子式的屈原,它的独特的主题意义也便被我们常见的忠奸对立的主题代替了。实际上,恰恰由于儒家道德的这种从众心理,造成了中国文化的特有的保守和守旧,如果一个社会不能容许任何不同流俗的生活方式、习惯爱好、思想感情和理想追求的存在,这种文化也就成了一潭死水,无法发展和变化了。与此同时,这是社会对个人权利的一种粗暴干涉。屈原的痛苦始终在于,他不明白为什么他的这种出于爱美心理而形成的正当生活习惯会遭到世人如此激烈的反对,为什么他的真诚正直的目的会被世人歪曲为不正当、不光彩的行为。屈原《离骚》的杰出意义恰恰在于,它是中国文学史上唯一一篇坚决向社会流俗宣战的伟大诗篇,它坚决捍卫着自己的人生权力而绝不向整个社会意志屈服。在这一点上,它直接连接着"五四",连接着鲁迅的《狂人日记》,其意义远远超过了与政治对手斗争的意义。

正是从这一独特的思想视角和人生体验出发，屈原思考了社会庸俗势力的心理基础，这种基础就是他在这里所说的嫉妒。嫉妒是人性中一种非常普遍的弱点，它恰恰是由于整个社会文化对个体意识的压抑造成的。当人在社会文化的压抑下某种愿望得不到实现的时候，他的感情是通过消灭别人实现这种愿望的可能性而进行宣泄的。这就造成了人与人之间的敌对心理，并由这敌对心理维持着现行的社会原则。屈原是爱美的，更爱自己心灵的美，当社会群众在世俗文化的压抑下没有公开追求自我美化的欲望时，屈原便成了他们的嫉妒的对象，并由嫉妒把屈原的正当的爱美倾向与各种他们认为的不光彩的行为和目的联系起来，转而把这种不光彩的行为和目的当做攻击屈原的口实。"众女嫉余之蛾眉兮，谣诼谓余以善淫"（这些心胸狭窄得像女人一样的世人嫉妒我的美颜，便造谣说我的行为放荡，淫佚无度），说的便是世人攻击屈原的心理根源。

显而易见，由嫉妒而攻击别人的人，实际是没有真正的道德心的。他们攻击别人但也怕别人攻击自己，所以他们必然不敢坚持原则，自己也并不遵守社会道德。他们的一切都依靠狡猾的处世手段，献媚求荣，在别人的好感中捞取一点实际的好处。"媚态"可说是他们最精确不过的精神脸谱。屈原厌恶世人的这种媚态,他说宁愿穷困终生、潦倒侘傺、颠沛流徙乃至溘然而死,也不愿有这么一副媚态。这是这里的第二节的意思,讲的是世俗道德的狡猾和俗媚。

这里的第三节更公开提出鸷鸟不群的独立道德原则,并认为在他和狡猾的世俗道德间是不可能有调和的余地的。为了道德心的清白,为了正直的做人,忍辱含垢,不惜牺牲自己的生命,才是古代圣人所崇尚的道德品质。

> 悔相道之不察兮,延伫乎吾将反。
> 回朕车以复路兮,及行迷之未远。
> 步余马于兰皋兮,驰椒丘且焉止息。
> 进不入以离尤兮,退将复修吾初服。
> 制芰荷以为衣兮,集芙蓉以为裳。
> 不吾知其亦已兮,苟余情其信芳。
> 高余冠之岌岌兮,长余佩之陆离。
> 芳与泽其杂糅兮,唯昭质其犹未亏。
> 忽反顾以游目兮,将往观乎四荒。
> 佩缤纷其繁饰兮,芳菲菲其弥章。

民生各有所乐兮，余独好修以为常。

虽体解吾犹未变兮，岂余心之可惩。

按照原来的解释，这三节，特别是这里的一、三节也是极难疏通的。如果从政治斗争的角度，无论如何屈原也不会认为自己的入仕是错误的，他的失败只是奸佞小人排挤的结果，不是自己人生选择的错误。何悔之有？有何"不察"之虑？又何必主动地"延伫乎吾将反"？因为要实现自己的政治主张，不入仕是绝对办不到的。正因为这里主要不从实现自己的政治主张着眼，屈原才感到自己跻身于世人的争斗是不应该的，但他又私自庆幸自己迷途未远，挽回还是来得及的，因此他回车复路，"退将复修吾初服"。

第二节则写他"复修吾初服"的情况，"芳泽杂糅"，马茂元先生的解释是对的，是好坏混杂的意思。是说屈原自感在精神上也受到了世俗风气的影响，但他又说"昭质未亏"，就是说在本质上还没有变，仍然是美的。第三节开头的两句多解为屈原自述，实际是不对的。这是屈原在离开世俗人生之后对它的反观。"游目往观"即放眼望去，望的是别人，不是自己。"四荒"有其广大义，也有其荒凉义，犹言茫茫人海。"佩缤纷其繁饰兮,芳菲菲其弥章",讲的是"众芳",是世俗社会的媚美,带有否定厌恶的意味。这种"繁饰"形似华丽,但乱七八糟,表面很美,实际欲盖弥彰,难以掩盖其道德上的堕落和精神上的贫乏。所以屈原说"民生各有所乐兮",人生各有所好,他们那个样子,我也没有别的办法,但我以好修为常,粉身碎骨也难改初衷。总之,这里仍是从个人习尚与社会风尚的矛盾着眼,仅从政治斗争的角度是讲不通的。

(下)

女嬃之婵媛兮,申申其詈予,

曰:"鲧婞直以亡身兮,终然殀乎羽之野。"

汝何博謇而好修兮,纷独有此姱节?

薋菉葹以盈室兮,判独离而不服。

众不可户说兮,孰云察余之中情?

世并举而好朋兮,夫何茕独而不予听?

依前圣以节中兮,喟凭心而历兹。

济沅、湘以南征兮,就重华而陈词。

启《九辩》与《九歌》兮,夏康娱以自纵。

> 不顾难以图后兮，五子用失乎家巷。
>
> 羿淫游以佚畋兮，又好射夫封狐。
>
> 固乱流其鲜终兮，浞又贪夫厥家。
>
> 浇身被服强圉兮，纵欲而不忍。
>
> 日康娱以自忘兮，厥首用夫颠陨。
>
> 夏桀之常违兮，乃遂焉而逢殃。
>
> 后辛之菹醢兮，殷宗用而不长。
>
> 汤、禹俨而祗敬兮，周论道而莫差。
>
> 举贤才而授能兮，循绳墨而不颇。
>
> 皇天无私阿兮，览民德焉错辅。
>
> 夫维圣哲以茂行兮，苟得用此下土。
>
> 瞻前而顾后兮，相观民之计极。
>
> 夫孰非义而可用兮？孰非善而可服？
>
> 阽余身而危死兮，览余初其犹未悔。
>
> 不量凿而正枘兮，固前修以菹醢。

女媭是不是屈原的姐姐，在这里并不重要，重要的是女媭体现了一种什么样的文化观念，她与屈原的情感和思想的关系是怎样的。首先，女媭是在情感上十分疼爱屈原的一个人，她理解屈原的行为，理解屈原行为的高尚性，对于人生的险恶有着比屈原更深刻的感受，但她所体现的人生观念却与屈原有着根本的不同。在女媭的观念中，道德和人是分离的，当道德不被世人理解反被世人诽谤诬蔑的时候，人就应当首先顾及自己的现实处境，不必因道德而害及自己的生命。显而易见，女媭这个意象是具有永恒的普遍意义的，特别是在中国文化的环境中就更是如此，直至现在，女媭对屈原的态度仍是大量父母子女、兄弟姐妹、夫妻恋人、亲朋好友间的关系的写照，但也正是在这种关系中，人有时更感到自己存在的彻底的、无可告慰的寂寞、孤独和痛苦，更说明了人类在心灵上不可能达到彼此的完全了解的隔膜和障壁。在这里，最根本的矛盾即产生在彼此与之发生神秘互渗关系的对象的不同之上。这种神秘互渗的关系之所以是神秘的，就因为它是无法用理智说明的、用情感转移的、用道德判断的、用意志左右的，所有的理智、情感、道德、意志都发生在这种神秘互渗的关系之后，而不是发生在它之前。人类文化一经产生，它就在社会的上空悬浮着，并依靠各种偶然性的机缘和不同的形式与个体的人发生着神秘的互渗关系，直至当今的世界上，你仍然无法解释为什么哥哥迷恋于足球而弟弟沉溺于绘画。任何的理论说教、情感感化、道德训诫、意志的激励都无法使一个人从自己的迷狂的爱恋中解脱出来，倒是另外的迷恋却在无意间转移了他对这个事物的迷恋。正因为一切的理智、情感、道德意志都发生于这种神秘互渗关系之后，所以彼此的理智、情感、道德、意志也就有着各不相同的形式。即使最亲密的两人之间，也有着各不相同的神秘互渗的对象，而在这时，由于理智、情感、道德、意志的内涵各不相同，彼此的心灵就是难以完全沟通的。

女婴对屈原的劝诫有两层意思：一、在一个人人结党营私的社会上，正直和品德高尚的人会招致灾殃乃至杀身之祸，她用"鲧婞直以亡身兮，终然夭乎羽之野"劝说屈原放弃"博謇而好修"的行为习惯；二、在人类社会上，人是不可能使每一个人都能了解自己的内心的，世人只有通过拉帮结派才能得到别人的帮助，独立不羁的人必然受到世人的排斥和打击。"众不可户说兮，孰云察余之中情？"犹言你不可能向每一个人都表白你的内心世界，谁能说他就能完全了解你的内心？女婴试图用这不移的事实惊醒屈原的迷误，但她不知这两点根本无法使屈原回心转意。在这里，女婴之所以感到自己的话是明白无误的，是因为她的人生观念自然地将道德和人生剥离开来：道德是道德，人生是人生，除了道德之外还有一种独立的人生和人生的幸福，所以在自己的生命和人生幸福受到威胁的时候，人就可以摒弃自己的道德而维护自己的生命和幸福。但这对于屈原却是毫无意义的，因为在屈原这里，道德和正直就是他的生命本身，就是他自己。他是以一个有德之人意识自己和自己的存在价值的，也只有在这种"博謇而好修"的习惯中，他才真正能够感到自己生命的存在，同时也会感到人生的乐趣和精神的愉悦，除此之外，他就无法再感到自我的存在价值，其人生也就毫无乐趣可言了。在这种情况下，放弃"博謇而好修"的习惯就等同于放弃他自己，放弃他自己的生命，"亡身"也就不再是令人畏惧的东西了。正像没有任何人居住的房屋的坍塌不会引起任何人的怜惜一样，没有生命及生命乐趣的肉体的毁灭又有什么值得怜惜的呢？同样的道理也发生在获得别人理解和同情的愿望上。人是需要理解和同情的，但人的需要理解和同情的又永远只能是自我意识中的最本质的自我，而不可能在放弃自我意识中的最本质的自我之后，仍希望别人的理解和同情，因为在那时别人所理解的就不再是他，而是一个与他无关的别人了。女媭劝说屈原放弃"博謇而好修"的习惯而求得世人的宽容和帮助，是因为在她的观念中，"博謇而好修"只是一个外在于屈原本体的外在屈原，即使他放弃这种习惯，屈原的本体仍然存在，这个本体就更容易在现实社会生存下去。但对于屈原，"博謇而好修"的屈原正是他本体的自我，他若放弃了这个自我，也就没有自我的存在了，还有什么必要求得别人的宽容和帮助呢？因此，女嬃的话从主观上是为了让屈原摆脱痛苦，摆脱困境，获得人生的幸福，但对于屈原，却无疑起到了使他更深刻地感受到自己存在的绝对的孤立无援的地位的作用，使他知道世人绝对不会允许他的存在，绝对不会理解他、同情他，因而也使他更深地陷入了精神痛苦的深渊。我们中国人总是很迷恋于情感的感化、理智的启迪、道德的劝诫或意志的鼓励，岂不知只要彼此神秘互渗的关系不同，也就是说彼此的自我意识不同，这一切都是不可能达到预定的目的的。

屈原没有正面回答女嬃的劝诫，事实上，他也是无法正面回答她的。他从直感中便能感到女嬃对他的疼爱，但他同时也能感到，她其实也并不真正地理解他。下面屈原的话实际又是对女嬃回答的一种方式。他说他的行为是依照前代圣贤的原则行事的，因而他坚信只有这些前代圣贤才能真正理解他的内在心意，所以他要南渡沅湘，面见重华（舜），而在舜的面前向他陈述自己的心迹。在这里，我们可以感到在屈原的诗歌中神话传说的意义和作用。在我们现代人这里，古代的神话传说、古代的历史人物，是一种非现实的存在。在这种非现实存在的事物中，又有两类：一类是古代人在想象中形成的虚象，另一类是在古代曾经存在而在现实中已经不存在的事物。但在屈原的《离骚》中，它们都不是以这种理智思维对象的方式存在的，它们其实都是文化中的东西，意识中的东西，在这里并没有真实和虚构的东西的严格区别。在我们的理解中，女媭是个真实的现实人物，舜是一个想象中的传说人物，岂不知对于屈原，这两个人物并没有谁更真实、谁不更真实的区别，这正像对于我们，一个给我们上过课的老师与马克思、鲁迅、毛泽东这些历史人物之间，不存在谁更真实、谁更不真实的区别一样，有时我们反而感到后者比前者更加真实而具体。与此同时，女媭这个人物到底是不是一个真实存在的人物，如果她存在，是不是亲口对屈原说过上面一番话，实际都是不重要的。重要的是现实社会中确实存在着这样的人物，会像女媭这样告诫劝慰屈原。因此，在这里，女媭和舜的真实性的程度便没有高低深浅的差别。他们是两种价值观念的持有者,屈原的心迹无法向女媭这类的人物表白清楚,而能够获得舜这类人物的真正的理解。如果我们再说得深入一点,女媭和舜实际也是屈原意识中两个不同的自我。一个自我像女媭那样,是把自我的道德本体与生命本体分裂开来加以意识的,另一个自我是把自我的道德本体作为自己的生命本体来意识的。屈原的痛苦,实际就是由于这两种不同的自我意识相互冲突的结果,只不过在屈原这里,道德本体与生命本体的统一趋向更强大,女媭的话在屈原的意识中没有起到决定性的作用。女媭和舜都不一定是现实地存在于屈原面前的人物,但这并非说他们的存在只是一个抽象的符号。事实上,屈原在意识中仍是以具体的、完整的、活动中的意象整体意识到他们的。"女媭之蝉媛兮,申申其詈予","济沅、湘以南征兮,就重华而陈词",都是屈原在意识中与他们的形象整体所交谈的方式。假若你想到你的母亲,你的母亲就会以特定的音容笑貌在你意识中活动起来,假若你想到诸葛亮,诸葛亮就会摇着鹅毛扇与你说话,这里的情景也是如此。

汉代以后,儒家文化成了中国占统治地位的文化,而伦理道德学说则是儒家文化的主体部分,中国人遂有了一种错觉，以为凡是重视个人道德修养的都属于儒家文化的范畴。实际上，道德是人类社会形成之后必然发生的一种主观追求，道德意识是人类的基本意识之一。儒家学说是在中国影响巨大的伦理道德学说，但却绝非一切的道德意识都属于儒家的道德。

在这里，我们必须注意屈原的道德意识与儒家的伦理道德观念的本质区别。一、儒家的伦理道德是从社会治理的角度提出的调整人与人关系的方法与措施，因而它的一切道德要求都是从整体、从外部向个体的人提出的基本要求，屈原的道德意识不是从处理人与人的关系出发的，而是从个体人的生命体验出发的，它要求的是社会对个体人的内在生命体验的理解和同情。二、由于儒家的伦理道德是从外部对个体人提出的基本要求，所以它提倡的是对人的改造和自我改造，提倡用统一的社会标准要求自己和改造自己，并只有通过这种改造才能提高自己的道德水准，屈原的道德意识则是从自我的内部体验中升华出来的，它所要求的是对自我本性的坚持和伸展，在世俗的利害关系中不丧失自我的内在本性。三、儒家的伦理道德要求最终要落实到普遍可接受的固定礼俗中，并以一个人的外部行为表现判断他的道德水准，屈原的道德意识则无法用固定的礼俗标准来衡量，它永远是一种内在的素质，它要求以个体人感受自我行为的方式感受他的外在表现，从而理解他的内在心灵。例如，在儒家道德体系中，永远不能承认屈原个人所表现出的奇装异服的倾向，而屈原恰恰在自己的这种违背固定习俗的行为中感到自我是道德的、高尚的，因为他的自我是从一种高尚的心灵趋向中建立起自己的行为习惯的。四、儒家的伦理道德是一种关系学，它的伦理道德只能在特定的关系中才能得到确切的说明，而屈原的道德意识是以个人的心灵趋向为标准的，它不以不同的对象为转移。五、儒家的伦理道德必须接受别人的监督和判断，它用在别人面前的"耻感"维系道德心，所谓"知耻"是道德心的基础，屈原则依靠自我对自我行为的内在感受确立自我的道德心，一切别人的议论和看法都与自我道德水平的高低没有本质的联系。六、就整体倾向而言，屈原是在美中感受善，把握真，而儒家是以善区分美丑和真假。我们要理解屈原道德意识与儒家伦理道德观念的这一系列差别，只要把二者对神秘互渗联系的不同态度考虑进去就是极为容易理解的。

如上所述，一切的神秘互渗关系都发生在明确的情感态度、理智思考、道德分别、意志追求之前，如果一个儿童与一只小狗整日生活在一起，这并不是这个儿童原来就喜爱这只小狗，原来就认为这只小狗比别的狗更好，他不是有意爱上它，也不是因为行善而爱上它，他与小狗的关系完全是一种不可说的神秘的联系，但与此同时，这种联系也绝不包含假恶丑的因素。及至这个儿童有了更明确的爱憎意识、真假观念、善恶区别、意志追求，他便很自然地把社会所肯定的一切倾向与这种神秘互渗的关系联系起来，在这时，他的对世界的真的感受、美的感觉、善的观念都浑然地统一在这神秘互渗的关系中，彼此是没有区别和矛盾的。屈原的道德观的一个显著特点便是他是以自我与周围世界、与自己的文化环境所建立的神秘互渗关系为基础，感受人的美、人的善和人的真的，他把自己的祖先、自己的姓名、自己对香草的美感感受当作自我的本质，当作真善美的统一体，他从未以其他的利害关系而违心地违背自己的本质，因而也就没有违背真善美的原则。在这时，假恶丑是外在于自我的。他对社会的假恶丑的感觉是从世人对他的这种神秘互渗联系的攻击和污蔑中感受到的，而这攻击和污蔑则是出于嫉妒心和利害心，因而嫉妒心和利害心是屈原所反对的一切恶的基础。

儒家的伦理道德则并非建立在这种自我的神秘互渗联系的基础上。它一开始就是从理智地组织这个世界、按照特定的方式组织起社会整体的角度提出人的各种伦理道德规范的。从根本上无视人与周围世界建立的各种特殊的神秘互渗关系可以说是儒家伦理道德的最显著的特点之一。在它看来，为了它所要建立的社会秩序，一切与此无关的神秘互渗关系都是应该也可以牺牲的。我们现在所说的儒家伦理道德扼杀人的个性，并非说儒家伦理道德从主观动机上就是漠视个人利益的，而是说它的信条赋予了它人为地摧毁社会每个人的独立神秘互渗关系的权力，而这种神秘互渗关系的神秘性质又是不可能用理智语言予以证明的。我认为，中国人的几千年的悲哀恰恰在于，当人们脱离开自我的亲身体验而理智地对待社会和要求别人时，每个人都感到儒家的伦理道德是不可或缺的，他永远站在儒家伦理道德的立场上压抑违背了这种道德信条的个人，而只有当他自己被处于儒家伦理道德的严密监护之下的时候，他才能够感到它对自我自由的粗暴干涉，而这种干涉是自我的整个生命都万难接受的，但恰恰在这最不愿接受的地方，你却没有任何说得出口的理由为自己辩护，因为其他任何别人都无法充分估计它在你整个生命中的重量。当一个教师或家长看到你的学习成绩不好而要把你身边的一只小狗抱走或打死的时候，在儒家伦理道德占统治地位的中国你能用什么样的理由为自己心的意愿申辩呢？我们看到，中国的儿童常常用摧残自己生命乃至死亡来证实小狗对自己生命的重要性，因为由于种种神秘互渗的关系，这只小狗很可能便是一个儿童的生命存在形式，或者是他生命存在的重要组成部分，他是在小狗的存在中意识到自己存在的意义的，因而小狗的死亡实际也是他的一次死亡。屈原的《离骚》所表现的便是中国人几千年来最难表现的内心悲哀，并且是在儒家伦理道德占据统治地位之后中国文人不再能够表现的悲哀。如果说后代的中国文人所表现的仅仅是自己的怀才不遇和忠而被谤的痛苦，那么屈原所表现的才是人与人难以互相理解的更根本的人生悲哀，是整个社会都无法理解自我行为习惯的内在心理原因的悲哀。对于后代文人，屈原这种着花饰草的无关宏旨的行为习惯，不但是可以放弃的，也是应该放弃的，而对于屈原，所要世人理解的却恰恰是这"无关宏旨"的行为习惯的真正心理原因，他恰恰在世人粗暴干涉自我的自由选择权利的行为中感受到人类恶的存在，并且把自我在神秘互渗关系中体验到的心境作为真善美的最高精神境界予以了高度的肯定。儒家的道德观是在社会的需要中产生的。屈原的道德观是从自我内在的心灵体验中产生的；儒家的道德观是令个体服从外部需要，屈原的道德观则是立足于自我的本体反抗流俗。这两种道德观不能混淆在一起。

屈原的这种道德观与现代的自由、人权、个性独立的思想有什么关系呢？显而易见，屈原的道德观是在自我的内心体验中自然表现出来的，而不具有任何明确的思想形式。如果说，屈原是人在自己的文化环境中渐渐失去了自我和自我的自由的时候，一颗不自由的心灵的痛苦挣扎，现代自由、人权、个性独立则是人在自己的文化环境中已经失去了自己的自由之后，为重新获得自我和自我的自由而提出的明确的思想原则。传统道德（包括儒家的伦理道德）对人的自由的粗暴干涉首先表现在它迫使每个社会的个体（作为被干涉者的个体）要对自我的一切言行做出符合社会道德信条的申辩，而人的所有自然形成的神秘互渗关系则是不可能做出明确的理性证明的。屈原无法最终证实自己着花饰草的行为是道德的，一个儿童也无法证实他不能抛弃掉一条小狗的理由是充分的，而当所有这些不能证实的东西都受到社会伦理道德的粗暴干涉时，人与世界、人与文化、人与人类社会的联系也就被彻底摧毁了，人的自我的生命本体也就被瓦解。因为恰恰是这些联系，才是人与周围世界的最紧密的联系，才是人的生命的本体。现代自由、人权、个性独立的思想则把申述理由的责任转移到了干涉者一方，它们承认人的自由、人的独立性、每个人不必为自己的任何言行都找到明确的合理性的证明，只有当干涉者把对方的行为视为不道德、不合理的时候，才必须提出他要干涉对方言行的充分的证明。而人的神秘互渗关系的神秘性质恰恰在于它既无法最终证实为道德的，也无法最终证实为非道德的，屈原无法最终证实自己奇装异服的倾向是出于道德的，别的人也无法最终证实他就一定出于非道德的目的：就像一个儿童无法证实他的学习不好就与他的小狗没有任何关系，任何一个教师和家长也无法最终证实打死这只小狗以后这个儿童的学习就一定会好起来。自由、人权、个性独立的思想形式使干涉者受到了必要的干涉，从而使人的所有神秘互渗关系得到了有效的保护。自由、人权、个性独立并不消灭一切的社会道德（虽然有很多人以此为理由否定现代人的这些思想原则），而是在社会道德的网络中为人的自由和个性留出了必要的更广大的社会的和精神的空间。在屈原的自由的失落和现代人的自由的要求间，实际上是一个失落了自由的漫长的时代，在这一点上，屈原与现代人更接近，正像在很多方面，原始人与现代人离得更近一样。

在屈原列举的历史事实或历史传说中，有很多与后来儒家所宣扬的人物相同，但这并不能证明屈原就是从儒家那里接受过来的，事实上，在屈原的诗歌中，包含了较之儒家典籍中更多的古代的神话传说或历史事实。我认为，这样认为或许是更加合理的：屈原与儒家创始人有着一些相同的社会历史或文化的背景，南北文化的交流和社会共同的历史传说使他们用基本相同的形式使用着这些历史材料，而彼此使用的目的则是各自独立的。屈原从别人对他的攻击和污蔑中感知到社会上恶势力的强大，并把坚持自我本性的行为视为高尚的、道德的，所以他进而用历史事实说明道德对人、对社会存在的重要性，从而曲折地回答了女媭对他的劝诫：人生不能失去高尚的道德，个人的和社会的灾殃归根到底都来源于人的没有道德，所以我不能放弃我的道德追求而与世人同流合污。显而易见，女媭的话是立足于个体人的苟且生命的基础之上的，屈原是立足于整个社会人生的。

曾歔欷余郁邑兮,哀朕时之不当。
揽茹蕙以掩涕兮,霑余襟之浪浪。
跪敷衽以陈辞兮,耿吾既得此中正。
驷玉虬以乘鹥兮,溘埃风余上征。
朝发轫於苍梧兮,夕余至乎悬圃。
欲少留此灵琐兮,日忽忽其将暮。
吾令羲和弭节兮,望崦嵫而勿迫。
路漫漫其修远兮,吾将上下而求索。
饮余马於咸池兮,总余辔乎扶桑。
折若木以拂日兮,聊逍遥以相羊。
前望舒使先驱兮,后飞廉使奔属。
鸾皇为余先戒兮,雷师告余以未具。
吾令凤鸟飞腾兮,继之以日夜。
飘风屯其相离兮,帅云霓而来御。
纷总总其离合兮,斑陆离其上下。
吾令帝阍开关兮,倚阊阖而望予。
时暧暧其将罢兮,结幽兰而延伫。
世溷浊而不分兮,好蔽美而嫉妒。
朝吾将济于白水兮,登阆风而缫马。

忽反顾以流涕兮，哀高丘之无女。

溘吾游此春宫兮，折琼枝以继佩。

及荣华之未落兮，相下女之可诒。

吾令丰隆乘云兮，求宓妃之所在。

解佩纕以结言兮，吾令蹇修以为理。

纷总总其离合兮，忽纬繣其难迁。

夕归次于穷石兮，朝濯发乎洧盘。

保厥美以骄傲兮，日康娱以淫游。

虽信美而无礼兮，来违弃而改求。

览相观于四极兮，周流乎天余乃下。

望瑶台之偃蹇兮，见有娀之佚女。

吾令鸩为媒兮，鸩告余以不好。

雄鸠之鸣逝兮，余犹恶其佻巧。

心犹豫而狐疑兮，欲自适而不可。

凤皇既受诒兮，恐高辛之先我。

欲远集而无所止兮，聊浮游以逍遥。

及少康之未家兮，留有虞之二姚。

理弱而媒拙兮，恐导言之不固。

世溷浊而嫉贤兮，好蔽美而称恶。

闺中既以邃远兮，哲王又不寤。

怀朕情而不发兮，余焉能忍而与此终古？

屈原《离骚》的最显著的艺术特征是它的伟美、奇瑰、宏大、开阔的想象力，但这里所要解决的问题是，《离骚》的想象是怎样展开的以及它有什么具体的特点？而要解决这两个问题，关键的问题仍在于屈原到底感到在现实世界中失落了什么东西？因为，只有在现实世界中失落了东西，人才会到想象世界中去寻找，而在想象中要寻找的东西，也正是人在现实世界中感到失落了的、不可能在现实世界中找到的东西。在过去的《离骚》研究中，不论以什么方式，人们总把屈原的失宠于楚怀王作为屈原《离骚》主要情绪格调的基础，但如若屈原仅仅着眼于自己政治上的怀才不遇，他的想象也必然主要停留在寻求历代贤王圣主的范围中。在这里，历史传说同样可以提供给他以广阔的想象空间，尧舜禹等古代贤王以及所有能给他施展政治才干的环境必将是他想象力赖以驰骋的核心，但《离骚》的行文并非如此。为了弥合《离骚》行文与这种解读方式之间的矛盾，研究者则把"高丘无女"的"女"解释为贤王的象征，岂不知这二者之间在审美感受上就是两种截然不同的类型,"闺中既已邃远兮,哲王又不寤",屈原分明是将二者分别来看待的。毫无疑义,屈原在政治上的失宠是一个事实,但如何体验这一事实则有各种不同的情况。显而易见,屈原着眼点并不在自己是否失宠于楚怀王,而是着眼于别人为什么攻击污蔑他,以及这种攻击和污蔑为什么能够奏效。正是在这样一个角度上,他感到的是人与人之间的隔膜和缺乏理解,感到的是道德和美的失落。他追求着心灵的美和外形的美,用香草美化自己的外形同时也美化着自己的心灵,但周围的人追求的却是物质的享乐和现实的实利,他们满脑子的利害心,对屈原充满嫉妒,并因此而对他施行打击和报复。他们不爱美的事物,失去了美的心灵(道德情操)。正是由于这种人生体验,屈原只好到想象的世界中去寻求美,寻求美的人,寻求有美好心灵也有美的外形的人。"美女"也就自然成了他的理想追求的对象。在这里,"美女"也就是美的人的象征,是屈原理想中的人。

屈原在自己的周围看不到自己所希求的美的人,就连真正关心屈原的女媭,也是以世俗的人的标准要求他的。女媭不是他的人的理想,不符合他的美的人的标准。因而,他要超越他的视听范围去寻找美的人,在这里,他要借助文化的力量,到全部文化积累中去寻找美和美的化身。这同时也就意味着他的想象世界的展开。但由此也可看出,《离骚》中的想象世界,并不像陶渊明的《桃花源记》和李白的《梦游天姥吟留别》那样的想象世界,他不是在失望于现实之后而依靠想象的力量重新构筑一个虚构的世界,并在这样一个世界里体现出自己的人生理想。他的想象世界也不像吴承恩的《西游记》和李汝珍的《镜花缘》中的域外世界,他不是完全重构一个新的世界以构成与现实世界的对照,并通过对照对现实世界进行批判性观照。《离骚》中的想象世界说到底只是对屈原所接触的有限世界的界限的突破,是超越了自己个体局限性的现实世界的伸展,是用当时的全部文化积累展开的全部人类生活的世界。只要参照屈原的《天问》,我们便可知道,在屈原的意识中,是并不存在一个真实的与虚构的明确的界限的,所有的神话传说和历史事实在他那时还是混杂于一起的,它们都是存在过的,又都并非眼前的存在。总之,在《离骚》中的想象世界,只是借助屈原的文化知识扩展开的一个更大、更完整的世界,正像在我们现代人的观念中,知而未见的金字塔、拿破仑、印第安人的原始部落和冰雪覆盖的南极洲都是现实的真实世界一样。屈原要在这个更广阔的世界中寻求美的人，寻求人的理解、同情和爱，同样也要借助文化知识中的事物。现代人借助宇宙飞船在想象中遨游太空，屈原则借助羲和、玉虬、望舒、飞廉等神话传说中的事物实现与更广阔世界的联系。于是，一个瑰丽、伟美的想象世界在我们眼前展开了。文化向他展开了一个更广阔的世界，也使他具有了超越时空限制的可能性，但他仍然是带着自己活生生的人生感受进入这个更广阔的世界的，这里仍是人的世界，因而也具有人类世界的基本特征，"世溷浊而不分兮，好蔽美而嫉妒"、"世溷浊而嫉贤兮，好蔽美而称恶"，而只要如此，他所理想的人，他所寻求的理解、同情和爱，就是不可能找到的。奇瑰的场景并没有使他摆脱孤独和痛苦，而是增加了他的孤独和痛苦的深度与广度。

在这个更广阔的世界上，同在他所处的有限的世界一样，有两种人类关系是最需要沟通的，一个是上下的君臣关系，一个是两性的男女关系。上下的关系决定着一个人的社会际遇，两性的男女关系决定着一个人的生活幸福。但屈原感到，这两种关系间都没有可能实现真正的彼此理解、同情和爱。自然"世溷浊而不分兮，好蔽美而嫉妒"，君就极难区分人的好坏忠奸,结党营私者竞进占先,独立不羁者受到排挤,天国的宫殿不会向这样的人打开大门,进入的都是迎合时世的自私小人。所以屈原在想象中也无法进入天国的大门,而慨叹"高丘无女"。越是居高位者越是没有美的人,自己也难以被天帝了解,被天帝任用。接着他去寻找各类女性的爱。但在这里,他也只能感到绝望。宓妃貌美而自恃其美,耽于游乐而并不重视人的道德操守,"有娀之佚女"居于瑶台之上,忠厚诚恳的人为之做媒无法传达屈原的意愿,油滑善辩的人又极不可靠,自己亲自前去又有些唐突冒失,反而是那些不诚实、无所顾忌的人能抢在前面。对"有虞之二姚"也由于"理弱而媒拙"而作罢。在这里,屈原实际提出了两性关系之间的心灵沟通的问题,取得异性的爱与理解的问题。屈原感到,人类两性间真正的心灵沟通也是不可能的。一方面,女性希求的不是男性的心灵美;另一方面,男性的心灵也是无法向女性表达的。用诚恳和忠厚说不出自己的美,用油滑佻巧的语言能说出自己的好处而难以令人相信;别人为之传达难以可靠,自己直接传达又有唐突之嫌。更何况世人溷浊不分,杂处一起,好坏难辨,多数人又喜于扬人之恶,掩人之善。所以,他在整个人类社会上都难以找到真正理解、同情自己的人，闺中邃远，哲王不寤，中情难表，死难瞑目。他感受的是绝然的孤独和悲观。这是对整个人生的悲观，而绝非只是自己不得志的感慨。

> 索琼茅以筳篿兮，命灵氛为余占之。
> 曰："两美其必合兮，孰信修而慕之？
> 思九州之博大兮，岂惟是其有女？"
> 曰："勉远逝而无狐疑兮，孰求美而释女？
> 何所独无芳草兮，尔何怀乎故宇？"
> 世幽昧以眩曜兮，孰云察余之善恶？
> 民好恶其不同兮，惟此党人其独异！
> 户服艾以盈要兮，谓幽兰其不可佩。
> 览察草木其犹未得兮，岂珵美之能当？
> 苏粪壤以充帏兮，谓申椒其不芳。
> 欲从灵氛之吉占兮，心犹豫而狐疑。
> 巫咸将夕降兮，怀椒糈而要之。
> 百神翳其备降兮，九疑缤其并迎。
> 皇剡剡其扬灵兮，告余以吉故。
> 曰："勉升降以上下兮，求矩矱之所同。

汤、禹俨而求合兮，挚、咎繇而能调。
苟中情其好修兮，又何必用夫行媒？
说操筑于傅岩兮，武丁用而不疑。
吕望之鼓刀兮，遭周文而得举。
宁戚之讴歌兮，齐桓闻以该辅。"
及年岁之未晏兮，时亦犹其未央。
恐鹈鴂之先鸣兮，使夫百草为之不芳。
何琼佩之偃蹇兮，众薆然而蔽之。
惟此党人之不谅兮，恐嫉妒而折之。
时缤纷其变易兮，又何可以淹留？
兰芷变而不芳兮，荃蕙化而为茅。
何昔日之芳草兮，今直为此萧艾也？
岂其有他故兮，莫好修之害也！
余以兰为可恃兮，羌无实而容长。
委厥美以从俗兮，苟得列乎众芳。
椒专佞以慢慆兮，樧又欲充夫佩帏。
既干进而务入兮，又何芳之能祗？
固时俗之流从兮，又孰能无变化？
览椒兰其若兹兮，又况揭车与江离？

惟兹佩之可贵兮，委厥美而历兹。

芳菲菲而难亏兮，芬至今犹未沫。

和调度以自娱兮，聊浮游而求女。

及余饰之方壮兮，周流观乎上下。

灵氛既告余以吉占兮，历吉日乎吾将行。

折琼枝以为羞兮，精琼爢以为粻。

为余驾飞龙兮，杂瑶象以为车。

何离心之可同兮？吾将远逝以自疏。

邅吾道夫昆仑兮，路修远以周流。

扬云霓之晻蔼兮，鸣玉鸾之啾啾。

朝发轫於天津兮，夕余至乎西极。

凤皇翼其承旂兮，高翱翔之翼翼。

忽吾行此流沙兮，遵赤水而容与。

麾蛟龙使梁津兮，诏西皇使涉予。

路修远以多艰兮，腾众车使径待。

路不周以左转兮，指西海以为期。

屯余车其千乘兮，齐玉轪而并驰。

驾八龙之婉婉兮，载云旗之委蛇。

抑志而弭节兮，神高驰之邈邈。

奏《九歌》而舞《韶》兮，聊假日以媮乐。
陟升皇之赫戏兮，忽临睨夫旧乡。
仆夫悲余马怀兮，蜷局顾而不行。
乱曰：已矣哉！国无人莫我知兮，又何怀乎故都！
既莫足与为美政兮，吾将从彭咸之所居！

假若说前一大段说的是在人世间能否找到美的人，能否真正找到真正的理解、同情和爱的问题，在这一大段里则说的是何去何从的问题。这里的灵氛、巫咸和前面的女媭一样，都未必是实际出场的人物，他们都是作为一种文化符码起到了展开屈原思维空间的作用。我们现代人可以从马克思、黑格尔、康德、杜威、罗素、卡西尔这些名字设想出对同一问题的不同解答方式，自己对这一问题的解答也就在这些不同解答方式的基础上建立起来，从而在我们的内部展开一个完整的思维过程，没有这些文化符码，我们的思维活动是无法进行的。而屈原则是借助神话传说、历史和现实的诸多文化符码展开自己的思想的，只不过这些文化符码还不具有更高的抽象性，它们还都是以完整具体的形象出现在他的思维过程中的。屈原失望于人生，在人生中无法找到对自己真诚的理解、同情和爱，找不到他所理想的美的人，这里就有了自己在逆境中何去何从的问题。他要预想未来，对未来的人生道路做出自己的抉择，于是就有了灵氛和巫咸的问题。灵氛和巫咸是传说中的卜筮者和巫师，他们的职能就是预卜吉凶、代人决疑，屈原在决疑之时就不能不从他们会怎样说而想起，他们也就以其整体的、具体的形象出现了。

我认为，理解这一段的关键在于，必须看到它是在屈原失望于人生，在神游天地、上下求索而根本没有找到自己所理想的美的人，没有找到对他的真正的理解、同情和爱之后而提出何去何从的问题的。因而，同女媭对屈原的劝告一样，灵氛、巫咸对他的劝告与屈原的思想也是不同的。灵氛、巫咸与女媭的根本不同在于女媭是在关心屈原境遇好坏的前提下劝说屈原放弃自己的独立追求，以求得与世俗社会的妥协，改变自己的生活境遇，灵氛、巫咸则是在满足屈原的意愿的前提下为屈原寻找实现自己意愿的具体途径。不难看出，这也是一切预卜吉凶者的基本从业方式，是他们赖以获得社会部分人依托的主要原因。但是一切卜筮者又有一个不可变更的世界观基础，即他们必须建立在社会人生的乐观主义认识的基础上。他们必然承认，人的一切合理的、美好的意愿在本质上都是可以实现的,之所以不能实现只是由于个人主观的原因。因为只有如此,预卜吉凶才是有作用的,趋吉避凶才是有可能的。不难看出,屈原和灵氛、巫咸在这一点上是有所不同的,但这种不同不是在屈原与世界的神秘互渗关系的领域中发生的,而只是在对现实世界的具体感受和理性判断上发生的.并且它分明有利于屈原与世界的神秘互渗关系的保持与加强,亦即有利于屈原独立精神追求的保持与加强,所以屈原虽然在理性上并不完全相信他们的话,但在情感上又是乐意相信他们的话的,最后的选择是依照灵氛的话做出的。不难看出,这也正是一切伟大的预言者的魅力所在,从古代的巫师,到现代的预言家,他们顺从人类的内心意愿而为你的这种意愿的实现提供一种可能性的方式,尽管你在理智判断上并不完全相信他的预言的科学性,但在你没有一个更好的可能性方式之前,你还是乐意相信他的话并遵从他的指导。

灵氛的预言是建立在"两美必合"的信念基础之上的。人类的价值判断形式有一种是从一个统一的整体分裂出来的。人们在配合良好、政绩显著的君臣关系中分裂出明主与贤臣,在一对关系美好的夫妻中分裂出良夫和爱妻。很难想象，一个所信任的臣下都是奸佞小人的君主会被视为明主，一个忠于昏君并达到彼此默契的臣下会是贤臣，其他的关系也是如此。这些文化概念，从而也使人形成"两美必合"的观念，有贤臣必有明主，有良夫必有爱妻。灵氛以这种判断为前提，使屈原相信自己的意愿是完全可以实现的，而在说明屈原现在的窘境的时候，灵氛则利用了人的直接经验的有限性和不断超越自身的空间限制、扩大直接经验范围的无限可能性的特征，从而把屈原所要追求的对象放到屈原尚未直接经验过的更广大的空间范围中，给他留下了一个茫漠的希望并驱使他不断去寻找（过去的研究者仅仅把灵氛的话理解为到别国去任职，实际是不对的，也与《离骚》最后一部分的描写不合）。屈原对人生的悲观主义理解则是以另外一种思维方式得出的。他是从自己的直接经验中提取人生的根本特征并由此而推想人类全体，他的直接经验告诉他，世上的人彼此溷杂，难于区分，人与人之间的利害冲突又使人彼此充满嫉妒心，炫耀自己，蔽人之美。在这样的状况下另外一个人怎么能够真正理解自己的内心世界呢？彼此理解的桥梁是找不到的。若是不用花言巧语，它又怎能令人相信？若是自陈心迹，如何同自我炫耀区别开来？若是令人代陈，别人又怎能照实传达？屈原就从这样的推论中由直接经验的现实上升到对人类社会的概括，所以他在前一段的神游天地、遍访美女的过程中并没有寻找到自己的理想。在这里，从"世幽昧以眩曜兮，孰云察余之善恶"之下都是屈原回答灵氛的话，虽然他诉述的是在现实环境中的不被理解之苦，但其中仍然隐有不相信会找到真正的同情和理解的意思，所以他最后说想要听从灵氛的吉利的预言，但心下仍是怀疑的。想要听从是因为灵氛的话符合自己的心愿，心有疑惑是因为他的判断与自己的实际感受及其推想并不相同。在这种心理推动下，他又求助于巫咸。

灵氛和巫咸是中国古代文化中两种不同的预言者，一种以卜筮之术预卜吉凶，一种以降神之术排忧解难，但在《离骚》中，又具体体现了两种不同的思维方式。在人类社会中，人的任何意愿都是在已经存在的特殊形式中产生的，当人们追求它的时候，它已经存在过了，只是这种存在还具有特殊性，在追求者这里尚不是现实。但也正因为这样，人类在观念上会觉得，人类的一切理想都是可以实现的，关键的问题只在于自己的主观努力。一个事实的出现可以在观念上给所有人提供实现同一目标的可能性。更何况这类的事实并非只有一个。巫咸向屈原列举了贤臣遇明主的若干事实，目的就在于使屈原知道他的意愿是可以实现的，人与人的信任和理解是可以建立起来的。对于屈原更有说服力的，是巫咸指出了人与人之间的信任和理解完全可以不借助媒介的作用："又何必用夫行媒？"屈原对人生的悲观主义看法恰恰在于他找不到任何可以沟通两颗心灵的媒介，现在巫咸用具体例证说明了，两颗心灵可以一拍即合，不必别人介绍，也不必用语言表达。这就推翻了屈原认为人与人的理解和同情根本无法实现的判断。

在这里，我们应该停顿下来思考一下屈原心路的全部历程，看他在绚烂多彩的描写过程中到底完成了一个怎样的人生体验过程。屈原的思想素质和行为习惯是在尚无利害心和善恶分别时通过神秘互渗的关系建立起来的，他的出身乃至他的名字都暗及了他做人的原则，他把自己对香花异草的爱也是作为自己的良好本质来感受的。也就是说，在这时他对自我充满信心，对自己的一切感到满意。但是，充满利害冲突的现实社会却不承认他的存在价值，利用了他的特立独行对他进行诽谤和攻击，一般人也不理解他内心的洁白。在这时，他产生了让别人理解同情自己的强烈愿望，但他发现，他无论如何也没有方法使别人真正地了解自己，了解自己的内心世界。女媭同情他的遭遇，但感知不到他的心灵，劝他放弃自我而同流合污。甚至他根本无法使宓妃、有娀之女等了解自己，理弱媒拙，无法实现心灵的沟通。但现在巫咸则告诉他，两个人的相互理解和同情是不必通过媒介的，二者可以实现直接的融合。这里说的是怎样的一种现象呢？我认为，这仍是指的两个人之间的神秘互渗现象。人与人之间的感情沟通，心灵契合，是无法仅仅通过理性表白实现的，它更是一种两个个体间的神秘互渗关系。直至现在，我们仍有这样的生活体验：有人扯着你的耳朵没日没夜地告诉你，他对你是多么好，为你做了多少好事，他有多少值得爱的地方，你应该怎样怎样爱他。但你却根本爱不上他，反而厌恶他的唠叨和絮烦，但对于一个从不表白自己的人，甚至于他并不掩盖自己的弱点，只是在一席话、一次交往中你就感到爱上了他，感到了你与他的心紧紧地拥抱在了一起，巫咸所说的不用媒介的沟通便是指的这种精神上的直接互渗关系。

当屈原感到人与人之间的同情和理解还是有可能的，他的目光也就由别人转向了自己，这种可能性使他不能懈怠自我的修养："恐鹈鴂之先鸣兮，使夫百草为之不芳！"趁年岁尚轻，为时未晚，自己应该加强自身的修养，如果鹈鴃先鸣，木枯草衰，再努力也来不及了。在他千方百计要求得世人对他的理解和同情的时候，世俗庸俗势力的强大构成了对他自我个性的严重威胁，因为他越是意识到它的强大，越是感到无法获得世人的理解和同情，而越是感到人与人的心灵无法相通，便越是没有充沛的毅力支持自己的独立追求，只有在这时，世俗庸俗势力的存在才变成了他坚持自我独立个性的强大动力。因为他不再希望不能理解他、同情他的人理解和同情他，他只需要保持住自己的个性，以便能够在自然际遇中与可以与他发生共鸣的人实现心灵的沟通。而在强大的世俗庸俗势力的包围中，他便更需要具有坚强的意志的力量，才能抵御庸俗势力的压力，保持住自己固有的个性追求。

关于屈原"昔日之芳草兮，今直为此萧艾"的感慨，我们也是极易理解的。在任何一个时代里，人都是在童年和少年时期便与周围的世界在神秘互渗的关系中建立起精神联系的。在这时，不论他们各自在何种文化环境中与何种文化倾向建立起了神秘的互渗关系，这种关系都是在他们尚没有个人利害考虑的条件下建立起来的，并且是把自己所向往的目标当作神圣的目标来追求的。在这个意义上，彼此不同的个性追求并没有本质的差别。及至青年时期，他们开始追求自己理想的实现，但同时也便遇到了充满实际利害冲突的社会的阻碍乃至压制，并在这种阻碍和压制面前渐渐地意识到了个人的实际利害关系。在这时，崇高的理想追求与个人的实际利害往往正处在彼此冲突的情势中。为了个人的安全保障和实际的利益，他们必须适应社会现实，向当时占据统治地位的世俗势力妥协，而要不屈服于外部的压力，他们就要甘冒直至丧失生命的各种危险。人的求生本能使多数青年人像他们的前代一样走了前一条道路，只有极少部分意志坚强并在特定境遇中的人才保持住了自己固有的高尚追求。"委厥美以从俗兮，苟得列乎众芳"，为获得现实社会的认可就得放弃自己独立的个性，在这个过程中经历着巨大的变化。这也正像屈原所说的：兰芷可以失去芳香，荃蕙可以成为茅草。原来纯洁有为的青年也可成为龌龊的政客、无耻的奴才、见风使舵的小人、唯利是图的骗子、虚伪的道学家、卖身投靠的文人、毫无操守的无聊说客、没有任何理想的混世者，甚至在当时被视为奇花异草的兰和椒，也会同流合污，成为追名逐利的庸人。"岂其有他故兮，莫好修之害也"，屈原这里的好修实际就是要以坚强的意志坚持自己固有的个性追求，不被世俗的利害关系和流行的世俗观念所同化。

鲁迅在《呐喊·自序》中曾谈到他与钱玄同关于能否打破铁屋子的对话，然后他说："是的，我虽然自有我的确信，然而说到希望，却是不能抹煞的，因为希望是在于将来，决不能以我之必无的证明，来折服了他之所谓可有。"一切的希望都是无法确证的，但一切的绝望也是不能确证的。关键仅在于你离开这种希望能否继续存活。如若你离开这种希望同样能很好地活下去，你就会感到希望的实现过于渺茫，不可相信，如若你没有这种希望便难以忍受现实人生之苦，你就会宁信其有而不信其无。灵氛和巫咸并没有、也不可能用充分的证据证明屈原在人世间一定能够找到真正的爱和理解，但屈原无法在这样一个根本没有爱和理解的世界上存活下去，所以他听从了灵氛的劝告，继续到更广远的世界上去寻找能够理解和同情他的人。

最后一段的想象性描写，形式上与前面一段中的想象性描写极为相同，但在实质意义上区别甚大。前面一段实际是屈原在自己理念世界里的遨游，只不过他的理念的世界也是由众多具体的形象构成的，而这一段则是对将要实行的现实选择的想象。前一段尽管绚烂多彩，却建立在绝望心情的基础上,是绝望心灵开出的一朵绚烂的花朵,这一段则是在重新产生了希望之后的壮丽远征,正像哥伦布向着茫远的西方起航,尽管目的是难以确定的,但却是一个更壮丽的行程。哥伦布在起航西行之时,也难免不留恋地望一眼自己原来生活过的旧大陆,同样,屈原在走向茫漠的前程时,也不禁对未曾给过他爱的故乡投下最后一瞥依恋的眼光。

他诀别了自己的旧生活,走向不知所之的远方。

那是彭咸之所居,是一个荒凉的所在,但屈原却不是道家理论的实践者。道家知识分子把离群索居当作理想的生活。他们不追求人与人之间的爱与理解,他们不在人间分出是和非,他们求的是一种恬淡自处的生活。屈原不是,屈原的离去是不得已而为之,他是到更广大的世界去寻求人与人之间的爱与理解,他始终坚信自我的清白和无辜,始终憎恨妒贤嫉能、争权夺利的世俗小人,他要的不是安静的个人生活,要的是真理与爱情,他在漫漫修远的人生征途中不停地求索。

他后来终于没有找到自己所希望找到的东西,投江自杀了。但这是后来的事情,《离骚》中的屈原,还在"上下而求索"。说"彭咸之所居"是投江自杀,我怀疑是王逸对屈原最后结局的附会。

最后，我把我对《离骚》的理解归纳如下几点。

一、《离骚》是屈原在政治上失意之后所作，但他由此表达的不只是政治上的失意，而是由此对整个人生意义的思考。

二、屈原的失意是由于不同政治派别的斗争，但这种政治斗争又伴随着文化习俗的矛盾，他的政敌利用他与流俗不同的生活习尚对他进行污蔑和攻击，毁坏他的名誉，屈原不但坚持自己的不同政见，同时也对世人歪曲理解自己的独特爱好而感到痛苦。恰恰因为如此，他思考的中心是人与人之间的爱与理解的问题，而不是具体的政治见解问题。

三、若从文化意义上，《离骚》反映了中国文化的进一步分裂过程中的整合趋势。不仅屈原和他反对的世俗偏见是不同文化之间的冲突，女媭、灵氛、巫咸都体现了不同的文化趋向和不同的人生价值观念。这些不同的价值观念都反映在屈原的内在意识中，因而构成了他的思想矛盾和思想斗争，构成了他的精神痛苦，而对他压力最大的则是在社会上具有整合力量的流俗标准。这反映着在文化的大分裂后也开始形成占统治地位的文化力量，人的个性和自由开始在这个占统治地位的文化势力受到压抑。屈原的痛苦从另一方面看又是他的个性受到压抑时的痛苦,是开始在社会文化中失去了自我自由时的痛苦,他挣扎着,但仍然坚持了自己的个性,保卫了自己的自由。

四、他的独立追求是在神秘互渗的关系中形成的,所以在受到外界攻击时他不感到自己是有过错的。

五、屈原在《离骚》中细致地表现了自己的思想历程,亦即他试图通过外在媒介取得别人的理解和同情,但最终发现这根本不可能,最后他认识到人与人之间的心灵沟通只能在二者的直接感应中才能实现。由此我们也可了解到屈原的美学思想。

六、屈原的《离骚》表现自己的精神痛苦,但最终的结局不是悲观主义的,他肯定了人生的追求。

七、屈原是一个爱国主义者,但《离骚》的主题不是爱国主义的,而是有关全体人类的。

八、《离骚》中的主要意象:各类香草(高尚理想和情操的象征,屈原自己的象征),群芳(世俗美的象征),女嬃(关心屈原的人生命运但不理解屈原内心要求的人物典型),宓妃(关心自己外在美的女性),美女(美的人、人的理想),灵氛和巫咸(两种不同的预言者)。

九、《离骚》反映着从原始神话向个人创作过渡期的文学作品的特征。在《离骚》里,没有绝对的真实与虚构的区别,就其心理历程而言,它的一切都是真实的,就其描写而言,它的一切又都不是眼前的事实,历史和现实在其中也都没有明确的界限。

多方设比　巧妙答辩

宋玉《对楚王问》赏析

何伍修

作者介绍

何伍修,湖南省长沙市十六中校长。中学语文高级教师。

推荐词

宋玉文章的艺术技巧非常高超:意想平空而来,绝不下一实笔,多方设比,层层翻进,骚情雅思,络绎奔赴,大有一气呵成之势,确是奇文。本文作者这个评价确有见地。如果将宋玉的《登徒子好色赋》同《对楚王问》对比着读,更能体会宋玉语言艺术技巧的高超。

如果读过杜诗《戏为六绝句》和《咏怀古迹》，也许会记得这样两联：

> 窃攀屈宋宜方驾，恐与齐梁作后尘。
> 摇落深知宋玉悲，风流儒雅亦吾师。

在前两句诗里，杜甫将宋玉与伟大的爱国诗人屈原并称，足见宋玉在文学史上地位的崇高；在后两句诗里，杜甫尊宋玉为师，表明了自己对宋玉的景仰与向慕。所有这些，集中说明了一点：宋玉是我国古代一位卓有才华的作家。

关于宋玉的生平，人们所了解到的甚少，只知道他和屈原同时而稍晚。司马迁在《史记·屈原贾生列传》中简单地叙述了如下几句：

> 屈原既死之后，楚有宋玉、唐勒、景差之徒者，皆

好辞而以赋见称,皆祖屈原从容之辞令,终莫敢直谏。

此外,《韩诗外传》和《新序·杂事》有一点关于他的片断记载。晋人习凿齿所著《襄阳耆旧传》综合前人记载,为宋玉做了一篇小传。这些记载说宋玉出身低微,曾师事屈原,在政治上颇不得志。然而,他在文学上却有着很高的成就,享有盛名。

《对楚王问》的内容很简单:楚王根据左右近臣的一面之词,便对宋玉进行责问,对此,宋玉做了一番辩解,说是自己的品行并无缺失。但文章的艺术技巧却是非常高超:意想平空而来,绝不下一实笔,多方设比,层层翻进,骚情雅思,络绎奔赴,大有一气呵成之势,确是奇文。

文章是这样开头的:

> 楚襄王问于宋玉曰:"先生其有遗行欤?何士民众庶不誉之甚也?"

楚王问宋玉说:"先生您难道在德行上有什么缺失吗?为什么士人百姓对您议论得那么厉害呢?"楚襄王,即楚顷襄王,也就是题目中的楚王,在位期间,宠信令尹子兰、上官大夫靳尚，迫害屈原等贤良忠信之士，把楚国的政治弄得腐败不堪。宋玉是个具有正义感的人，此时在楚王身边供职，也经常受到谗言毁谤。楚王的这一责问，便是从一个方面反映了这一情况。本文既是宋玉对楚王的答辩，当也属驳论一类的文体。文章陡发两问，首先摆出错误的论点，为下文批驳亮出靶子，这从驳论文的写法上来说，原也平常，无足称道。但这只是问题的一个方面。另一方面是，该文对错误论点的提出却是很有讲究的。文章并非写楚王直截了当地对宋玉进行责难，而是转弯抹角，借他人之口，用疑问的语气将问题提了出来，这就显得委婉而有风致。从这一问话中，我们也可窥见楚王的一点狡黠之情。

那么，宋玉该怎么回答呢？

宋玉对曰："唯，然，有之。"

楚王的责问固属巧妙，而宋玉的回答更是新奇。宋玉分明要为自己辩解，可是听了楚王的话语，却连连点头称是，这就叫人摸不着头脑。原来，楚王是个妒贤嫉能的君主。在这样的君主面前说话，自然应十分留意。如果宋玉的言辞唐突，势必引起楚王的反感。那样一来，宋玉不但达不到为自己辩解的目的，反而要惹出新的麻烦，把事情弄得更糟。现在宋玉以谦恭的态度、温和的口气，一连答上三语，这就造成楚王心理上的好感，稳住了楚王的阵脚。只有如此，才有机会把要说的话说了出来，并且叫楚王乐于听进去。由此看来，宋玉的回答，并非是随意的应诺，实在是当时情势的使然。"将飞者翼伏，将奋者足跼。"宋玉正是采用"以退为进"的战术，先放宽一步，承认确有其事，然后慢慢辩驳，这就不但使自己的回击显得巧妙，而且非常有力。这样写，行文跌宕起伏，可给读者造成悬念，使之急于追读下文。所以说，宋玉的这一回答格外新奇，妙不可言。

> 愿大王宽其罪，使得毕其辞。

两句紧承上文而来。"宽其罪"应"有遗行"，"毕其辞"摄起下文。言辞委婉，为下文的辩解缓和气氛。

且看宋玉是如何辩解？

> 客有歌于郢中者，其始曰《下里》、《巴人》，国中属而和者数千人；其为《阳阿》、《薤露》，国中属而和者数百人；其为《阳春》、《白雪》，国中属而和

者不过数十人；引商刻羽，杂以流徵，国中属而和者不过数人而已。是其曲弥高，其和弥寡。

这段话的意思是：有一个在国都郢歌唱的人，他开始唱的曲调叫作《下里》、《巴人》，都城里聚集拢来跟着唱的有几千人；接着他唱《阳阿》、《薤露》，都城里聚集拢来跟着唱的有几百人；后来他唱《阳春》、《白雪》，都城里聚集拢来跟着唱的不过几十人了；最后客人引发"商"音，刻画"羽"音，并以流动的"徵"音相和，都城里能跟着唱的不过几个人罢了。这样看来，歌曲越是高雅，那和唱的人也就越是稀少。

文章全不从正面辩解，而是凭空设想，运用虚笔，杜撰出这样一个故事，说得有声有色，煞有介事，使人如坠"云里雾中"，不明所向。但是，过细一想，却是了然。原来作者运用设比的方式，暗将自己比做最高级的曲调，将毁谤自己的流俗之士比做不识歌曲的"属而和者"。歌曲越低级，"属而和者"就越多；歌曲越高雅，"属而和者"就越少。言外之意便是：像我宋玉这样品行高尚的人，自然是不为流俗所容的，是一定要遭到别人的指责甚至毁谤的。用今天的眼光看问题，宋玉的见解当然不正确。但是，在那样的时代，那样的社会，他的话并非是全无道理的。唐代著名文学家韩愈就深有感慨地说过这个意思的话语："事修而谤兴，德高而毁来。"（《原毁》）由此看来，宋玉所设下的这一番暗喻，是极深刻而又极巧妙地为自己做了辩解。

接下来，宋玉又继续进行了辩解：

> 故鸟有凤而鱼有鲲，凤凰上击九千里，绝云霓，负苍天，翱翔乎杳冥之上；夫藩篱之鷃，岂能与之料天地之高哉！鲲朝发昆仑之墟，暴鬐于碣石，暮宿于孟诸，夫尺泽之鲵，岂能与之量江海之大哉！

原来，我们以为宋玉在上段设下比喻说明事理之后，如今定要进行正面的辩解了。然而不然。他仍不提及自己，还是运用虚笔，继续做比，一个劲儿地去说别的事物。他对楚王说道：您可知道那鸟中的凤与鱼中的鲲吗？那凤凰呀，腾空而起，上达数千里，穿越云层，背负青天，翱翔于高远深邃的苍穹，那跳跃在篱笆之间的小小鷃雀，哪能和它一同料知天地的高大啊！那鲲呀，早晨从黄河之源出发游行，中午在碣石那里曝晒脊背，晚上宿于孟诸大湖，那游动在浅沼里面的小小鲵鱼，岂可同它一道估量江海的深广啊！在这里，作者将自己比做凤凰与鲲，把世俗之人比作鷃雀与鲵。鷃雀不能同凤凰一道"料天地之高"，鲵无法与鲲一同"量江海之大"：我跟流俗贤愚迥异，志趣各殊，既然如此，我遭到毁谤又有什么奇怪的呢？与前文相比，这一段答辩更是进了一层，因而也就更具有说服的力量。

从文学的角度看，这段话写得相当精彩。宋玉既以凤、鲲自喻，而将世俗之人比作鷃、鲵，为了表示自己强烈的爱憎之情，他在行文上是深有讲究的。写凤，写鲲，浓墨重彩，皆连下数语。说"上击"，说"绝"，说"负"，极言凤凰翱翔之高，表现出凤凰的"超群绝伦"；言"朝发"，言"暮宿"，夸大鲲遨游之速；曰"昆仑"，曰"孟诸"，形容鲲鱼经历之广，烘托出鲲的"出类拔萃"。写鷃，写鲵，轻描淡写，均只着一词。"藩篱"者，"篱笆"之谓也——衬托出鷃雀的异常渺小；"尺泽"者，"浅沼"之意也——衬托出鲵的极其龌龊。作者就是通过这样详略不同的描写，运用对照的手法，将凤、鲲的高雅伟岸与鷃、鲵的卑小庸陋的形象有力地突现出来，造成强烈、鲜明的印象，从而获得极好的艺术效果。这是文章的第一个妙处。

读着宋玉的这段话，我们会联想到庄子的《逍遥游》，那中间有这样一段关于鲲鹏与斥鷃的描写：

> 穷发之北，有冥海者，天池也。有鱼焉，其广数千里，未有知其修者，其名为鲲。有鸟焉，其名为鹏，背若泰山，翼若垂天之云，抟扶摇羊角而上者九万里；绝云气，负青天，然后图南，且适南冥也。斥鷃笑之曰："彼且奚适也？我腾跃而上，不过数仞而下，翱翔蓬蒿之间，此亦飞之至也！而彼且奚适也？"

如果将宋玉的文章和庄子的文章一对照，不难发现二者的异同。庄子写的是鲲与鹏，宋玉写的是鲵与凤，题材有所差异。而且，庄子写大鹏"抟扶摇羊角而上者九万里；绝云气，负青天，然后图南"，意在说明凡物皆"有所待"，而不能做到绝对的自由；宋玉写凤凰"上击九千里，绝云霓，负苍天，翱翔乎杳冥之上"，意在表明自己品行的高洁超群。主旨更是不同。但是，尽管如此，两文却有着极为相似之处。宋玉写鷃、鲵不能同凤、鲲一道"料天地之高"，"量江海之大"，庄子写斥鷃笑大鹏不应"图南"，其意都在说明大小迥异、贤愚不同、志趣各殊的两个事物是无法互相理解的；在运用艺术的夸张手法来描写事物的形象，通过对照来突出事物之间的差异这一点上，也是完全相同的。正因为如此，我们有理由说，宋玉的文章是模仿并巧妙地化用了《逍遥游》的。这是文章的第二个妙处。

从全文来看，作者在这里用酣畅淋漓之笔，极力描摹凤凰与鲲，意在为下文转入"故非独鸟有凤而鱼有鲲，士亦有之"一语蓄势。唯其此处已将凤凰与鲲的形象写透，所以下文对士的论述虽极简洁，却是十分有力的。这是文章的第三个妙处。妙处有三，自然精彩。

前段先写国人和歌情景，然后以"是其曲弥高，其和弥寡"一语收束，是先开后合；此段先下"故鸟有凤而鱼有鲲"一语总摄下文，然后分两幅将凤与鲲分别描写，是先合后开。章法有变，便觉活泼。

在连续两段比喻的基础上，作者径进笔锋，直抒己见，结束全文。

> 故非独鸟有凤而鱼有鲲，士亦有之。夫圣人瑰意琦行，超然独处，夫世俗之民，又安知臣之所为哉？

这一段话，揭示了前文设比的意义，陡然接入对"士"的论述，正面说明自己"瑰意琦行"，有如"圣人"，非

"世俗之民"可比,水到渠成地归结出"安知臣之所为哉"一句,这就雄辩地解释了"士民众庶不誉之甚"的原因,有力地驳斥了楚王的责问。值得注意的是,宋玉在这里只言"士",只言"圣人",而不将自己说明;只说"安知臣之所为",而不将自己说尽,这样作法,就使得文章含蓄隽永,耐人寻味。

全文以问句开篇,又以问句结尾,章法新颖。楚王发问,绵里藏针,意在责难,问中潜藏着几分狡黠;宋玉反问,刚柔并济,旨在辩解,问中包含着无限慨叹,同时也流露出一种自命不凡、孤芳自赏之情。首尾遥应,相映成趣。

婉转清丽　余韵悠扬

谈宋玉《高唐赋》《神女赋》的艺术成就

傅正谷

作者介绍

傅正谷，1933年生，四川丰都人。毕业于四川大学中文系。天津社会科学院文学研究所研究员。有《元散曲选析》、《南唐二主词析释》、《唐代音乐舞蹈杂技诗选释》、《外国名家谈梦汇释》、《中国梦文化》、《梦的预测——中国古代梦预测学》、《中国梦文化辞典》等著作出版。

推荐词

宋玉的赋是楚辞的重要组成部分，其流传最广、影响最大的就是《高唐赋》和《神女赋》。这两篇赋想象丰富，语言美丽，感情缠绵，就是组成文章的文字也充满了形象感，写山，文字中多为山字旁的文字，写水，文字中多为"氵"旁的文字，将汉字的形象性发挥到极美妙境界。傅先生学问功底扎实，行文严谨，长期致力于中国梦文化和中国古代文学的研究，著作等身，贡献突出。本文从梦文化研究的角度，探讨了宋玉这两篇流传最广、影响最大的赋的文学、文化价值及其影响。

《高唐赋》、《神女赋》是中国文学史上流传最广、影响最大的赋篇。两赋均由序和正文组成。序叙赋作之原委，正文则进一步铺写序意。正文是屈原骚之变体，序则是优美动人的散文诗。比较起来，序更为人所乐道。这是因为序的可读性更强，艺术感染力更大。正如有的文学史家所说："《高唐赋》和《神女赋》的序都是很优美的散文诗，它根据了民间流传的高唐神女的故事，用婉转清丽的文字表达出来，有余韵悠扬之妙。历来在读者中，比赋的本文流传更广。"（中国社会科学院文学研究所《中国文学史》第一册，第102页）除此之外，我以为更重要的是它描写了两个著名的梦事，梦事本身的缠绵悱恻的强烈情感性一下子就能使人为之动情，它的神奇性则能启动人的好奇心，由此构成的浓郁的梦幻色彩，则使两赋具有鲜明的梦幻主义作品的性质，成为梦幻主义的名作，使人久久迷魂于它所创造的梦幻奇境之中。

有人认为，《高唐赋》、《神女赋》"像是写来娱乐宫廷的作品"（同前，第101页），但我以为，无论从内容或创作特色来看，都应该说是梦幻主义的作品。也许它具有某种娱乐宫廷的倾向，因为宋玉是楚王的一个侍臣，伴驾从游，自然要写些具有娱乐宫廷色彩的作品。但这并不是决定作品性质的主要因素，决定作品性质的关键因素是要看它究竟描写了什么，是如何描写的，亦即要看作品的本身的内容和创作特色，要看作者究竟运用的什么样的创作方法。我之所以断定《高唐赋》、《神女赋》是梦幻主义的作品，其具体理由有以下几点。

第一，两赋均实实在在地写了梦事。梦幻主义的作品，必须以梦为描写的特殊对象。或者说，描写梦是梦幻主义作品的必要条件。《高唐赋·序》以追叙的笔法写楚怀王梦巫山神女之事曰："昔者先王尝游高唐，怠而昼寝，梦见一妇人。曰：'妾巫山之女也，为高唐之客。闻君游高唐，愿荐枕席。'王因幸之。去而辞曰：'妾在巫山之阳，高丘之阻。旦为朝云，暮为行雨。朝朝暮暮，阳台之下。'"《神女赋》以纪实手法写楚襄王梦巫山神女曰："其夜王寝，果梦与神女遇,其状甚丽,王异之。"

有人说这是寓言,并非真梦。即使如此,它描写了两个神奇美妙的梦境却是明明白白的事实,而且对文学创作来说,是决定其创作性质的更为重要的事实。因为文学创作本来就是既可写真梦,又可假托于梦,虚似其梦的。更何况有时是真假难辨的。就是说,虚拟之梦,假托之梦,也可写成像真梦一样,使人不觉其假,只觉其真。对于梦幻主义作品来说,这既是创作的需要,也是其创作特色的体现。

还应该看到,宋玉两赋的梦事,是有许多可与之相印证的,这进一步加强了它的真实感,使人丝毫也不怀疑它的艺术真实性。以《高唐赋》为例,除了赋序所言外,《文选》注引《襄阳耆者旧传》曰:"赤帝女曰姚姬,未行而卒,葬于巫山之阳,故曰巫山之女。楚怀王游于高唐,昼寝,梦见与神遇,自称是巫山之女。王因幸之。遂为置观于巫山之南,号为朝云。后至襄王时,复游高唐。"《文选》江淹《杂体诗》李善注引《宋玉集》之说,较之赋序所写,多出了"我帝之季女,名曰瑶姬。未嫁而亡,封于巫山之台"数语。其说与《襄阳耆者旧传》相同。

第二,《高唐赋》、《神女赋》虽然明明白白地写了梦事，并且达到了高度的艺术真实，但由于梦本身的虚幻性的决定，它最后亦必然归于虚幻。而这正是梦幻主义作品的共同特点。《高唐赋》写楚怀王梦见巫山神女，并于梦中幸之，从其性质来说，是一场地地道道的性爱之梦。这对于"未嫁而亡"的姑娘来说，是一次爱的尝试和享受，对于做梦的楚怀王来说，也是一次枕席之欢。然而梦毕竟是梦，梦中交欢，不过是一种虚幻的存在。梦好非实，好梦难圆，当楚怀王一梦醒来时，所见不过是"湫兮如风，凄兮如雨。风止雨霁，云无处所"而已，那位梦中曾经幸之的神女在哪里呢？同样，楚襄王之梦神女，亦不过是一种"精神恍惚"的虚象罢了。"梦中疑是实，觉后忽非真。"（唐张鷟《诗一首赠崔一娘》）这不正是《高唐赋》、《神女赋》所写梦事，同时也是其作为梦幻主义作品的特点吗？

第三，《高唐赋》、《神女赋》的梦幻主义特色不仅表现在所写梦事的虚幻性上，而且还表现在它描写梦事的过程中所创造出的那种奇幻的意境上。《高唐赋》是从写云而引出楚怀王梦幸神女之事的。云是高山特有的景观，是最富于变化的自然物，许多名山皆以千变万化的云海为其特有的景色，使人恍惚进入梦幻般的仙境，感受到大自然的无穷奥妙。因此古人常常把云与梦紧紧联系在一起，有"梦云"之说。《高唐赋》写"楚襄王与宋玉游于云梦之台，望高唐之观，其上独有云气。崪兮直上，忽兮改容。须臾之间，变化无穷"。这种云的变幻与梦的变幻是完全一致的，可以说云境即是梦境。更使之富于虚幻色彩的是那位梦中神女即是云气所变。云名朝云，神女亦自谓朝云；云以变化无穷于须臾为特点，神女亦自谓有旦云暮雨之变化。《神女赋》虽不直接写云的变幻，但写神女的容貌与来去，也极富变化之能事。所谓"盛矣丽矣，难测究矣"。"其始来也，耀乎若白日初出照屋梁。其少进也，皎若明月舒其光。须臾之间，美貌横生。""详而视之，夺人目精。""忽兮改容，婉若游龙乘云翔。"这些描写中的变化之象，与《高唐赋》写云的变化是相契合的，连有的字句都一样（如"忽兮改容"），因为神女本来就是云的化身啊！

不仅如此，两赋中的一切景色描写，也都富于变幻之美，与写云与神女的容貌和来去一样，都是构成奇幻意境从而使之具有梦幻主义特色的重要因素。云者，水汽也，雨象也，故写云者亦常写雨、水也。《高唐赋》中的"旦为朝云，暮为行雨"，"风止雨霁，云无处所"，这是写云雨之变化。从古代创作来看,不仅云变如梦,而且雨变亦可如梦,因此古时不仅有"梦云"之说,亦有"梦雨"之说。"一春梦雨常飘瓦"(李商隐《重过圣女祠》),不就写出了春雨如梦的境界吗?有雨必有水,又巫山之下为浩浩长江,故《高唐赋》之写水,亦有变化无穷之势态。"登巉岩而下望兮,临大阺之蓄水。遇天雨之新霁兮,观百谷之俱集。濞洶洶其无声兮,溃淡淡而并入。滂洋洋而回施兮,蓊湛湛而弗止。长风至而波起兮,若丽山之孤亩。势薄岸而相击兮,隘交引而却会。崪中怒而特高兮,若浮海而望碣石。砾磥磥而相摩兮,嶜震天之礚礚。巨石溺溺之瀸灂兮,沫潼潼而高厉。水澹澹而盘纡兮,洪波淫淫之溶㶽。奔扬踊而相击兮,云兴声之霈霈。"或高或低,或起或伏,或动或静,或有或无,或撞或击,或奔或涌,或大或小,或直或曲,水势之变化,不仅使人有亲目所见、亲耳所闻之感,而且如入奇幻的梦境之中。此虽非写梦,却以写变幻而具有梦的意境。以上是写山云、山雨和山水。此外,写山兽、山鸟、山虫、山林、山石、山下、山巅、山音,以及山中一切异物,莫不尽其变幻莫测之象,从而具有"不知所出"、"若生于鬼,若出于神"、"谲诡奇伟,不可究陈"的梦幻特色。

第四，情感的梦幻化。中国古代创作讲究情景的交融与统一，要求注情入景，景中寓情，景为情设，情随景迁。《高唐赋》、《神女赋》景色的梦幻特色是作者围绕着楚怀王、楚襄王梦神女的梦事有意泼墨而成的，它除了用以塑造神女的形象（如前所述，神女本身就是云雨的化身），增强梦事本身的神秘色彩外，还具有突出梦者与被梦者情感及其变化的作用，使双方的情感也具有梦幻化的特色。这种情感的梦幻化是与景色的梦幻特色同步的，是情感变化性的直接结果。楚襄王是因观云气的变化无穷而动好奇心以求问何气的，听述楚怀王梦事后，又动了游兴。《高唐赋》写"纤条悲鸣，声似竽籁。清浊相和，五变四会"所引起的情感效应是"感心动耳，回肠伤气。孤子寡妇，寒心酸鼻。长吏隳官，贤士失志。愁思无已，叹息垂泪"，写"登高远望"，则是"足尽汗出，悠悠忽忽，怊怅自失。使人心动，无故自恐。贲育之断，不能为勇"。写其他景色，则有神仙之乐，末则又有"九窍通郁，精神察滞"之言。由景色所引起的情感变化是多样的。

当然，情感梦幻化最主要的来源是梦境的本身。因为梦本来就是虚幻的，梦中的情感当然也就是梦幻化的。巫山神女对梦中的楚怀王说"愿荐枕席",是"求亲昵之意",是一种主动求欢的行动,而其背后又隐藏着未嫁而卒的深深哀愁。"王因幸之"则是一种男女之欢的情感愉悦。巫山神女辞去时之言,是一种暗示,一种冀求,一种希望,果然,楚怀王梦后为之立庙,"号曰朝云"。双方的情感在梦后都得到了进一步的满足。《神女赋》写神女之美引起的是"私心独悦,乐之无量",写神女的敬持无邪是"频薄怒以自持兮,曾不可乎犯干",写神女之去引起的则是"回肠伤气,颠倒失据。暗然而瞑,忽不知处。情独私怀,谁者可语。惆怅垂涕,求之至曙"。情感的喜怒哀乐的诸多变化,始终是在整个梦境的全过程中进行的,它与梦境本身一样具有真真假假、虚虚实实、恍兮惚兮、变幻多端的梦幻特色。

第五,有些文字写出了梦的特点。梦是一种普遍而又特殊的生理与精神现象。梦有虚幻性、怪诞性、变化性、恍惚性、超越性、满足性、宽慰性、自知性、不知性、短暂性、忽然性、不由自主性等特点(傅正谷《中国梦文化》第二章第一节,中国社会科学出版社出版)。《高唐赋》写云气的"须臾之间,变化无穷",楚怀王的昼寝忽梦,巫山神女的忽然辞去及其朝云暮雨的变化和景色的"谲诡奇伟,不可究陈";《神女赋》写"其夜王寝,果梦与神女遇,其状甚丽,王异之。明日,以白玉。玉曰:'其梦若何?'王曰:'晡夕之后,精神恍惚,若有所喜,纷纷扰扰,未知何意。目色仿佛,乍若有记。见一妇人,状甚奇异。寐而梦之,寤不自识。罔兮不乐,怅然失志。于是抚心定气,复见所梦。'"这些文字,特别是《神女赋》的一段描述,把梦的上述特点不是说得十分清楚吗?

第六,民间神话传说的运用增强了作品的梦幻特色。巫山神女的故事是一个早已在民间流传的神话传说,屈原《山鬼》中的"山鬼",就是这位美丽的巫山神女。闻一多在《高唐神女传说之分析》一文中对这一传说的来龙去脉做了别有新意的详细考证。他指出,《诗经·曹风·候人》的"维鹈在梁,不濡其咮。彼其之子,不遂其媾。荟兮蔚兮,南山朝。婉兮娈兮,季女斯饥",《鄘风·蝃蝀》的"朝于西,崇朝其雨","乃如人之也,怀昏姻",说明两诗皆为写女子情欲的性质。两诗中"朝隮"之"隮",有气、云、虹三种解释而以虹意为切当,但古人往往三者不分,故"朝隮"亦即"朝云"。根据古代卜筮的原理,虹乃女子淫邪之象,故有美人虹之称。他把《文选·江淹·杂体诗》注引

《宋玉集》关于楚怀王梦巫山神女与《候人》、《螮蝀》相比较后指出其"消息相通之处很多。举其荦荦大者：（一）诗曰季女，赋亦曰季女；（二）诗曰'季女斯饥'，赋曰'愿荐枕席'；（三）诗曰朝隮，赋曰朝云，而《传》、《笺》皆训隮为云，则朝即朝云；（四）诗的朝隮在南山，赋的朝云在巫山；（五）据《螮蝀》'朝于西，崇朝其雨'，知《候人》的朝隮也能致雨，诗之朝隮既能致雨，则赋曰'朝为行云，暮为行雨'，亦与诗合。诗与赋的相通之处这样多"。可见"《候人》的'朝隮'与下文'季女'是一而二，二而一，犹之乎《高唐赋》的朝云便是帝之季女；南山朝隮与巫山朝云都是神话人物，赋中'须臾之间变化无穷'的朝云是一个女子的化身，诗中'荟兮蔚兮'的朝隮也是一个女子的化身"。"两个神话本是一个（起码也有着共同的来源）。"他还根据各种史料，指出"闻王来游，愿荐枕席"的巫山神女与屈原《天问》中与禹"通之于台桑"和《吕氏春秋·音初篇》中"命其妾待禹于涂山之阳"，并作《候人歌》的涂山氏女之间的密切关系：两者"行为极其相似"，又都是天帝之女，"涂山氏所奔的禹，高唐神女所侍宿的楚之先王，都是帝王，这又何其相似！"总之，巫山神女的神话早在《诗经》时代就已产生和流传了。其性质为女子怀春，思奔于男，它与古代民族（包括楚民族）的起源和"以生殖机能为宗教的原始时代的一种礼俗"密切相关，宋玉两赋不过是沿用这一古代的神话传说罢了。问题是这一神话传说本身就已具有鲜明的梦幻色彩，而宋玉在此基础上又构造了一个虚幻的梦境，把巫山神女的神话传说变成了一个纯粹的梦神话，这就使得它的梦幻色彩更加鲜明和浓郁了，从而使他的赋作成了名副其实的梦幻主义的作品了，这不能不说是宋玉在艺术上的新创造、新成就！

宋玉两赋的梦幻主义特色，决定了它在艺术创造上的成就。也可以说，使之成为梦幻主义作品的六个原因，亦即它的艺术成就的六个主要方面。如再加以概括，可分为叙事、写景、写人三个方面。宋玉以从屈原骚体变化而来的赋体笔法，创造性地叙述了早已产生和流传于民间的巫山神女的神话传说，并赋予它鲜明的梦幻色彩，使之成为中国古代众多梦事中最为动人、传诵最广、影响最大者之一。他写巫山高唐的景色，能够准确地抓住不同景物（山、水、云、雨，各种动植物）的特色，从上下、高低、远近等不同角度，以及朝朝暮暮、梦前、梦中、梦后的不同时间和空间，曲尽其莫测的变化，显现其各种生动的形态，并与其所引起的情感变化有机地结合起来，使景语与情语融为一体。他写人物的最大成就是成功地塑造了巫山神女的艺术形象：不仅写出其"茂矣美矣，诸好备矣。盛矣丽矣，难测究矣。上古既无，世所未见。瑰姿玮态，不可胜赞"的无比美貌，而且通过语言和行动，刻画了她主动求爱的性格，揭示了她隐藏于内心深处的长期失爱的孤独与哀愁，更重要的是作者一面把她与变化无穷的云雨合二为一，使之成为自然物的化身，一面又特意把她放到梦境之中去显现，使之成为一个具有梦幻美的梦幻式的人物，从而产生一种使人觉其似有似无、似实又虚和可望而不可即的艺术效果。

思致绵邈 高华空阔

先秦散文名篇美学分析

皇甫修文

推荐词

说到古代文化,先秦是极为灿烂辉煌的时期,这一时期诸子百家的著述,构成了中国后世文化思想的总源头。皇甫先生以"先秦散文美学分析"为题,分"哲理和艺术的融合"、"崇高人格的写照"、"审美境界的追寻"三个专题,结合具体文例,对先秦散文做了理论上的研究,分别在三期《名作欣赏》上发表。这里,将这三篇文章集中在一起,以方便读者阅读。

哲理和艺术的融合

散文,在中国文学史上,和诗歌双水并流,绵延数千年。与唐宋是诗词的黄金时代一样,散文也有自己的黄金时代,那就是先秦。

先秦散文对后世有极大的影响,所及不仅是文学的,还有哲学、美学、心理学、逻辑学,甚至科学技术等等方面,可以说,先秦散文几乎是中国文化思想的一个总源头。

(一)

先秦散文的最大特色是富于哲理,其价值在于对人生、社会和宇宙的思考,对真、善、美的探讨。

春秋战国四百年间,是一个社会动荡、变革和转折的时代,百家争鸣、诸子蜂起,造就了一大批兼及思想家、政治家、哲学家的文学家,所以使得先秦散文具有深刻的思想性

和哲理内涵。如《论语》虽是一部语录体的散文著述,但内中不乏令人深思、耐人寻味的理趣:

> 子曰:岁寒,然后知松柏之后凋也。(《子罕》)
> 子曰:为政以德,譬如北辰,居其所而众星拱之。(《为政》)

这些语句是经验的总结,哲理的概括,辞约义丰,具有一定的启发意义。

先秦散文作家各自从自己所代表的社会阶级利益和思想体系出发探讨宇宙本源,思考人生意义,描绘理想世界,提出改造社会的蓝图和政治主张,讨论真、善、美的关系。他们的相互诘难,启迪着读者的心智;他们互相补充,又丰富着读者的认识。他们各自以自己对时代、社会、人生、宇宙的探索、思考,为这个理性时代的形成做出他人、他派不能替代的独特贡献。他们的散文作品就是这种时代意识、理性精神的真实记录,准确表现。因此,洋溢着时代的气息,呈现着鲜明的个性特色和独特的艺术风格。

先秦散文内蕴的哲理、自觉意识是时代思想的概括和升华。它促使人的思维冲破狭隘的社会生活圈子,从单纯的直接感受中跃出，把人的思维引向"无限的实体或自然界的本质"（斯宾诺莎语）。面对大千世界、浩渺宇宙、苍茫人生，思考国家兴衰、世事冷暖、民众贫富，探讨日月起浮、万物兴灭、天地永恒，思索真的内涵、善的本质、美的意义。这种思想探索本身就具有长久而动人的魅力，因为它涉及宇宙、人生、社会的根本问题，每个时代都要对这些人类存在的基本价值概念做出自己的重要回答。先秦散文对这些人类基本价值的哲学探索以其特别的广泛、深刻、自觉而震惊后世，给后人崭新的启发，从而深刻地影响和决定了各种艺术作品、流派和风格的形成，影响和决定了中国艺术理论的发展，虽然这种影响和决定可能是间接而曲折的。

例如《孟子》提出"大人不失其赤子之心"、"吾善养吾浩然之气"、"充实之谓美"，讲的是人性和个体人格修养问题，具有纯粹理性的内容。但《孟子》的"不失赤子之心"直接影响了明代李贽的"童心"说，清代公安派袁宏道的"性灵"说；从曹丕提出"文以气为主"，中经韩愈的"气盛言宜"说，直到清代桐城派文论的"文气"说，都可见出孟子养气说的影响。

再如《老子》二十一章说："道之为物，惟恍惟惚。

惚兮恍兮，其中有象；恍兮惚兮，其中有物；窈兮冥兮，其中有精，其精甚真，其中有信。"幽深杳渺，"空故纳万境"（苏轼），这不就是唐诗宋词、宋元山水画所表现的境界吗？叶燮《原诗》"幽渺以为理，想象以为事，悄恍以为情"，司空图《诗品》"超以象外，得其环中"，严羽《沧浪诗话》"羚羊挂角，无迹可求，故其妙处，透彻玲珑，不可凑泊"，这些理论的提出，无一不受老子哲学的影响。

老庄以清静无为的眼光观察世界，但在方法论上，并未陷入静观、胶固。在先秦诸子思想中，道家最恢弘广大而又灵活多变，它的朴素辩证法使文艺家们认识了大千世界的仪态万方、倏忽变幻的丰富情态，这就大大开拓了艺术的美学境界：人们可以哀景写乐，或以乐景写哀；可以动写静，或以静写动；可以丑写美，或以美为丑……因此，道家"与时迁移，应物变化"的思想具有不可低估的美学意义。道家这种注意变化、运动的思想铸就了一种常见的艺术风格：奇崛突兀而自然流畅。刘熙载《艺概》说："《庄》、《列》俱有曲致，而《庄》尤缥缈奇变，乃如风行水上，自然成文也。"《庄子》这种风格与庄子的思想非常和谐，由此便对后来的诗文家产生很大影响。李白的诗奇崛突兀，无端而来，无端而去，出人意料之外，但又顺应神思情理的发展，因势而错落跌宕，凭气而磅礴回旋，自然天成。苏轼亦然。《艺概》说苏诗"出于《庄》者十之八九"。沈德潜《说诗晬语》说："苏子瞻胸有洪炉，金银铅锡，皆归熔铸，其笔之超旷，等于天马脱羁，飞仙游戏，穷极变幻，而适如意中欲出。"由此看来，道家尤其是庄子的思想方法与文风，对于诗文奇崛而自然这一风格的形成具有美学指导意义。

《老》、《庄》以虚无为本体，以无为为人生观的核心，作为已经衰败的宗法制度和宗法思想的怀疑者出现，对言、意能否把握"道"即逻辑思维能否完全把握宇宙法则问题提出许多责难，大大地开阔了人的视野，给艺术创作以深刻的启迪。《老》、《庄》特别是《庄子》以内容和形式上的统一，成为中国古典浪漫主义的奠基作。

先秦散文的繁荣，先秦散文奔现出的理性精神、所具有的内涵，对民族审美情趣的形成，也有极大影响。如先秦散文所表现的"制天命而用之"（荀子《天论》）的哲学自觉转化为"以天下为己任"的民族意识，把那种人在原始宗教面前由于感到自己的渺小和无能为力而放弃责任的心理，转化为一种自觉而有意识的努力，于是真的探索转化为善的追求,熔冶成一种理想人格:先天下之忧而忧,后天下之乐而乐;穷则独善其身,达则兼济天下。"伟大的艺术作品总是表现出深刻的哲学观念,它不仅是民族性格、时代精神、社会思潮的产物,而且也能动地参与形成民族性格、时代精神和社会理想"(高尔泰《论美》)。

(二)

先秦诸子散文多有寻绎不尽的意味,是因它具有文艺的某些基本特征,具有审美作用。那么,先秦诸子散文是怎样"按照美的规律进行创造"(马克思语),获得艺术的某些基本特征呢?

章学诚《文史通义·易教下》说:"战国之文,深于比兴,即其深于取象者也。"即通过某一个别、形象的譬喻,鲜明的物象,来表达深厚的思想内容和丰富的现实意义,使人领会到同这一譬喻相关的带有普遍性的社会人生的道理。这就是我们今天所说的通过个别显示一般,通过有限表现无限。例如前举《论语》"岁寒,然后知松柏之后凋也",就具有"有限表现无限"、"含蓄无穷"之妙。它寓深刻的哲理于日常习见的事物中,原喻立场坚定、意志坚强的人，才能经得起艰苦危难的严峻考验。但由于取象贴切，立意精警，看似平易晓物，却有极深的内蕴，因而，后人即由此生发出种种不尽相同的理解与体会："岁寒无以知松柏；事不难，无以知君子"（《荀子·大略》），"岁寒，然后知松柏之后凋；举世污浊，清士乃见。"（《史记·伯夷列传》），"夫大寒至，霜雪降，然后知松柏之茂也；据难履危利害陈于前，然后知圣人之不失道也。"（《淮南子·俶真训》）……或以岁寒喻难事，喻浊世，喻危难，或以松柏喻君子，喻清士，喻圣人，高度概括而又非确定概念所能穷尽，这是思想和物象的融合，这诗化的哲理，哲理的诗，才具有艺术的审美意义。所谓美，即是物象从有限转化为无限，从实际本质转化为神圣本质所给予人的感情体验。个别的、形象的比喻如果外在于它所要显示的某一普遍性的道理，不过是为了说明某一普遍性的道理而举出的例证，目的只在于诉之于人们的理智，所得的结果，就不是艺术的作品，而只是有助于说理的一种手段。相反，如果个别的、形象的比喻不是说明某一普遍性的道理的例证和手段，而是同思想、哲理不可分割地融为一体，而且通过直观的作用而诉之于个体的社会性情感，作用于人的个性和心理，引人遐想，唤起个体向善的自觉，所得的结果，就是审美的。如《孟子》"鱼，我所欲也"章，开头用"鱼，我所欲也；熊掌，亦我所欲也。二者不可得兼，舍鱼而取熊掌者也"，来比喻"生"和"义"二者不可兼得时，要"舍生而取义"。接下来，文章用排笔，把"欲生"与"恶死"之间的选择对照来写，低回宛转，着实令人感动。在孟子看来，当"生"和"义"发生矛盾时，"舍生取义"是一种悲壮行为，但如果做不到这样，则是可耻的，所以对见利忘义者的斥责是高亢严峻的。文章托物寓情，理精语隽，语调的变化也恰到好处地表达了作者的感情，哲理思辨被"活生生的热情"融化，因物喻志，理性内容消解于感性形象中，真善美和谐统一，读之回肠荡气，思之余味无穷。精于比兴，深于取象，使先秦散文的哲理表达具有浓郁的诗意美。这样的例证，在先秦诸子散文中俯拾皆是，但是其中运用最为圆熟的，还数《庄子》。

《庄子》之文，意境开阔，想象丰富，向来被称为"汪洋恣肆"、"恢诡谲怪"的。这是由于庄周派的哲学思想"宏大而辟，深宏而肆"，"上与造物者游，而下与外死生无终始者为友"，在文艺思想上追求一种超乎言意之表、越乎声色之上的表现方法，以天然为最高标准。所以，他们运用比兴，"触蛮可以立国，蕉鹿可以听诉"，天地日月、风云雨雪、鸟兽鱼虫、花草树木无不人言人语，心理言行，皆能跃于笔端纸上。刘熙载《艺概》论及先秦散文特别是《庄子》时说："此诸书，人鲜不读，读鲜不嗜，往往与之俱化。"比兴源于《诗经》，但真正把它由一种艺术手法发展为一种艺术境界的，是先秦散文，特别是《庄子》。

叶适说："善为是者，取成于心，寄妍于物，融合一法，涵受万象。"（《水心文集》卷十七）《庄子》一书运用比兴很有"融合一法，涵受万象"的特点。它看似荒诞不经，但却神余象外，在超现实的怪诞幻想中表达着强烈的爱憎，寄寓着深邃的哲理，有寻绎不尽的意味。《齐物论》中的"庄生梦蝶"、《秋水》中的"濠梁知鱼"的辩论，既是"万物齐一"、自由逍遥这一哲学思想的生动表述，又可理解为戏剧表演进入规定情景、文艺创作"神与物游"、艺术欣赏忘我情境的形象写照。"庖丁解牛"、"痀偻承蜩"、"吕梁丈人游水"等寓言，既是"无己"、"忘物"哲学思想的形象描绘，又可理解为艺术创作，掌握规律而又要出乎规律，方能获得自由，达到自然天成、神机妙化的境地；任何工作从初做到熟练必须经历许多甘苦,熟能生巧,习惯成自然,法则与规律既"有"且"无",等等。《庄子》一书,充满着神话式的幻想、大胆的夸张、离奇的情节、神妙的人物,是一部运用比兴、寓言等形象手法写成的纯哲学著作。所以,它比一般文学作品更富于意蕴和思辨色彩,比一般哲学著作更富于情韵和诗意,它的形象描写的客观意义往往大于作者的主观思想。因之,"其理不竭,其来不蜕",读起来总可以从中领悟出许多道理,产生广泛的、无穷无尽的联想。

(三)

先秦散文的不朽给我们的启示如下。

1. 文艺作品是一种精神产品,决定作品价值的首要因素是思想意蕴。庸俗浅薄的作品也许会风靡于一时,但绝不能传之久远。作品的思想价值,不是一种抽象精神或普遍人性,而是时代的社会意识。哲学是时代意识的精华,是时代的社会的人的自我反思,世界观的自觉理论体系。"对人生的哲学思辨,将永远随时代而更新,人的永恒存在将使人的这种自我反思——哲学永恒存在,将使美的哲学探讨永恒存在。"（李泽厚《美的对象与范围》）每个时代人们对真、善、美的有价值的探索，不论是哲学的、伦理学的，还是美学的、文学的，作为一种社会精神财富，会保存在历史文献（包括不朽的文艺作品）里，积存在国家、民族、人民的文化心理结构中，发生久远影响，甚至会形成一种民族精神、民族性格。作品的题材、情节、结构、手法等是外在的、可变的，是可朽因素，而作品的精神价位，真的探索、善的高扬、美的发现，却是人类心灵中所共有的"长存基础"，是不朽因素。

2. 美以艺术为主要对象，但美的对象并不等于美。艺术成为审美对象，必须力戒浅薄，摒除抽象说教，把理性内容溶解为感性形象，"在读者心灵中激起一种深永的兴趣"（《歌德谈话录》）。哲学散文成为审美对象，必须通过形象化的手段把哲学思辨化为深永的理趣，让读者在反复咀嚼、品味中领悟其中的道理。这样，哲理思辨必须与感情融合，而且善于借助外物传达出来，"是故情深而文明，气盛而化神"（《乐记》），情动于中而形于言，情感充实于内，英华发于外。所以歌德说，艺术创作的关键是"对情境的生动情感加上把它表现出来的本领"（《歌德谈话录》)。先秦散文的魅力,它的不朽价值还在于:哲学思辨与活生生的感情融合,通过生动的艺术情境表现着作者的个性,寄兴言外,有限转化为无限,平凡中渗透着崇高,深邃的哲理中流溢着生活的情趣,读者每每"与之俱化",思之余味无穷。

3. 先秦散文的审美意义表现在:它的哲理意蕴浸透着激情,凝聚着时代精神,它的哲学思辨艺术地表现在作品中,作为一种长久的普遍的旨趣。

马克思曾称赞古代希腊艺术和史诗是"一种规范和高不可及的范本"。在回答"它们何以仍然能够给我们以艺术享受"时说,是希腊艺术"儿童的天真","作为永不复返的阶段而显示出永久的魅力"(《政治经济学批判》导言)。先秦散文也是"一种规范和高不可及的范本",不过"作为永不复返的阶段而显示出永久的魅力"的,不是"儿童的天真",而是被情感灌注了的自觉的理性精神,是哲理和艺术融合所产生的"长久的普遍的旨趣"。这种旨趣对我国传统美学和文学的影响可与亚里士多德的"摹仿"说与希腊史诗对西欧美学和文学的影响媲美。希腊史诗和亚氏的"摹仿"说导致西方再现文学的繁荣。要叙事,要摹仿,必然产生相应的创作手法和美学原则。于是"情节"、"结构"、"性格"、"典型"理论应运而生。先秦散文的"普遍旨趣"导致我国抒情文学的发达,表现说的盛行。由抒情言志导致比兴的运用,比兴手法发展为艺术境界,于是"意境"理论得以形成。

先秦散文以其思想和艺术的光辉彪炳于文学、逻辑学、心理学、美学和哲学史册,它永远是我们民族的骄傲!

崇高人格的写照

意大利美学家克罗齐在他的《美学纲要》一书中认为诗具有"灵感的抒情特征","是意象的表现,散文则是判断或概念的表现"。他并且以此区别诗与散文、艺术与哲学,把散文逐出艺术宫殿之门。

但中国先秦散文既是哲学著作,却又是优美的文艺作品。那么,中国先秦散文,作为艺术品,它的艺术构成因素是什么,形成原因何在?

先秦散文艺术因素的构成,有其哲学和社会原因。社会原因姑且勿论。哲学原因在于,中西哲学的内在追求不同影响艺术表现的差异。

西方哲学偏于"纯粹理性",偏重于追求知识;中国哲学偏于"实践理性",偏重于追求道德的完善。前者重视确立外间世界的认识,多描述自然界的必然;后者是一种内省的智慧,致力于成就一种伟大的人格。孔子说:"三军可夺帅也,匹夫不可夺志。"孟子所谓"富贵不能淫,贫贱不能移,威武不能屈",老子所谓"自知不自见,自爱不自贵",庄子所谓"举世誉之而不加劝,举世非之而不加沮",都是对人格理想的追求。"寂兮寥兮,独立而不改!"这是一种自尊自爱的人格力量;"说大人则藐之,勿视其巍巍然",这种自信和无畏,来自"至大至刚"的浩然之气。

由于中国哲学重视内省、致力于成就伟大的人格,所以,中国哲学学派的创立者就是他的哲学思想的模范实践者;在表述其哲学观点时,不侧重于理性的思辨、概念的演绎、逻辑的判断,而侧重于道德实践的描述。后世弟子更把他们先师体现哲学思想的言行——伟大人格的外在表现当做崇高美的审美对象来记述,"仰之弥高,钻之弥坚,瞻之在前,忽焉在后"(《论语·子罕》)。同样,他们表述其哲学思想时,一方面把人、人的尊严、人的内在要求提高到了前所未有的理想高度，另一方面，创造了一系列个性鲜明的文学形象。

《论语》里写孔子的形象，相当鲜明。孔子在伦理道德观念上构成了自己的一套体系，他平日都是按照他的那一套思想体系来行动，显得很端庄，同时有些迂谨。例如有一次，孔子的一个故人原壤蹲坐等待他相见，他认为原壤失礼，当面骂他"幼而不孙弟，长而无述焉，老而不死，是为贼"，并且"以杖叩其胫"（《宪问》）。这种斥责在读者看来，也许会觉得太重，但在当时孔子看来，却认为必须如此，因为从他的哲学思想体系出发，认为失礼最难容忍。正如鲁迅先生所说，这些地方表现了孔子的"迂"，然而却写出了孔子的个性。《论语》通过许多具体事件写孔子在坚持他的政治理想与伦理道德等观念时所表现出来的独特行为，以突现他的性格。孔子在鲁国做司寇，摄行相事，"齐人归（馈）女乐，季桓子受之。三日不朝。孔子行"。简短的几句话，点睛式地写出了孔子坚持政治理想的坚决和果断。

儒家哲学力主有为，但孔子一生不得志。《论语》通过孔子的大量言行写了他作为一位哲学家、政治家一生不能实行其政治理想的种种内心苦闷和矛盾。在愤世心情的促使下，他还产生过迁居异域的念头：

> 子欲居九夷。
>
> 或曰："陋，如之何？"
>
> 子曰："君子居之，何陋之有！"（《子罕》）

这些话透露出他在现实生活中有时感到有一种难堪的寂寞。所以他自甘淡泊：

> 饭疏食饮水，曲肱而枕之，乐亦在其中矣。不义而富且贵，于我如浮云。（《述而》）

粗茶淡饭，枕臂高眠，把世上的"不义而富且贵"，看做浮云一般。所以他极赞颜回的安贫乐道：

> 贤哉回也！一箪食，一瓢饮，在陋巷，人不堪忧，回也不改其乐。贤哉回也！（《雍也》）

对颜回一往情深的称许神态跃然纸上。这些描写夹叙夹议，感情强烈，真切动人，突出了孔子及其弟子"穷则独善其身"的崇高形象，很富有抒情意味。

明确地把人的道德精神当作美的欣赏对象，充分地肯定个体具有实现善的伟大力量,极大地强调人格美的意义和价值的是《孟子》。

孟子认为,"理义之悦我心,犹刍豢之悦我口"。人的道德精神能给人以心灵的愉快,就像声、色、味诉之于口、耳、目的愉快一样,明确地把人格精神、道德修养与审美愉快联系起来,这种说法,在中国思想史和美学史上,是前所未有的。

孟子对理想人格所做的美学概括是"充实之为美"。他说:

> 可欲之谓善,有诸己之谓信,充实之谓美,充实而光辉之谓大,大而化之之谓圣,圣而不可知之之谓神。(《尽心下》)

"大"是一种"充实而有光辉"的辉煌壮观的美,孔子歌颂过的尧的功业"巍巍"、"荡荡"、"焕焕乎,其有文章"的美,即相当于孟子所说的"大"的美。"圣"是"大而化之",根据孟子对伯夷、柳下惠,特别是对孔子的"圣"的表现的说明,"圣"的美的特点,不但辉煌壮观,而且集前代之大成,做出了划时代的创造,成为百代的楷模,在道德上完美无缺,具有极大的感染育化力量。"神"是"圣而不可知之"的意思,非人力所能做成,是一种超出智巧和规律的最高境界。

为了人的道德精神的充实完善,孟子提出"吾善养吾浩然之气"。所谓"浩然之气",就是孟子为实现他的仁政理想而要求个体所应具备的一种奋发无畏、积极向上的精神状态。孟子解释"浩然之气"是"配义与道","集义所生","至大至刚,以直养而无害,则塞于天地之间"(《公孙丑下》)。这就是说,它通体渗透着深刻的理性内容,又正是个体内在的情感要求,并且使个体的精神上升到一种"至大至刚"、至善至美的思想境界。实际上,孟子所描述的,是人的内在精神的崇高美,所谓"浩然之气",正是个体人格精神美的表现。扬雄在《法言·君子》中论述"君子之所以为美"时,认为"君子言则成文,动则成德","以其绷中而彪外也"。李轨注云:"绷,满也;彪,文也。积行内满,文辞外发。"浩然之气溢于言表,孟子的文章表现他"当今之势,舍我其谁"的政治抱负时,有一种常人不可企及的磅礴之势:

孟子曰:"说大人则藐之,勿视其巍巍然。堂高数仞,榱题数尺,我得志,弗为也。食前方丈,侍妾数百人,我得志,弗为也。般乐饮酒,驱骋田猎,后车千乘,我得志,弗为也。在彼者,皆我所不为也;在我者,皆古之制也。吾何畏彼哉?"(《尽心下》)

齐宣王问曰:"汤放桀,武王伐纣,有诸?"孟子对曰:"于传有之。"曰:"臣弑其君,可乎?"曰:"贼仁者谓之贼,贼义者谓之残。残贼之人谓之一夫。闻诛一夫纣矣,未闻弑君也。"(《梁惠王下》)

《孟子》中的文章充满着孟轲为宣扬他所信守的真理而斗争的激情,有一种所向披靡的雄辩力量。孟子还认为伟大人格之所以美,不仅有充实的善的内涵,而且这种充实的善的内在品质又以生动可观的外在形式表现出来。他说:

君子所性,仁义礼智根于心,其声色也,睟然见于面,盎于背,施于四体,四体不言而喻。(《尽心上》)

存乎人者,莫良于眸子,眸子不能掩其恶。胸中正,则眸子瞭焉;胸中不正,则眸子眊焉。(《离娄上》)

这就是说，人的内在的道德精神表现于仪态，能使形体生色，面容润泽和悦，躯体看去宏伟高大。胸中"正"，眼睛清明有光；胸中"不正"，眼光黯淡失色。所有这些说法表明，孟子认为人格精神的美可以从外在的形体、仪态上直观到。宋代哲学家张载在《张子正蒙》中把孟子的这一美学见解简洁地概括为"充内形外之谓美"。孟子把个体人格美了解为内在的精神和外在形体仪态的统一，这个看法是重要的，他抓住了人的善与人格美的重要区别，这是他的伦理学向美学转化的一个标志。充实的内在精神诉之于语言行动，成为审美对象，把它记录下来，就是优美的文学作品。作为崇高人格的形象写照，孟子的政论表现了他的个性，《孟子》一书，从孟轲和一些诸侯、门人弟子以及其他人物的谈论中，从对孟轲的行动描写中，刻画了孟轲这位大思想家的形象，表现了他坚持理想、不肯苟合的性格。例如孟轲为了坚持他的某种思想和信念，行动上常常表现得毫不肯迁就。《公孙丑下》"孟子将朝王"章写孟轲坚持"故将大有为之君，必有所不召之臣，欲有谋焉则就之"的信念，坚持不肯应齐王的召见，典型地表现他的这一性格：

> 孟子将朝王。王使人来曰:"寡人如就见者也,有寒疾,不可以风,朝,将视朝,不识可使寡人得见乎?"对曰:"不幸而有疾,不能造朝。"
>
> 明日出吊于东郭氏。公孙丑曰:"昔者辞以病,今日吊,或者不可乎?"
>
> 曰:"昔者疾,今日愈,如之何不吊?"
>
> 王使人问疾,医来。孟仲子对曰:"昔日有王命,有采薪之忧,不能造朝。今病小愈,趋造于朝,我不识能至否乎?"使数人要于路曰:"请必无归,而造于朝!"
>
> 不得已,而之景丑氏宿焉。

孟轲本来要去见齐王的,但因齐王派人来叫他,就愤而称病不朝,并且还无所顾忌地去东郭氏吊丧,使得他的哥哥孟仲子在一旁着急。孟子性格,在和孟仲子的对照的描写中烘托出来。孟仲子担心他的傲慢会引起齐王的震怒,处处为他周旋,他反而觉得孟仲子的周旋多余。他这样做,正如下文对景丑说的,是以贤君来要求齐王,是对齐王的莫大尊敬。这是他思想上与众不同之处。这不平常的思想见之于行动，表现了孟子的傲骨。《孟子》里的孟轲，就是这样一个有血有肉的"儒者"。《孟子》的文学价值，首先在于它刻画了孟轲这样一个大思想家的形象。《孟子》里面所提到的一些人物，常常抓住性格的某一特征，寥寥几笔，就勾画出了一个人物的清晰的轮廓。孟子的散文生动地体现了他的美学倾向，达到了很高的艺术水平。

从《论语》、《孟子》对孔丘、孟轲这两位伟大的思想家和教育家的形象描写可以看出：由于中国哲学偏重实践，致力于成就伟大的人格，所以，它在表述哲学思想时，往往把实践和体现其哲学思想的伟大人格当做审美对象来欣赏、礼赞，着力刻画其精神境界的高尚，心胸的坦荡，行为的自觉，以求传诸后世。这是先秦散文哲理思考与艺术因素能够水乳无间地交融在一起的根本原因。

中国哲学的实践特点促使先秦散文表述哲学思想时留意于形象刻画，进行哲理思考时于有意无意中遵循艺术的审美规律。所以先秦散文的形象描写不是某种道德的象征，哲学观念的写照，而是活生生的有血有肉的鲜明个性。在这种实践哲学精神指导下创造的文学形象，不着眼于外在特征，而潜心于心理意绪的传达，典型情境的再现。上引《论语》、

《孟子》对孔丘、孟轲形象的刻画就具有这种特点，《庄子》尤为突出。请看《逍遥游》的开篇：

> 北冥有鱼，其名为鲲。鲲之大，不知其几千里也。化而为鸟，其名为鹏。鹏之背，不知其几千里也。怒而飞，其翼若垂天之云。是鸟也，海运则将徙于南冥——南冥者，天池也。齐谐者，志怪者也。谐之言曰："鹏之徙于南冥也，水击三千里，抟扶摇而上者九万里，去以六月息者也。"

大鹏的起飞惊心动魄，文章开首就向我们展示了一幅开阔、神奇的画卷，表现了作者浩荡的胸怀和向往自由、鄙视庸俗的心理意绪。

《秋水》的开篇和《逍遥游》有异曲同工之妙。作者从黄河之神河伯眼中写黄河到海的境界变化，写得混混茫茫，气象万千："秋水时至，百川灌河。"包含了多少景象！"泾流之大，两涘渚崖之间，不辨牛马。"顿时在读者面前呈现出一派浩渺的波涛汹涌的世界！通过这一开阔的境界，同样传达了一种鄙视庸俗、藐视传统的心理意绪。河伯在看到黄河在秋天时的浩漫景象而自满起来，他得意地顺流东下，到了大海，看到海水一望无际，才喟然自失，感叹自己过去听到有人"少仲尼之闻而轻伯夷之义"时不肯相信，到此时才如梦初醒。海若抓住他思想改变的契机，进一步对他反复开导，要他不囿于传统之见。

北海若曰："井蛙不可以语于海者，拘于虚也；夏虫不可以语于冰者，笃于时也；曲士不可以语于道者，束于教也。今尔出于崖涘，观于大海，乃知尔丑，尔将可以语大理矣。天下之水，莫大于海。万川归之，不知何时止而不盈；尾闾泄之，不知何时已而不虚；春秋不变，水旱不知。此其过江河之流，不可为量数。而吾未尝以此自多者，自以比形于天地，而受气于阴阳，吾在天地之间，犹小石小木之在大山也。方存乎见少，又奚以自多？计四海之在天地之间也，不似礨空之在大泽乎？计中国之在海内，不似稊米之在太仓乎？号物之数谓之万，人处一焉。人卒九州，谷食之所生，舟车之所通，人处一焉。此其比万物也，不似毫末之在于马体乎？五帝之所连，三王之所争，仁人之所忧，任士之所劳，尽此矣。伯夷辞之以为名，仲尼语之以为博，此其自多也，不似尔向之自多于水乎？"

作者从整个宇宙着眼，把当时人们所崇奉的偶像伯夷和孔子看得十分微小；把"五帝之所连，三王之所争，仁人之所忧，任士之所劳"看得微不足道。《秋水》一篇把"道"这个事物发展一般规律的抽象概念转化为宏大博深，包蕴自然和社会的形象化意境，又把有限的形象借助精神世界带入无边无际的联想之中。

庄周继承《易》"体万物之撰"，涵盖日月天地、江河山川、生灵万物、自然社会的思考范围，"仰则观象于天，俯则观法于地"，把人们的眼界从狭小的社会现实圈子中解脱出来，面向广袤无垠的宇宙。人们不再仅仅思考国家兴衰、生活贫富、精神道德，也去思考宇宙的起源，万物的继绝，天地的永恒。《庄子》散文广阔的背景、开阔的意境正适于表现庄周放眼宇宙的胸襟、眼界，向往自由、蔑视传统的思想意绪。

庄周进一步把老子的怀疑思想明确化。"他认为，在这个时代，'善人少而不善人多'，多数人是'决定性命之情而饕富贵'的不仁之人。他又认为，从尧、舜以至当时，是由乱世而至'人食人'的社会，因此，社会与人类都成了他的怀疑对象"，他"敢与'造物神游'，对于先王大开玩笑……把孔墨的尧舜是非之论变为陶铸尧舜的理论"（侯外庐等《中国思想通史》，卷一），这是人的自我意识初步觉醒的表现。庄周生活在战国中期，当时中原地区宗法社会已经秩序化，思想已经规范化。《庄子》散文通过对偶像尧舜的否定、对儒家所代表的宗法思想的批判、对整个宗法社会秩序和思想规范的怀疑，显示庄周"寂兮寥兮，独立而不改"的伟大人格，这里有早熟者的压抑，觉醒者的孤独，厌世者的超然。《秋水篇》中"惠子相梁"生动地表现了他的这种思想性格：

> 惠子相梁，庄子往见之。或谓惠子曰："庄子来，欲代子相。"于是惠子恐，搜于国中三日三夜。庄子往见之，曰："南方有鸟，其名鹓鶵，子知之乎？夫鹓鶵发于南海，而飞于北海，非梧桐不止，非练食不食，非醴泉不饮。于是鸱得腐鼠，鹓鶵过之，仰而视之，曰'吓'！今子欲以子之梁国而吓我邪？"

这是庄周自尊自爱的崇高人格的形象写照。他好像站在很高的地方，对当时统治者的蝇营狗苟投以冷峻的眼光，而且还看清了他们可能有的下场。从字里行间流露的自我陶醉的情感看，他也是把自己的人格精神当作审美对象来欣赏的。

儒道两家一主有为，一主无为，在哲学思想上是对立的，然而对崇高人格的追求和培养，却是共通的。分歧只是孔孟要在社会伦理关系中来培养理想人格，老庄以为伦理关系只能给人以束缚，人应该回到自然去。"天地有大美而不言"，人与自然为一，就得到了自由（"逍遥"）。儒道互补，"穷则独善其身，达则兼济天下"，"先天下之忧而忧，后天下之乐而乐"，对华夏民族精神、民族性格、民族共同心理的培养和形成，曾经起过、现在还在起着伟大的历史和现实作用。儒道之所以能够互补，除了哲学思想的对立和转化，都在追求某种理想的人格，是重要原因。理想人格的追求，把人的价值、人的觉醒、人的自尊自爱、人的社会意识和宇宙意识提高到了前所未有的程度。

理想人格的追求，促使先秦散文哲学思考伴随着情感意志，表述哲学思想注意于形象的刻画，心理意绪的传达。形象性和抒情上使先秦哲理散文富有个性，具有诗意，带着鲜明的文学色彩；形象与意蕴的统一，情感与思想的统一，崇高人格的精神美与文学描写的统一,使先秦散文的哲理思考与艺术因素水乳交融,既有内涵,又具有高度的艺术水平。理想人格的追求,促使文学的初步觉醒。文学觉醒的标志,是先秦散文已经形成了各自的独特风格,《论语》的古朴简洁,《孟子》的高亢激烈、汪洋排奡,《庄子》的随时放任、恢宏恣肆,为历代评论家所称道。文学风格的形成是一个国家或一个民族的文学超越了模仿的幼稚阶段而趋向成熟的标志。

德国文艺理论家威廉·威克纳格说:"文学散文的诞生——首先是在一个民族摆脱了自然的纯朴的状态而进入更为自觉的人为的文明生活的时候,在这个时期以前,全部文学都是诗的。"(《文学风格论》)春秋战国特殊的历史条件,使先秦散文既具有理智的历史记述的特点,同时又保留了人类童年"近取诸身,远取诸物"的形象思维的特点,充满诗意和个人感情色彩。

审美境界的追寻

文艺作品的审美境界是作家至善至美的生活理想和人生观念在作品生动感人的艺术情境之中的体现,"山虽一阜,其间环绕无穷；树虽一林，此中掩映不尽"（郑绩《梦幻居画学简明》）。思致绵邈，非概念所能穷尽，"唯有从这个精神王国的圣餐杯里，他的无限性给他翻涌起泡沫"（黑格尔《精神现象学》，下卷）。

先秦散文的审美境界，在具体作品里表现为：先秦思想家表达其哲学观念、政治理想时，不采取抽象思辨的方式，而继承《周易》"立象尽意"、"以象喻理"的形象思维方法，以有限的形象表现无限的思想。高亨先生说："《周易》的比喻多数没有特定的被比喻的主体事物，当然不出现于文中，仅仅描述取做比喻的客观事物而已，因此，可以应用在许多人事方面。这实有类于象征。"（《文史述林》）《易传·系辞》概括《周易》这一表现特点是："其言曲而中，其事肆而隐。"意谓《周易》之文往往曲折而中的、事显而理微。先秦散文承继《周易》这种寄微于显、意内言外、类似象征的类比和拟人化特点，往往在一片自然景象的描绘中、一个片断的生活场景里、一两个人物简短的对话里，包含着丰富的意蕴，甚至囊括一个哲学流派的思想精华。读先秦散文，仁者见仁、智者见智，深人所见者亦深、浅人所见者亦浅，甚至所表达的基本哲学观点是唯物的还是

唯心的,也成了长期争论的问题。例如《论语》中有一段向为传诵的精彩文字:

> 子路、曾晳、冉有、公西华侍坐。
>
> 子曰:"以吾一日长乎尔,毋吾以也。居则曰:'不吾知也。'如或知尔,则何以哉?"子路率尔对曰:"千乘之国,摄乎大国之间,加之以师旅,因之以饥馑。由也为之,比及三年,可使有勇,且知方也。"夫子哂之。
>
> "求,尔何如?"对曰:"方六七十,如五六十,求也为之,比及三年,可使足民,如其礼乐,以俟君子。"
>
> "赤,尔何如?"对曰:"非曰能之,愿学焉。宗庙之事,如会同,端章甫,愿为小相焉。"
>
> "点,尔如何?"鼓瑟希,铿尔,舍瑟而作。对曰:"异乎三子者之撰。"
>
> 子曰:"何伤乎!亦各言其志也。"
>
> 曰:"暮春者,春服既成,冠者五六人,童子六七人,浴乎沂,风乎舞雩,咏而归。"

> 夫子喟然叹曰："吾与点也。"

这段文字不仅人物性格鲜明、神情语态活现，而且意蕴无穷。对它的意蕴，历来人们的理解很不同。古人勿论，现代学者中，有人认为这是孔子"向往恬退心情""自然地流露"；有人认为曾晳（点）的一番话是"用一幅太平无事的景象来表达一种生活理想"，在战乱的年代里，孔子"所梦寐以求的就是这样太平的社会生活"；有人认为"曾晳不愿意求仕的思想，与孔子'用之则行，舍之则藏'，当时想入仕行道但终不得志的思想正相吻合"；有人认为这段话表现了孔子心情的矛盾，因为孔子本来是问他的弟子们一旦政治上得到信用时怎样施展自己的抱负，曾晳所答非所问，讲了一通投身大自然、身闲自在的乐趣，而力主有为的孔子却称许他。其实这段话还有更深刻的寓意。孔子一生不得志，在其道不得行的苦闷中，他曾有过"乘桴浮于海"、迁居异域等牢骚。但他却明确表示不能与鸟兽同群，做一个遗世远遁的隐士，他的"居九夷"，不是仿隐士的行径，而是为了施展政治抱负，实现仁政理想，用礼乐诗教感化、改造异域。"君子居之，何陋之有！"回答明确而肯定。在孔子的牢骚里，灌注着积极有为的心理意绪。实现仁政理想，在孔子看来，不是靠"齐之以刑"，而是"兴于诗，立于礼，成于乐"、"游于艺"，治国之道在礼乐教化：乐能改变人们的性情，感发人们的心灵，使人自觉地接受仁政。在孔子追求的仁政理想里，"礼治"的实行出于发自内心的自觉要求。"治国平天下"的最高境界，也是其哲学思想的核心——"仁"的最高境界，人的自由天性得以充分发展的境界。这一思想是极其深刻的。曾晳所描绘的景象——"浴乎沂，风乎舞雩，咏而归"，正是孔子这一哲学思想、政治理想的象征，所以他极口称许，而前三子（子路、冉有、公西华）所言，或者缺少远大抱负之"愿为小相"，或者仅"使足民"，而不能实施礼乐教化"如其礼乐，以俟君子"，或者"为国以礼，其言不让"，仅仅"各言其志"而已矣，未达"曾点气象"那种理想的审美境界，不足以表达孔子政治见解、哲学思想的精髓，所以或者"哂之"，或者不置可否。宋代理学家朱熹说孔子称许曾点乃因他"胸次洒落，直与天地事物上下同流，各得其所之妙，隐然见于言外，与他人气象不侔"（《论语集注》）。朱熹算是把握了孔子思想的精髓，对这段文字的理解略得了其中三昧。

先秦散文的艺术境界，是一个有限形象和无限思想和谐统一的审美境界。这个"无限"，在作品的具体艺术情境里，有一个主导的思想意念统驭着。这个主导的思想意念，往往就是各派哲学和美学思想的精华。因此掌握先秦各派哲学的思想精髓，了解中国古代美学思想的核心，是欣赏先秦散文，领略其美学境界的关键。"天人合一"，最高的美学境界是人与永恒、无限的自然合为一体的境界，是先秦诸子共同追求的美学理想。但儒家追求的是人的自然天性与社会的和谐统一，道家力图用自然的本来面目解释世界，强调社会发展的特殊规律要服从宇宙发展的一般规律。"道法自然"，人生的最大乐趣，最美妙的境界是因循自然之本，与永恒的自然融合，达乎"天地与我并生，万物与我为一"（《庄子·齐物》）的境界。《庄子·秋水》里庄子与惠子的一段对话就是这种美学理想的形象表现：

> 庄子与惠子游于濠梁之上。
>
> 庄子曰："儵鱼出游从容，是鱼之乐也！"
>
> 惠子曰："子非鱼，安之鱼之乐？"
>
> 庄子曰："子非我，安知我不知鱼之乐？"

惠子曰:"我非子,固不知子矣;子固非鱼也,子之不知鱼之乐全矣。"

庄子曰:"请循其本。子曰'汝安知鱼乐'云者,既已知吾知之而问我。我知之濠上也。"

这段历来传诵而意旨纷纭的文字,其旨意并不神秘,即李白诗句所谓"临濠得天和"也。由于先秦散文用类似象征的具体实在的形象表达哲学思想,而"实在"具有无穷多的侧面,所以先秦散文,特别是老、庄散文,形象的意蕴往往大于作者主观的思想。例如《老子》本是一部哲学著作,有人却把它当作兵书来读,有人甚至认为它是一部"气功书"。

典型的例子是对《庄子》中"庄周梦蝶"一段文字的不同理解。

> 昔者,庄周梦为蝴蝶,栩栩然蝴蝶也,不知周也。俄然觉,则蘧蘧然周也。不知周之梦为蝴蝶与,蝴蝶之梦为周与?周与蝴蝶,则必有分矣。此之谓物化。

庄周这段话在《齐物篇》里是描述由齐物我、齐是非而进入物我同化的境界。哲学史家认为这段话的意思是说

"同一主体在不同状态下的认识","梦不比觉虚幻,觉不比梦实在,两种状态中的认识有同等价值","因此都不是真理"(任继愈主编《中国哲学发展史》)。意为这段文字表达了庄子哲学的相对主义。文学史家认为"庄子不仅极力缩小人生的意义,而且怀疑人生是否是'真实'的存在",这个譬喻说明"在作者看来现实生活与梦境是很难分的","他正是用自己的幻想,安慰自己的现实悲哀","庄子的作品是精神苦闷的象征"(杨公骥《中国文学》第一分册)。古代诗话家从中体会到艺术创作和艺术欣赏物我两忘、妙得其神,"不知我之为草虫耶?草虫之为我耶"的"神遇而迹化"(罗大经《鹤林玉露》)的艺术境界。当代作家认为"庄周之梦为蝴蝶,自是生活的真实,而蝴蝶之梦为庄周,实乃艺术的幻想。庄周并不只是以哲学家的眼光来看世界,至少一半甚至一半以上是以艺术家的眼光来看世界的"〔张松如(公木)《说蝴蝶梦》,《社会科学战线》1983年第2期〕。有限的形象表现无限的思想,先秦散文达乎思致微妙、含蓄无垠的境地,因为随着对意蕴的不同理解,在人们的想象中展现的生活情景、艺术境地也是各异的。"庄生晓梦迷蝴蝶,望帝春心托杜鹃"中的庄生梦蝶,是逝去的青春年华和美好爱情的象征，在李商隐脑际展现的好梦难再的追忆，与罗大经所描绘的艺术创作与艺术欣赏的物我同一境界，是两种情趣各异的审美境界。因此，先秦散文审美境界的"无限性"所翻起的"泡沫"，不仅意蕴无穷，而且情境无限。在具体的物态化的作品中，这种无穷的意蕴是含蓄在有限的形象中的，这风光无限的境界是在规定的艺术情境中展开的。它具有统一多样的美学特点。这"统一多样"的"一"，是有限形象所导向的人生理想；这"多"，是无限的思想意蕴所展现的丰富多彩的生活和艺术境界。

以有形表现无形，以有限表现无限，以少胜多，虚实结合，有限的具体形象和想象中无限丰富的形象统一，实景与它所象征的虚境融为一体，这就是先秦散文审美境界的本质特征。先秦散文审美境界的统一多样，不仅表现在具体篇章艺术情境的言和意、实和虚、形象和意蕴、有限和无限的和谐统一、交织变幻，而且还表现于诸子作品总体的理性美中。先秦散文总体的理性美是在诸子散文具体篇章艺术情境基础上的踵事增华，是理性的"内在丰满和自由"（黑格尔语），是"抽象的规定在思维行程中把具体复制出来"

（马克思语）。这种总体的审美境界的丰富性、多样性表现为诸子百家从自己所代表的阶级和阶层利益、审美理想出发，在"天人"、"名实"、"古今"、"礼法"之辩中，对"真是什么"、"善是什么"、"美是什么"，各自做出的独到回答。在对立面的斗争中，相互诘难，相互汲取，推动着真、善、美认识的发展。例如"天人"之辩的开展是为了反对传统的天命观，进步的思想家先是把人（初民）和神（天）的主从关系颠倒过来，进而又把"天"解释为自然界，天人关系于是就成了自然和人的关系了。因此，先秦散文总体的"丰满和自由"是以理性精神为内涵，哲学的对立面的斗争辩证地发展为美学的和谐统一。这和谐中的统一，表现为对真理永不停息的探索，对"天人合一"美的境界的热烈向往。先秦思想家相互诘难、相互汲取和转化，谱写了一曲急管繁弦、音韵悠远的时代乐章，启迪思想，开阔眼界，把人的思维带向了一个探索真、追求善、享受美的寥廓而自由的境界。中国人总是不断地回顾先秦，秘密就在这里。先秦思想家哲理思辨的物化形态——先秦散文总体的思幻美、求索美有如一长幅的山水画卷，其间阴晴隐显、朝暮四时，变化无穷、掩映不尽。它所取得的社会效果正如刘熙载在《艺概》中所说:"此诸书,人鲜不读,读鲜不嗜,往往与之俱化。"先秦散文统一多样的美学特点,把读者的思想导向思考人生社会、探索宇宙本源的高华空阔的境界里,既给人以奋发向上的精神力量,又可以俯仰观照,游目骋怀,各取所爱。所以,每人心目中都有他自己的"先秦"。秦汉以后,哲学上的、文艺学上的"有无"、"理气"、"形神"、"心物"之辩,由此导源,魏晋玄学、宋明理学,各取一端;谢赫的"气韵生动"、严羽的"不落言筌"、李贽的"童心"说、王渔洋的"神韵"说、袁枚的"性灵"说,无不受其启发。

先秦散文统一多样的审美境界,是一个真、善、美和谐统一的理想境界,一个在感性的形象、形式中渗透着理性精神的自由和自觉的境界。自由表现为对必然的认识,对事物内部规律的把握,对自然规律的驾驭,自觉表现为对人生理想和历史目标的自觉追求,以及主体即人的自我意识、自我批判的能力。"名实"之辩,实则是逻辑思维能否把握宇宙法则的争辩,"天人"之辩,实则是对理想人格如何培养的探讨,"古今"、"礼法"之辩,实则是对理想的社会蓝图的设计。合规律是真,合目的即善,符合目的和规律,体现着人的自觉自由的活动，表现着人的这种自觉自由能动性心灵，即是美。庄子《庖丁解牛》所描绘的"依乎天理"、"因其固然"，按照客观规律办事，一举一动合乎音乐与舞蹈的节奏，劳动成了自由的审美对象，那种"进乎技矣"的境界，就是人对自己的本质力量进行观照的自由、自觉的审美境界。先秦散文的审美境界，既是一个主体与客体，人与自然合为一体的自由境界，又是一个摆脱了动物性的生存欲望和个人私利束缚的个体与社会和谐统一的高度完善的道德化境界。儒家要做圣人、仁人，道家要做真人、至人。儒家认为伦理道德出于人的自然本性，道德原则的实现是个体内在的社会性心理欲求，不是出于任何外在的强制。道德原则的实现，同时也是个人与社会的和谐统一的实现。道家虽出世、愤世，但它并不否定个人与社会的和谐统一，仁爱同样是它的根本思想。道家提出"道"这个宇宙的本体，其最终目的，也仍然是为了解决社会人生问题。所以，先秦思想家所追求的最高的道德境界，同时也是一种人与无限、永恒的自然合为一体的最高的审美境界。他们的这些哲学、美学思想表现在他们的物态化的作品中，先秦散文的艺术境界就是一个于感性形象中充满着理想、渗透着理性精神的真、善、美融为一体的自由、自觉的审美境界。

先秦理性精神标志着哲学的自觉。与哲学的自觉性伴生，先秦散文对艺术——审美境界的追寻，也具有美学的自觉性。这是因为无论在中国或是西方古代美学史上，美学都是附丽于哲学的。先秦诸子就是从自己的哲学立场谈论美学问题的。与中国哲学不重抽象思辨相应，先秦诸子对美学的探索也不把重点放在对美的本质的诠释，而放在审美经验与审美关系的研究上。中国美学的这一基本特征规定了它对艺术——审美境界的追寻带有自觉性。艺术——审美境界不是物质的，而是观念、思幻的，是一种艺术创作和欣赏的内心境界，是一个可意会而不可言传的神遇而迹化的心理过程。境生象外，意在言外，是它的基本的美学特征。道家哲学主张天然，否定人为，提倡"有无相生"，特别重视"虚"的意义和作用。老子云："大象无形，大音希声。"庄周认为"道"无法用语言传达，"夫道有情有信，无为无形，可传而不可受，可得而不可见"（《大宗师》）。至人听音，是"无听之以耳，而听之以心"（《人间世》）；至人视物，是"以神遇而不以目视"（《养生主》）。"缘情会意"是道家的美学纲领，因为他们认为，言论、辩说都不能及于

"道"的本质。"可以言论者，物之粗也；可以意致者，物之精焉。"（《秋水》）著名的《庖丁解牛》的寓言，就是描述意会和神遇的过程。在这种哲学和美学思想指导下，庄周一派的散文著作往往绞尽脑汁，费尽心机，追求一种超于言意之表，越乎声色之上的表现方法，以求传之永年。《秋水》、《逍遥游》就是这种美学见解的成功实践。庄周一派极为欣赏自己的著作，把他们这种意在言外的表达思想的独特方式称为"不言之言"、"不辩之辩"。庄周一派对得意忘言的不言之言的探索，实则是对艺术审美境界的自觉追求。所以郭象注说："求之于言意之表，而入乎无言无意之域，而后至焉。"然而艺术——审美境界意在言外的虚，并非空虚一片，它的意蕴和情境的流动变幻无边无涯，色彩缤纷，光辉灿烂。它是一种有形表现无形，有限展现无限，实际本质上升为神圣本质的"虚室生白"的美。孟子的"充实之美"，正好是道家所追求的艺术——审美境界"空无之美"的补充和发挥。

　　孟子把美分为充实、大、圣、神四个层次。充实之美，是有限展示无限的美，即王船山所谓"唯此窅窅摇摇之中，有一切真情在内，可兴可观，可群可怨"，程伊川所谓"冲漠无朕,而万象昭然已具";"大"是实际本质上升为神圣本质的辉煌壮观、至大至刚的美;"圣"的美的特点,不但辉煌壮观,而且集前代之大成,成为百代楷模,具有极大的感染育化力量;"神"是一种超出智巧和规律的自然天成的最高境界。艺术的审美境界超以象外,虚里生实,幽深微茫,出神入化,风行水上,自成文理。当"美是理式"、"文艺在摹仿"盛行于欧洲的时候,先秦散文立象尽意、寄微于显、有无相生、虚实结合所形成的思致绵邈、高华空阔的审美境界,直观地捕捉住了艺术和美的真谛,成为中国意境理论和实践的发轫和不竭的源泉。因为美不是理论概念,也不是物自身的性状和形态,而是由物象所呈现的无限的神圣本质。意境的基本特征是:"以有形表现无形,以有限表现无限,以实境表现虚境,使有形描写和无形相结合,使有限的具体形象和想象中无限丰富形象相统一,使再现真实实景与它所暗示、象征的虚境融为一体,从而造成强烈的空间美、动态美、传神美,给人以最大的真实感和自然感。"

精比巧喻 奇幻莫测

读《庄子·逍遥游》

褚斌杰 王景琳

作者介绍

褚斌杰（1933—2006），1954年毕业于北京大学中文系，并留校任教。北京市人。笔名楚子。教授，博士研究生导师。出版有《诗经全注》、《楚辞要论》等著作。

王景琳，宁夏灵武人，1955年出生，1982年北京大学中文系毕业。1984年该专业研究生毕业，获硕士学位，曾任中央戏剧学院戏剧文学系讲师，目前定居北美。出版有《中国古代寺院生活》、《中国古代僧尼生活》、《鬼神的魔力：汉民族的鬼神信仰》等著作。

推荐词

在庄子散文中，《逍遥游》大约是最能代表其思想情怀的。所谓汪洋恣肆、所谓仪态万方、所谓愤世嫉俗、所谓自由极致等特点，也是展现最充分的。这篇欣赏文章对庄子、对《逍遥游》，有着深刻的体会与智慧的表达。

哲理的思考和艺术的因素水乳无间地交融在一起，是我国先秦时代诸子散文的一大特色。而在这方面表现得尤为杰出的，是著名的《庄子》散文。鲁迅在《汉文学史纲要》中评论庄子时说："著书十余万言，大抵寓言，人物土地，皆空无事实，而其文则汪洋辟阖，仪态万方，晚周诸子之作，莫之能先也。"

《庄子》现存三十三篇：《内篇》七、《外篇》十五、《杂篇》十一。经后人考证，一般认为《内篇》出于庄子手笔，《外篇》、《杂篇》是庄子的学生或同派学者记述庄子言行和发挥庄子思想的著作。《逍遥游》是《庄子·内篇》的首篇，全篇几乎全由寓言和比喻构成，精比巧喻，连环而下；行文挥洒自如，奇幻莫测，足以显示庄子其人的思想和他文章所特有的风格。

庄子生于战国乱世，诸侯各国征伐不已，暴主佞臣杀人如麻。而且统治阶级以"术"治人，严刑峻法，网罗密布，使人"无所逃于天地之间"。在这种情况下，庄子愤世嫉俗，成为一个遁世主义者。他宣扬人应当脱弃一切物累，而获取精神解放，争得绝对自由。《庄子·逍遥游》这篇文章，就旨在说明人应该由"有待"（一切客观依靠）而进入"无待"，人只有脱弃掉一切物质条件、物质欲望，才能取得真正的自由，其《逍遥游》一文，写得汪洋恣肆，不失为我国散文史上的名作。

文章以描写神奇莫测的巨鲲大鹏开端：

> 北冥有鱼，其名为鲲，鲲之大，不知其几千里也。化而为鸟，其名为鹏，鹏之背，不知其几千里也，怒而飞，其翼若垂天之云。是鸟也，海运则将徙于南冥。南冥者，天池也。

北冥，是古代传说中的北方溟漠无涯的大海。鲲，《尔雅·释鱼》说："鲲，鱼子。凡鱼之子名鲲。"又释鲲"本小鱼之名"（明代方以智），庄子在这里却偏用为大鱼之名。文章开首便先声夺人，描绘出一个波澜壮阔的场面：一条奇大无比的鱼自由地遨游在浩浩荡荡、无边无际的大海之中。鱼之大，不知其有几千里，庄子却用一个小鱼之名——鲲来命名，这其中就含义无穷，耐人寻味。接着，庄子笔锋一转，鱼又化为一只大鸟，腾空而起。鱼之大，已经令人惊奇了，瞬息间，鱼竟然又变成巨鸟。变之快、变之奇，真正令人咋舌。鲲如何变为鸟，庄子没有细致描写，但我们仿佛可以看到这样一幅画面：鲲在大海里一振，顿时，洪波涌起，巨浪连天，鲲的形象即刻逝去，随之而出现的是一只巨鸟大鹏。鱼变为鸟，鸟当然要飞了。"怒而飞，其翼若垂天之云。""怒而飞"，是说积满力气，怒张毛羽，一突而起。"怒而飞"三字，穷形尽相地写出了一个庞然大物在起飞时的那种突飞迅猛的奇幻莫测样子。鸟飞往天空，它的翅膀就像天上的一块大云，垂阴布影，遮天蔽日，然后，将飞往南方的"天池"。

庄子为了使人们相信他的鲲变为鹏而南徙的寓言，又引出《齐谐》（古代记怪异之书）作证：

> 齐谐者，志怪者也。谐之言曰："鹏之徙于南冥也，水击三千里，抟扶摇而上者九万里，去以六月息者也。"

庄子引"齐谐"这本书中关于大鹏南徙的记载，并不只是单纯用"齐谐"来作为他的旁证，而是用"齐谐"的记载补充描写他的大鹏究竟怎样"怒而飞"，以使形象更加鲜明。鸟越大，起飞便越有力，翅膀拍打着水面达三千里之遥，才飞上了九万里的高空。抟，拍打着翅膀回旋；扶摇，从下往上的旋风。"抟扶摇"三字有形有声，刻画出了大鹏高飞时凌摩霄汉的气势。接着又说，这只"其翼若垂天之云"的大鹏，一经起飞，要时经半载方落脚止息。

大鹏的起飞真是惊心动魄。接下来是一段极其轻松、舒缓的描写：

> 野马也，尘埃也，生物之以息相吹也。天之苍苍，其正色邪？其远而无所至极邪？其视下也，亦若是则已矣。

野马、尘埃，都是春天飘在空中的游气；息，《汉书·扬雄传注》说："息，出入气也。"这些微小的东西，只要一点出入之气就可以使它们在空中飘荡了。人在下边看天是青苍色的，这并不是它的正色，大鹏在九万里的高空看地面，也是这般颜色。这里的"野马"一段，与前边的"大鹏"一段紧紧相连，一个形象无比巨大，起飞一次，翻天覆地；一个极其纤微，人目难见，只需出入之气就可以使它们在空中飘荡。这一大一小，互相映衬，显示出了庄子文章的神奇莫测与参差、跌宕之美。

庄文的神奇，不仅体现在所描写的形象上，也体现在文章的结构上。由一个宏大的、大动大摇的场面，陡然变到极小的、和平宁静的场面，两相映衬，正所谓大起大落。我们读《逍遥游》到这里，犹如驾船在峡谷之中，经过激流险滩，突然到了风平浪静的湖面，绷紧的心弦一下放松下来，在目前宁静的景致里，细细回味着刚才的搏斗，这正是庄子的神来之笔。

庄子对大鹏、野马、尘埃的描写，都是为了论证他的绝对自由论而用的比喻，但到此，却还没有点出主题。接着他又比喻：

> 且夫水积也不厚，则其负大舟也无力。覆杯水于坳堂之上，则芥为之舟；置杯则胶焉，水浅而舟大也。风之积也不厚，则其负大翼也无力。故九万里，则风在斯下矣，而后乃今培风；背负青天而莫之夭阏者，而后乃今将图南。

这一段以水负舟比喻风负鹏，说明大鹏南徙还不是绝对自由，还属于"有待"，并没有达到"无待"的境界。水不大，当然负不动大舟，屋里的凹地上倒一杯水，草芥就可以在其中漂荡了。所以，风不大就负不动大翼，负动大翼，就一定有大风。他的这些比喻，非常通俗浅显，使人易于接受，同时又像一个个台阶，引你一步步走去，实际上是一种形象的论证。

接着，庄子又把文章宕开去，童话般地设计了一个蜩与学鸠的故事。以蜩、学鸠对大鹏的嘲笑，说明"小知不及大知"的可怜、可笑：

蜩与学鸠笑之曰："我决而起飞，枪榆枋，时则不止而控于地而已矣，奚以之九万里而南为？"适苍茫者，三飡而反，腹犹果然；适百里者，宿舂粮；适千里者，三月聚粮。之二虫又何知？

蜩，即蝉；学鸠，即斑鸠；决，很快的样子。这里，庄子用的是以比喻比、比中套比的手法。写蜩与学鸠，还是为了写大鹏。大鹏南徙要高飞九万里，蜩与学鸠却以自己飞高至榆枋、飞不到则落于地面来嘲笑大鹏。对于蜩与学鸠的浅见陋识,庄子又用行路远近,备粮多少的比喻加以讽刺。在这一段中,庄子不仅精巧的比喻一环扣一环,而且运用了对比的手法。奇大无比的鸟在九万里高空翱翔,非常小的蜩与学鸠,在狭窄天地的榆枋上飞落,一大一小,一高一低,衬托出了大鹏的雄健、崇高,也写出了二虫的渺小。庄子形容蜩与学鸠"决而起飞",用了一个"决"字,堪称妙笔,把二虫鼓动着翅膀,仓促地飞上飞下的滑稽样子,完全描摹出来了,而与前边"怒而飞"的大鹏适成鲜明对比。

用了蜩与学鸠的比喻,庄子似乎还嫌不足。于是,又用"小年大年"进一步说明他的思想:

> 朝菌不知晦朔,蟪蛄不知春秋,此小年也。楚之南有冥灵者,以五百岁为春,五百岁为秋;上古有大椿者,以八千岁为春,八千岁为秋。而彭祖乃今以久特闻,众人匹之,不亦悲乎?

朝菌,朝生而暮死之菌;蟪蛄,即夏蝉。冥灵、大椿,都是长寿之木;彭祖,以长寿著称,传说他活了八百岁。庄子先写两个生命极为短促的朝菌、蟪蛄,它们一个活不到一天,一个活不到一年;接着又写了"冥灵",以五百岁为春，五百岁为秋，朝菌、蟪蛄的寿命，与它早已无法比拟了；庄子又举出一个寿命更长的大树——上古之大椿，它以八千岁为春，八千岁为秋。朝菌、蟪蛄与冥灵、大椿相比，何足为道哉！彭祖只不过百岁，他与冥灵、大椿比起来，不就如朝菌、蟪蛄同冥灵、大椿相比吗？他的寿命也是短的，而世间众人却认为彭祖的寿最长，每每与他相比，不是很可悲吗？以极小的形象和极大的形象相比，这是庄子惯用的手法，在他的文章中屡见不鲜，又都是以比喻的形式出现，给人一种既夸张而又鲜明的印象，同时也增强了感染力。这一个又一个的比喻，每个既单独成立，表现出一定的思想，又互相连接，同为一个大的论题"逍遥游"服务。

《逍遥游》从鲲变化为鹏开始，经过一连串的比喻后，庄子的笔又回到了大鹏上去。"汤之问棘"一节，又讲鲲鹏以及斥鷃嘲笑大鹏的南飞，这并不是简单的重复。在这里，庄子把他反复论说的这一切，再引"历史"的材料加以证明。另外，大比套小比，一比连一比，连用了许多比喻后，再说到大鹏上去，这也是前后呼应，紧扣论题。

庄子想解决的是人在混乱的社会里的处世问题。千奇百怪、变化多端的描写，犹如一条弯弯曲曲的小河，穿过峡谷，流过平稳的河床，经过乱石，最后归入大海一样，在九曲回转以后，庄子的笔触及了人间。人间也同他以上所举的一系列比喻、寓言一样，有各种各类：

> 故夫知效一官，行比一乡，德合一君，而徵一国者，其自视也若此矣。而宋荣子犹然笑之。且举世而誉之而不加劝，举世而非之而不加沮，定乎内外之分，辩乎荣辱之境，斯已矣。彼其于世，未数数然也。虽然，犹有未树也。夫列子御风而行，泠然善也，旬有五日而后反。彼于致福者，未数数然也。此虽免乎行，犹有所待者也。

庄子在前边所描写的鲲、大鹏、蜩、学鸠、斥鹦、小知大知、小年大年，一系列的反复比喻，只不过是这一段的铺垫，中心思想都体现在这里。他的千变万化，恢诡谲怪，都百变不离其宗——讲人的生存，讲绝对自由。"知效一官，行比一乡，德合一君，而徵一国者"，就像蜩、学鸠、斥一样；"举世而誉之而不加劝，举世而非之而不加沮"的宋荣子、"御风而行"的列子，就像那乘大风南徙的大鹏一样。从这一节里，我们可以看出，他认为大鹏、宋荣子、列子都是"有所待者",连大鹏在内,它虽然能南徙天池,但无扶摇之风也不能高飞;宋荣子"犹有未树也",列子也得乘风才行。大鹏、宋荣子、列子都不是"逍遥游",那么,谁是"逍遥游"呢?下面,庄子点出了他的"逍遥游"者:

> 若夫乘天地之正,而御六气之辩(同"变")以游无穷者,彼且恶乎待哉?故曰:至人无己,神人无功,圣人无名。

这几句是说,如果顺着天地自然的正气,驾驭着六气(指阴阳、风雨、晦明的物质世界)以游于无穷的宇宙,他就没有什么倚待的了。这样的人,是至人、神人、圣人。他们不仅看透了功名,而且看透了一切,抛弃了一切。使自己顺应于自然,无所偏执,达到"逍遥游"了。这就是庄子的真正用意,用了许许多多的比喻,想达到的就是这个目的。《逍遥游》读到这里,我们如同在一个幽深的隧洞里经过漫长的摸索穿行,碰到了许多千奇百怪的岩石之后,突然来到了开阔地,豁然开朗了,原来他说的就是这些!当然,像庄子所宣扬的这种完全超然而神秘的境界和不要任何客观条件、不受任何客观限制的所谓"无待"的自由,是天地间所根本没有，也绝不会有的，这只不过是一种主观的幻想，所谓心造的幻影而已。

上边，庄子是以神话为比；下边，庄子又用了历史上尧让天下于许由、许由不受来说明"逍遥游"；借肩吾与连叔的问答，对神人做了细致的描述，作为上一段的补充。然后，庄子又用他与惠子的对话，通过比喻，对世人如何在纷乱的社会里求得生存，达到"逍遥游"而做了阐述。

庄子的《逍遥游》逐段都是比喻，在这些比喻中，又变幻无穷，不仅他所描写的对象神奇莫测，而且他的文章构思也颇能创新，不落常套，语奇、意奇，耐人寻味。

唐代大诗人李白曾称赞庄子的文章说："吐峥嵘之高论，开浩荡之奇言。"（《大鹏赋》）庄子的纵横跌宕、浩渺奇警的文章风格，长于想象、挥洒自如的文学笔触，以及一些极富创造性的艺术表现手法，是值得我们研究和借鉴的。

超越死亡的美丽境界

说庄子的死亡意识

张瑞君

作者介绍

张瑞君,太原师范学院中文系教授,文学博士。

推荐词

对于生命,诸子各有其生命态度,老子避乱世,骑牛出函谷关而不知所终;孔子言,蝼蚁尚惜性命,何况人乎;孟子言,舍生取义;墨子则主张"兼爱"、"非攻"、"非乐"、"非命"。庄子呢,干脆说:"不乐寿,不哀夭,不荣通,不丑穷,不拘一世之利以为己私分,不以王天下为己处显。显则明。万物一府,死生同状。"都活在世上,对于自己生命的态度,差别为何这么大呢?对待自己生命的态度,用当今的话说,就是人生观的问题。这篇阐述庄子人生观的文章,是我们怎样看待庄子的人生观的问题。

在广袤的宇宙面前，人是那么渺小而无力，在无限流逝的时间面前，人的生命是那么短暂。人来自何方，去向何方，生命的目的是什么？人在宇宙间的根本处境是什么？短暂的生命中为什么有那么多的痛苦、忧患、烦恼与焦虑，生命为什么而存在，生命意识就是由生命引发的关于人的存在问题的根本性思考。而死亡意识是生命意识之最重要的组成部分。

显而易见，正视死亡，承认死亡的必然性和悲剧性，必然导致对死亡的本质以及死亡与生存关系的哲学探讨。哲学家叔本华认为，死真正地激起了哲学的灵感和冥想，"人类因为具备理性，必然产生对死亡的恐惧，由于对死亡的认识所带来的反省致使人类获得形而上学的见解，并由此得到一种慰藉。所有的宗教和哲学体系，主要针对这种目的而发，以帮助人们培养反省的理性，作为对死亡观念的解毒剂"(《爱与生的痛苦》,中国和平出版社,1986年,第149页)。死亡哲学的产生是基于人的死亡恐惧,而其目的则是为了冲淡死亡在人的头脑中的印痕,追寻与死亡相对的生存的意义。在这个世界上,人既不知道自己现在为什么这样,也不知道自己将来会怎样,而知道的唯一一件事是人总有一天要死去。人的生命是一维的,不可重复的,人的存在是一种面向死亡的存在。尽管人不能确定自己将来何时死、怎样死,但是他能够确定自己总有一死。因此并不是人在苟延残喘时才意识到死,死亡的意识与生存形影相伴,人在生命中对死亡总有某种自觉不自觉的领悟。

庄子首先认识的是生命的短暂:

> 人生天地间,若白驹之过隙,忽然而已。注然勃然,莫不出焉;油然漻然,莫不入焉。已化而生,又化而死,生物哀之,人类悲之。解其天弢,堕其天帙,纷乎宛乎,魂魄将往,乃身从之,乃大归乎! 不形之形,形之不形,是人之所同知也,非将至之所务也,此众人之所同论也。(《知北游》)

如果地球诞生的年龄以一年计算,那么现代人的出现仅仅是这一年的最后五分钟的事，五万年的现代人类历史相对于地球来说也竟如此短暂；个体生命则如同雨雪霏霏的冬夜由窗外飞进炉火明亮的室内稍作停留又飞向远方无边黑暗的麻雀，来去无踪，转瞬即逝。的确，死亡意识不能不说是最根本的生命意识之一。

然而，悲苦不是生命的全部，死亡什么时候来临并不重要，关键是人在死亡面前做什么，如何认识和面对死亡。

庄子认为，世界万物在无限空间和无限时间中是变化流行的，人的生命正是万物的元素——气的变化的产物，生命无非是自然大化流行过程中的一个环节而已。他说："察其始而本无生，非徒无生也，而本无形；非徒无形也，而本无气。杂乎芒芴之间，变而有气，气变而有形，形变而有生。今又变而之死，是相与为春秋冬夏四时行也。"（《至乐》）考察一个人的初始，本来就没有什么生命，连形体也没有，气也没有。生命产生的过程是：从什么也没有，到若有若无之间，再到气，再到形体，然后才有了生命。因此，生与死的变化，就像春夏秋冬四季的运行一样，纯属自然而然。人的生命取决于气的聚散，气的聚散纯属宇宙大化流行中的自然现象。那么，生命的出现与消失只不过也是大化流行中的自然现象而已。

同时,气既然可以化而为人,自然也可以化而为物,此时化而为人,彼时亦可化而为物。人与大自然的万物皆由气的变化而产生,因此,从根本上看就是同一的、平等的。人没有理由为自己的化而为人便去鄙视万物,也不必喜生而怨死。

生命的存在除了时间定位外,还有空间的定位。《秋水》载:秋天黄河涨大水,河伯自以为天下的大美都在他那里了。后来海若带他去看大海,才知道自己的狭隘。海若开导说:我自以为从天地那里具有了形体,从阴阳那里禀受了生气,我在天地之间,"犹小石小木之在大山也",只存在自以为小的念头,又怎么会自满呢?海若接着说:"计四海之在天地之间,不似礨空之在大泽乎?计中国之在海内,不似稊米之在大仓乎?号物之数谓之万,人处一焉;人卒九州,谷食之所生,舟车之所通,人处一焉;此其比万物也,不似毫末之在于马体乎?"(《秋水》)在此,庄子打开了一个无比广阔的空间系统,也打开了狭小的眼睛和封闭的心房,使思想的视野得以充分舒展,使人类的心胸为之开阔。使人类从自多、自大、自高、自傲的封闭陋室中走出来,放眼量,透过现象界和形器界的重重界限,从宇宙的大规模上来确定个体生命在自然界中的空间地位。

庄子认为,人是"气"的一种存在形式,"比形于天地而受气于阴阳"(《秋水》);同时人又是自然界的万物之一,所谓"号物之数谓之万,人处一焉"(《秋水》)。因此,死亡是人生第一位的,是最终无法跨越的界限:"一受其成形,不忘(亡)以待尽,与物相刃相靡,其行尽如驰,而莫之能止,不亦悲乎?终身役役而不见其成功,苶然疲役而不知其所归,可不哀邪!人谓之不死,奚益!其形化,其心与之然,可不谓之大哀乎!"(《齐物论》)庄子清醒地认识到,人的存在形式终将泯灭,这是人生不可逆转的大限。由于大限的必然到来,人们表现出深切的悲哀,这是对生的眷恋。庄子同时极其强烈地表现出要从这种大限中、这种人生的根本困境中超脱出来的意向。

而对死亡的必然,产生恐惧与悲哀也是毫无用处的,不如正确地面对和接纳这与生俱来的最后结局。于是庄子对死亡采用了超越的态度。首先,庄子承认死亡是一种非人力所能干预的必然性,这便是命。"死生,命也;其有夜旦之常,天也。人之有所不得与,皆物之情也。"(《大宗师》)"死生存亡,穷达贫富。贤与不肖毁誉,饥渴寒暑,是事之变，命之行也。"（《德充符》）庄子因此获得了精神超越的意向，他要超越死生的界限，"以死生为一条"（《德充符》），"死生存亡之一体"（《大宗师》）。除了对死亡的精神超越之外，庄子的齐生死还有以生命的短暂、渺小和可笑，来与造化生命的永恒宇宙开玩笑。在先秦的哲学家中，没有一个人能比得上庄子对人的生命在本原意义上的卑微的体验。《大宗师》篇有一段关于"安命"的寓言：

子祀、子舆、子犁、子来四人……相与为友。

俄而子舆有病，子祀往问之，曰："伟哉，夫造物者将以予为此拘拘也。"曲偻发背，上有五管，颐隐于齐，肩高于顶，句赘指天，阴阳之气有沴，其心闲而无事，胼𧿁而鉴于井，曰："嗟乎，夫造物者又将以予为此拘拘也。"

子祀曰："汝恶之乎？"曰："亡，予何恶？浸假而化予之左臂以为鸡，予因以求时夜；浸假而化予之右臂以为弹，予因以求鸮炙；浸假而化予之尻以为轮，以神为马，予因以乘之，岂更驾哉！且夫得者，时也；失者，顺也。安时而处顺，哀乐不能入也。此古之所谓悬解也,而不能自解者,物有结之。且夫物不胜天久矣,吾又何恶焉!"

俄而子来有病,喘喘然将死。其妻子环而泣之。子犁往问之,曰:"叱!避!无怛化!"倚其户与之语曰:"伟哉造化!又将奚以汝为?将奚以汝适?以汝为鼠肝乎?以汝为虫臂乎?"子来曰:"……夫今一以天地为大炉,以造化为大冶,恶乎往而不可哉!"成然寐,蘧然觉。

庄子在这一段文字中表现了齐一生死、安命不争的思想。同时进一层考究便会发现,庄子同时借子舆的病变,曲折表达另外一层含义。那就是对生命卑微的深切慨叹。人并不是什么值得炫耀的万物的灵长,也就是一个普通的生物。不仅如此,这个生物还完全无力把握自己。造化主宰着人的命运。然而,造化并不是一个有意志的主宰者,它就是宇宙之中无情盲目的力量。然而,这个造化对个体生命而言却是不可抗拒的。人的生命在宇宙背景之中是无根的,他随时可能被轻易地消灭。人尽管不可能左臂变成鸡、右臂变成弹,整个人变成鼠肝虫臂,这当然是夸张,但庄子的夸张表现,正表明了庄子对生命卑微的戏谑精神。

庄子把死亡看作人生全部过程的一环，并要求人们不要因死亡而悲伤。请看《养生主》末尾庄子的一段高论：

> 老聃死，秦失吊之，三号而出。弟子曰："非夫子之友邪？"曰："然。""然则吊焉若此，可乎？"曰："然。始也吾以为至人也，而今非也。向吾入而吊焉，有老者哭之，如哭其子；少者哭之，如哭其母。彼其所以会之，必有不蕲言而言，不蕲哭而哭者。是遁天倍情，忘其所受，古者谓之遁天之刑。适来，夫子时也；适去，夫子顺也。安时而处顺，哀乐不能入也，古者谓是帝之悬解。"
>
> 指穷于为薪，火传也，不知其尽也。

在死亡面前，要顺应自然。应时而生，应时而去，安时处顺，不要让哀乐的情绪侵入心中。对人的物质生命而言，死亡是终结，而人的精神生命却会延续。

庄子认为只有道是永恒的，而死亡是不可逆转的自然规律，因此人们也不该厌恶死亡，"死生，命也，其有夜旦之常，天也。人之有所不得与，皆物之情也。彼特以天为父，而身犹爱之，而况其卓乎？人特以有君为愈乎己，而身犹死之，而况其真乎？"（《大宗师》）死和生一样，是必然的和不可避免的，就像永远有黑夜和白天一样，是不可逆转的自然规律，这是人力所不能干预的，这都是物理的实情。人们应该坦然地接受这一切："夫大块载我以形，劳我以生，佚我以老，息我以死。故善吾生者，乃所以善吾死也。"（《大宗师》）庄子还用形象的比喻来说明，人从无开始，到生命的形成，再到终结，本是一体的，这就是生命的过程："孰能以无为首，以生为脊，以死为尻，孰知死生存亡之一体者，吾与之友矣。"（《大宗师》）与传统的在死亡面前悲伤不已的态度相反，庄子认为顺应自然、认识死亡的必然的超然死亡观才是值得崇尚的。《大宗师》记载孟孙才的母亲死了，他哭泣没有眼泪，心中不悲戚，居丧不哀痛。然而，孟孙才却以善处丧而闻名鲁国。庄子借孔子之口说：

> 夫孟孙氏尽之矣，进于知矣。唯简之而不得，夫已有所简矣。孟孙氏不知所以生，不知所以死，不知孰先，不知孰后；若化为物，以待其所不知之化已乎？且方将化，恶知不化哉？方将不化，恶知已化哉？吾特与汝，其梦未始觉者邪？且彼有骇形而无损心，有旦宅而

无耗精。孟孙氏特觉,人哭亦哭,是自其所以乃。且也相与吾之耳矣,庸讵知吾所谓吾之非吾乎?且汝梦为鸟而厉乎天,梦为鱼而没于渊。不识今之言者,其觉者乎,其梦者乎?造适不及笑,献笑不及排,安排而去化,乃入于寥天一。

孟孙才之所以不悲痛,是因为混一生死,听任自然的安排而不让哀乐破坏内心的平衡,在外界的变化面前不让心神损伤,因为对这种变化人是无能为力的,既然如此,悲伤也是徒然的。《至乐》记载庄子的妻子死了,惠子去吊丧,看到庄子正蹲坐着,敲着盆子唱歌。惠子说,和妻子相住一起,为你生儿育女,现在老而身死,不哭也够了,还要敲着盆子唱歌,这岂不太过分了吗?庄子说,不是这样,当她刚死的时候,我怎能不哀伤呢?可是观察她起初本来是没有生命的,不仅没有生命,而且还没有形体,不仅没有形体而且还没有气息。在若有若无之间,变而成气,气变而成形,形变而成生命,现在又变而为死,这样生来死往的变化就好像春夏秋冬四季的运行一样。人家静静地安息在天地之间,而我还在啼啼哭哭,我以为这样是不通达生命的道理,所以才不哭。正因为对生与死有如此透彻的领悟，才超越了死亡的悲哀。"生也死之徒，死也生之始，孰知其纪!人之生，气之聚也；聚则为生，散则为死。若死生为徒，吾又何患？故万物一也，是其所美者为神奇，其所恶者为臭腐，臭腐复化为神奇，神奇复化为臭腐。故曰：'通天下一气耳。'圣人故贵一。"（《知北游》）

庄子还用超常的浪漫思维，对死后的冷寂境界进行了审美化的夸张，目的是让人们真正能摆脱死亡的恐惧。《至乐》记载庄子到了楚国，看见一个骷髅，空枯成形，他就用马鞭敲敲，问道：先生是因为贪生背理，以至于死的吗？还是国家败亡，遭到斧钺的砍杀，而死于战乱的吗？你是做了不善的行为，玷辱父母羞见妻儿而自杀的吗？你是因冻饿的灾患而死的吗？你是年寿尽了而自然死亡的吗？这样说完了话，就拿着骷髅，当枕头睡觉。半夜里，庄子梦见骷髅向他说：你的谈话好像辩士。看你所说，都是生人的累患，死了就没有这些忧患。你要听听死人的情形吗？庄子说：好。骷髅说：死了，上面没有君主，下面没有臣子。也没有四季的冷冻热晒，从容自得和天地共长久，虽是国王的快乐，也不能超过。庄子不相信，就说：我让掌管生命的神灵恢复你的形体，还给你骨肉肌肤，把你送回到父母妻子故乡的朋友那里，你愿意吗？骷髅听了，眉目之间露出忧愁的样子说：我怎能抛弃国王般的快乐而回到人间的劳苦呢？人世间的生存环境比不上死后的快乐境界。

这是庄子幻想的杰作。

庄子以天才的智慧，第一次照亮了死亡这个神秘的、幽冥的世界，他把人类生命的存在时间予以无限扩展，使生命不但存在于这个"有"的世界，还存在于"无"的世界。要求人们超越生存与死亡的悲哀。这种生死观，使生命过程呈现出一种透明的状态。

以意逆志·知人论世·知言养气

略谈孟子的文学鉴赏三原则

蔡育曙

作者介绍

蔡育曙,云南人民出版社编审。

推荐词

本文阐述了孟子提出的文学鉴赏三原则的文学批评和文学鉴赏理论。当然,是作者对孟子思想的总结整理的认识。如何继承和发展前人的思想成果,这篇文章是个范例。

孟子是我国战国时期的重要思想家。他提出的三个著名主张——"以意逆志"、"知人论世"和"知言养气",是我国文学批评和文学鉴赏的最早的方法论,对于我们今天开展文学批评和鉴赏活动仍有着积极的借鉴意义。

"以意逆志"

拿到一篇作品,应该怎样分析和评论?孟子认为要运用"以意逆志"的方法。他阐述这种方法说:

> 说诗者不以文害辞,不以辞害志;以意逆志,是为得之。如以辞而已矣。《云汉》之诗曰:"周余黎民,靡有孑遗。"信斯言也,是周无遗民也……(《孟子·万章》上)

孟子所谓"不以文害辞",是说不要因为作品的个别字眼而曲解了整个辞句。所谓"不以辞害志",就是说不要因为辞句表面的意义而曲解了整个作品的真正含义。正确的方法应该是,以"意"(整个作品的内容)去"逆"(迎受、领会)作品的原意,求得对于作品的准确理解。

孟子的"以意逆志"法包含着一些宝贵的思想,能使我们得到多方面的启示。

其一,分析作品不要断章取义、望文生义,而要从整体上把握作品。

春秋以至战国,社会上流行着"赋诗断章"之风。即断章取义地从《诗经》中摘引某些诗句来表达思想,证成己说,而不管这些诗句在原诗中的含义。这样的赋诗断章、各取所需,在当时已经成为人们表达思想的一种方式。这种方式本身无可厚非,可是文学批评受这种风气的影响,也出现了断章取义、随意肢解篇章的不良倾向。正是在断章取义之风如此盛行的情况下,孟子针锋相对地提出了"以意逆志"说,主张解诗不应以文害辞、以辞害志,不要局限于字句的表面意义,反对断章取义、望文生义,提倡顾及作品的全篇,从整体上把握作品。孟子的这一思想对于矫正时弊无疑是具有针砭意义的。

其二，分析作品要懂得文学批评的客观性，从作品的实际出发，就作品分析作品。反对把批评者主观、外在的东西强加给作品。

当然，孟子的"以意逆志"究竟是一种主观的方法，还是一个尊重作品的比较客观的批评方法？对此，学术界至今还有争议。争议的关键在于对"以意逆志"中的"意"的含义理解不同。一种观点认为"意"为读者之意，"以意逆志"就是读者根据自己的体会和联想去理解作品。这是一种传统的看法，汉代经学家和宋代理学家多持此说。另一种观点认为"意"为作者之意、作品之意，"以意逆志"就是根据作品的整个内容去理解作品。持前一种观点的如赵岐《孟子注疏》："以己之意逆诗人之志。"宋代朱熹《孟子集注》："当以己意迎取作者之志，乃可得之。"近代朱自清先生的《诗言志辨》也认为："'以意逆志'是以己意己志推作诗之志。"持后一种观点的如清代吴淇《六朝选诗定论缘起》认为"以意逆志"是"以古人之意求古人之志，乃就诗论诗"。这两种观点都有一定道理。因为在分析理解作品时，既需要包括读者的体会、感受和联想在内的读者之意，又需要以作品内容为依据的作者之意。不过这里所说的两种对意的理解，哪种更正确、更符合孟子的思想呢？我倾向于后者而不是前者。因为按前一种观点，"意"为读者即批评者之意，这就是强调文学批评的主观性。由于不同读者对作品的理解往往会很不相同，如果过于强调读者的这种主观性，人人按自己的"意"随心所欲地理解作品，就没有一个恒定的客观标准，往往容易流于主观随意性。比如把《关雎》这一首表现男女爱情的抒情名篇都生拉活扯地解释为"后妃之德"，说是颂扬周文王妃太姒的贤德的，这可说是把读者之意的主观性发展到了极端，这样的解诗法恐怕有违孟子提出"以意逆志"说的初衷。

前面我们已经谈到，"以意逆志"说的提出，一定程度上是针对当时社会上断章取义、主观臆断的附会之风，而不是为了倡扬这种不良风气。从孟子的这种出发点和针对性上看，是不是也可以说明，"以意逆志"中的"意"是指作者之意而不是读者之意呢？是不是可以认为，孟子在这里强调的是文学批评的客观性而不是强调其主观性呢？应该说是可以的。尽管孟子在哲学思想上基本上是一个唯心主义者，他自己在文学批评的实践中也未能将"以意逆志"的主张贯彻到底，引诗时也会有附会和臆断的地方。但我们不能以此就抹杀了"以意逆志"说的可取之处，更不能以此就断定这是一个主观的批评方法（至于后人对这一方法的不同理解那应另当别论）。相反地，我认为，在当时的批评风气下，孟子强调批评要注重研究作品本身，强调分析要以作品内容为依据，这是十分难能可贵的。

其三，要注意文学夸张的特点，分析作品不要太拘泥、太执着。

在我国，孟子是第一个接触夸张问题的。他虽然还不曾提出夸张、夸饰之类的名词，但已经对夸张问题做了初步的理论说明。他的"以意逆志"说就建立在对文学夸张特点的认识基础之上。

孟子所以提出分析作品不要拘泥于字句的主张，就因为他从语言修辞的角度发现了夸张手法的存在。他看到，尤其像《诗经》一类的文学作品中允许采用一些过甚其词的形容来加强表达效果。比如《小雅·北山》中的"普天之下，莫非王土；率土之滨，莫非王臣"，《大雅·云汉》中的"周余黎民，靡有孑遗"等，就都是一种扩大的、过甚其词的形容，也就是我们现在所说的夸张。好的夸张能使作品的形象更鲜明、本质更突出。如果不认识、不懂得这种夸张特点，仅从字面的意义去理解，就会"以文害辞"，做出错误的评论。

那么怎样理解夸张呢？仍然要以意逆志。首先是不被夸张的修辞手法所迷惑，不把夸张的东西与事实上的东西等同，不以文害辞，不以辞害志。然后缘情达意，以意逆志，还它的本来面目，透过全篇内容求得对作品的正确理解。可见"以意逆志"不仅是分析评论作品的方法，也是一个怎样认识和理解文艺夸张的方法。

"知人论事"

孟子提出的另一个重要的文学批评原则是"知人论世"：

> 颂（诵）其诗，读其书，不知其人，可乎？是以论其世也，是尚友也。（《孟子·万章》下）

"知人论世"可以作为一种修身、尚友的方法，但主要还是一种文学批评和鉴赏的方法。此法之所以后来一直为人们所重视，成为我国传统的批评理论之一，就因为它涉及文学批评中的重要问题。

如果说"以意逆志"是要求注重作品本身,"知人论世"则是要求注重作者及作者所处的时代。"以意逆志"植根于作品的客观实际,"知人论世"则植根于社会、植根于作者的生活和实践。因此"知人论世"有着更广泛、更坚实的客观基础。

"知人",就是要了解作者其人以及作者与作品的关系。常言道,文如其人。清代批评家刘熙载在《诗概·艺概》中说:"诗品出于人品","有混茫之人,而后有混茫之诗"。可见孟子主张诵诗读书要先"知人"的主张是很有道理的。因为作者与作品二者间的关系十分密切,作者的思想、感性、性情、气质、阅历、修养等都直接影响到作品的产生和作品风格的形成。了解了作者其人,就能更好更深刻地理解他的作品。如果"不知其人",就难于求得对作品的透彻理解。

要"知人",又须"论其世",论世是要了解作者所处的环境、时代以及环境、时代对作者和作品的影响,把作品与作者所处的环境和时代联系起来考察。

孟子的这一观点显然是正确的。因为人不可能生活在真空中,都要受到时代和环境的影响。以社会生活为表现对象的作家艺术家尤其是这样。他的思想感情、世界观、创作内容和创作方法都无不受到他所处时代、环境以及社会审美观念的影响。例如，具有奇瑰浪漫主义特点的楚辞风格，就受到了战国时期诸子蜂起、处士横议的放言恣肆的时风的影响，而志深笔长、梗概多气的建安风骨的形成，又同当时世积乱离、风衰俗怨的社会影响密切相关。从作者的身世、经历我们可以了解他所处的时代以及时代对他的影响，从时代风尚和社会风气的影响我们又可考察、分析作品的产生和作品风格的形成，这就能在更大程度上取得对作品的发言权。正如章学诚在《文史通义·文德》中所说："不知古人之世，不可妄论古人之文辞也。知其世矣，不知古人之自处，亦不可以遽论其文也。"

后世许多学者和文艺理论家都很赞同孟子的"知人论世"说。清人吴淇说："故人必与世相关也……苟不论其世为何世，安知其人为何如人乎？"（《六朝选诗定论缘起》）鲁迅先生也说："不过我总以为倘要论文，最好是顾及全篇，并且顾及作者的全人以及他所处的社会状态，这才较为确凿。要不然，是很容易近乎说梦的。"（《且介亭杂文二集·"题未定"草》）

孟子的"以意逆志"与"知人论世"这两个主张是分别提出来的,他并没有阐述二者的关系。但是实际上这两个理论之间有着密切的联系,它们一个着重作品,一个着重作者和作者所处的环境,二者相互补充、相得益彰,实际上是进行文学批评不可或缺的一个方面。二者兼顾,就能有比较完备、全面和中肯的批评。诚如清人顾镇所说:"正唯有世可论,有人可求,故吾之意有所措,而彼之志有可通……不论其世,欲知其人,不得也;不知其人,欲逆其志,亦不得也。"(《以意逆志说》)王国维也说:"是故由其世以知其人,由其人以逆其志,则古诗虽有不能解者寡矣。"(《玉溪生年谱会笺序》)

"知言养气"

在"以意逆志"与"知人论世"二说之前,孟子还先行提出过"知言养气"说:

> "敢问夫子恶乎长?"曰:"我知言,我善养吾浩然之气。""敢问何谓浩然之气?"曰:"难言也。其为气也,至大至刚,以直养而无害,则塞于天地之间。

> 其为气也，配义与道；无是，馁也。是集义所生者，非义袭而取之也。行有不谦于心，则馁矣。……""何谓知言？"曰："诐辞知其所蔽，淫辞知其所陷，邪辞知其所离，遁辞知其所穷。……"（《孟子·公孙丑》上）

孟子的"知言"与"养气"说并不是直接论文学的，却受到历代文论家的重视，并经后人的发展演绎而成为重要的文学批评理论。

"知言"是指具有辨别言辞的能力。如对于"诐辞"、"淫辞"、"邪辞"、"遁辞"，知道它们的"所蔽"、"所陷"、"所离"、"所穷"之处。"养气"则指内心的道德修养功夫。孟子认为，要加强儒家伦理道德的修养，这种修养须"配义与道"、"集义所生"，通过不断刻苦自励，使之达于"至大至刚"的理想境界，这就是善养"浩然之气"了。

"知言"与"养气"二者之间的联系是显而易见的。因为对于言辞好坏优劣的辨别能力，必须有赖于道德思想等方面修养的高低。而这种修养的加强，自然也有助于识别言辞能力的提高。孟子对"知言"与"养气"的关系虽未明言,但他显然是将"养气"作为"知言"的基础和前提来谈的。要知言,须养气;善养浩然之气,就能更好地知言。孟子关于"养气"的思想是受到战国时宋尹学派论"气"的启迪而产生的。"知言养气"说的功劳在于将"养气"与"知言"联系起来,在于把思想修养与鉴别言辞联系起来谈,这就将"气"的概念引入了语言和文学领域,使得"气"开始获得文学和美学上的意义。不仅如此,"知言养气"说对后来的文学批评理论产生了深远影响。曹丕的"文气"说、刘勰的"务盈守气"、韩愈的"气盛言宜"、苏辙的"文者气之所形"等著名理论无不渊源于"知言养气",无不从中可以看到孟子思想的影响。"气"由此成了贯穿于古代文学批评理论始终的一个概念,逐渐成为一个具有我国民族特色的文学和美学概念,一种独特的文艺理论表述形式。

"以意逆志"与"知人论世"也可以说是一种"知言"的能力。从这个意义上,"养气"说实际上也就是"以意逆志"与"知人论世"二说的基础和前提。也就是说,道德与思想方面的修养是从事文学批评的基础和前提。由此我们可以看到，不仅"以意逆志"与"知人论世"二说间的关系密切，而且孟子关于文学批评的三原则之间都存在着内在的有机联系，只是孟子在当时还未能有意识地阐述三原则之间的理论联系。当然，这是我们不能苛求于古人的。

策士之文 骈体之祖

李斯《谏逐客书》赏析

邵璧华

作者介绍

邵璧华,太原师范学院教授。

推荐词

《谏逐客书》是收入许多种教材的名篇,以说理辩论见长。这篇欣赏文章对《谏逐客书》的说理辩论的写作技巧(或者说是辩论技巧)做了细致研究,面对什么样的听众、面临什么样的主张、想说什么样的观点、欲达到什么样的目的、该怎样说才有可能达到目的,这篇欣赏文章正是从这些技巧的运用方面,给读者以启示。

先秦文学名作欣赏

《谏逐客书》是客卿李斯在秦始皇十年（公元前237年），为讽谏秦王政取消逐客令而上的一个奏议。其原委是这样的：秦王政即位，秦国已经过近一个多世纪的发展和积聚，已由一个落后的四塞之国，一跃而为政治、经济和军事上最强大的诸侯国，为统一天下，成全帝业打下了稳固的基础。秦国之所以能成就这么一个局面，和历代国君重用贤才、罗致客卿的人才政策有密切的关系。秦能开关揖士，天下士人则联袂接踵而西入秦，于是秦得富利之实，国有强大之名。但客卿得势，必然影响秦国王室贵族的利益，因而也必然产生矛盾和斗争。在这样的背景下，秦始皇十年发生了郑国（人名）事件：首当强秦威胁的韩国，借秦国大事建设的机会，派著名的水利工程专家郑国游说秦王，劝秦修一条分泾水东流注入洛水、全长三百里的大型灌溉渠，想以此消耗秦国的人力财力，缓和对韩国的军事威胁。恰恰郑国的间谍身份暴露了，王室贵族就抓住郑国事件做文章，"皆言秦王曰：'诸侯人来事秦者，大抵为其主游间于秦耳，请一切逐客。'"欲借此打击排斥客卿势力。秦王政"不问可否，不论曲直"就下了"非秦者去，为客者逐"的逐客令。当时在秦做客卿的李斯亦在被逐之列，他写了这篇奏议，从国家的根本利益上指出逐客"非所以跨海内、制诸侯之术也"，"求国无危不可得也"。秦王顿时醒悟，立即收回成命，李斯的官职也得以恢复。据刘向《新序》说："斯在逐中，遂上谏书，达始皇，始皇使人逐至骊邑，得还。"从此，李斯更受秦王的信用，官至廷尉，天下底定，出任丞相。顺便交代一下郑国事件的结局，也许不算是画蛇添足，倒有助于理解"千古一帝"的政治气度和李斯文章的真理光芒。"中而觉，秦欲杀郑国。郑国曰：'始臣为间（间谍），然渠成，亦秦之利也。'秦以为然，卒使就渠。渠就……溉泽卤三地四万余顷，收皆亩一锺。于是关中为沃野，无凶年，秦以富强，卒并诸侯，因命曰'郑国渠'。"（《史记·河渠书》）秦赖其利的郑国渠的建成，正说明了秦王政的政治气度和自信，也说明了人才政策的正确对国家富利强大的重要作用。

就文体说，《谏逐客书》是一篇议论文，全文可分三部分。"臣闻吏议逐客，窃以为过矣。"开宗明义，亮出全文的中心论点，以下始终围绕着这个"过"字展开论证，这是文章的第一部分。第二部分是提出论据，进行论证，可分为三层：其一，以客佐四君，使秦富利强大的史实，正反论证逐客之过；其二，以对比法论证重宝轻士，非所以跨海内制诸侯之术，揭示逐客之过；其三，以纳士可以王天下，弃士是藉寇兵而赍盗粮，利害对比，论证逐客之过。这样就从历史事实、统一天下的长远利益和与诸侯国斗争的现实的策略利益等几个方面论证了逐客的过错，据理充畅，辩驳有力。末段总束全文，申明利害，与开头照应，客不可逐的结论不着文字却昭然于篇底。所以，从内容来看，《谏逐客书》与其说是在论证逐客过错，还不如说是在阐述人才对国家富利、强大、安全和发展的重要意义。从这个意义上说，李斯的《谏逐客书》不愧是一篇透辟、精到的人才论。《谏逐客书》所闪烁的真理光芒，对不存偏见，真正有志于国家振兴的人来说，总多少还有些振聋发聩作用。

《谏逐客书》之所以至今还脍炙人口，固然是其思想内容仍能启迪后人，但也还因为它有绵远隽永的艺术魅力滋润着后世。我们是否可用"策士之文，骈体之祖"八个字来概括它的内容实质、艺术风格及其对后代的影响呢？

刘向在《战国策序》中指出："战国之时，君德浅薄，为之谋策者，不得不因势而为资，据时而为功……皆高才秀士，度时君之所能行，出奇策异智，转危为安，运亡为存，亦可喜，皆可观。"李斯正是战国纵横策士中的骏良驶骃，捷才高足。据《史记·李斯列传》介绍，他年轻时代，就学于荀卿。学成之日，他分析研究了天下大势："今万乘争时，游者主事。今秦王欲吞天下，称帝而治，此布衣驰骛之时，而游说者之秋也。"故决定"西说秦王"。入秦后，以"灭诸侯，成帝业，天下一统"游说秦王，"因以瑕衅以辅始皇"。意思是充分利用六国的可乘之机，先进行收买活动或残忍的颠覆的刺杀手段动摇敌国，再以良将锐卒随之的谋略辅佐秦王。因而受到秦王的信用，初任为郎，继任长史，又拜为客卿。李斯是以辅佐秦王，成全帝业，赢取功名富贵为终身事业的。他对秦和诸侯国的历史、现状，天下形势，以及秦王的抱负、雄心、性格、心理，早已了如指掌，洞悉肺腑。所以，《谏逐客书》就其内容实质来说，只是策士李斯针对逐客令阐述人才对秦的重要性的一篇高明的游说之辞。

这篇游说之辞,之所以称它高明,主要表现在三个方面:一是紧紧抓住了统一六国、成就帝业这个根本的战略目标来剖析逐客的过错、纳士的意义,这既符合秦国的根本利益,也迎合了秦王的抱负和事业精神,所以能一举而言中,使秦王幡然醒悟,抑制王室贵族的异议,取消了有损于秦国根本利益的逐客令。二是在讽谏秦王时,李斯既不卑辞陈述自己的无辜和冤屈,也不直接声言自己对秦的忠诚与功绩,对于个人的恩怨得失、进退出处,超脱于度外,不着一言,而在字里行间,又处处流露出为秦谋划的忠肝义胆。"物不产于秦,可宝者多;士不产于秦,而愿忠者众。"像这样的设辞,不亢不卑,即使王室贵族也抓不住把柄,难以辩驳,又能使秦王感到悦耳,句句动听。三是设辞婉转,不批逆鳞。明明是秦王下了逐客令,但全文没一句直接指斥秦王,而在文章开头,"臣闻吏议逐客"这样的措辞,谨慎地定下了分寸,把逐客的过错归之于"吏",有意为秦王开脱。这样就顾全了秦王的面子,易于接受自己的讽谏。当然讽谏人君,也有言辞激切、痛陈弊端的,像贾谊的《治安策》,"臣窃惟事势,可为痛哭者一,可为流涕者二,可为长太息者六,若其他背理而丧道者,难遍以疏举"。可称为激切陈词的典型。但这都只能因人因时因地而异,战国时期君德浅薄,如触犯逆鳞,则杀身随之,讽谏岂能不讲究策略呢?以上几点,充分说明《谏逐客书》是一篇典范的策士之文,而李斯不愧是一谙练政治风云、老谋深算的策士高手。

不唯如此,说《谏逐客书》是策士之文,还在于它有既铺张扬厉,又委婉善讽的艺术风格。章学诚在《诗教上》中就指出策士文辞的这一特色:"其辞敷张而扬厉,变其本而加恢奇。"又"能委折而入情,微婉而善讽也"。

李斯在分条剖析逐客的过错时,所用的道理其实并不深奥和复杂,如用概括的语言来表述,三句话就说清了全部论据。但李斯对此却有意加以铺叙,以造成深刻而强烈的印象,收到更强更好的说服效果。像叙客卿有功于秦,则按时代顺序,对穆公、孝公、惠王、昭王四朝,重用由余、百里奚、蹇叔、丕豹、公孙支、商鞅、张仪、范雎等客卿,以及他们辅佐秦国所建树的功勋,一一排比铺叙。在叙述秦王所重的色、乐、珠、玉时,对昆山之玉、随和之宝、明月之珠、太阿之剑、纤离之马、翠凤之旗、灵鼍之鼓、夜光之璧、犀象之器、郑卫之女、骏良駃騠、江南金锡、西蜀丹青、宛珠之簪、傅玑之珥、阿缟之衣、锦绣之饰、郑卫、桑间、韶虞、武象，反复张扬，不厌其繁。当讲到纳客可以成全帝业的道理时，则以"臣闻地广者粟多，国大者人众，兵强则士勇。是以泰山不让土壤，故能成其大；河海不择细流，故能就其深；王者不却众庶，故能明其德"等一连串的比喻加以铺陈。正因为反复运用铺张扬厉的手法，所以文章气势纵横、议论驰骋，有一种令人折服的力量。

但《谏逐客书》并非仅由气势服人，它委婉善讽，委折入情，使人内心折服，更是其显著的特色。通篇用对比论证法正反相较，如"野径云俱黑，江船火独明"，利害得失，烛人眼目。这是委婉善讽的表现。更能显示这一特色的则在第三自然段。从"今陛下致昆山之玉"到"适观而已矣"一层，列数秦王珍爱的珠玉、器玩、美色、音乐，是用类比法，以物比士，暗喻"物不产于秦，可宝者多；士不产于秦，愿忠者众"的道理，类比巧妙，原已使人心服。但作者笔锋一转，"今取人则不然，不问可否，不论曲直，非秦者去，为客者逐"，改用对比法论证，将秦王对物对士的不同态度加以对照，顿时使阐述的道理深入一层。物则罗之，士则逐之，不爱人才而爱珍宝，把逐客的愚蠢性暴露无遗。"此非所以跨海内、制诸侯之术也。"文章就势提到战略高度来裁断了逐客的错误，真是极尽委折，使论辩有不可移易的逻辑力量。就以本段写色、乐、珠、玉的第一层文字来看，也是婉转曲折而不平铺直叙的。先列举秦王爱悦的七宝，并故作"而陛下悦之，何也？"的设问。接着又用"必……则……"的假设句式，指出必秦之所生而可用，那么所有这些珍宝美色却不可能为秦所有，从反面揭示了"非秦者去"的荒谬性。至此，再用以局部（音乐）代全体（色、乐、珠、玉）的手法，指出秦王并不因非秦产而不用，进一步突现了"非秦者去"的荒谬。为了增强文章的气势，也使道理更加显豁，文章又故作设问："若是者何也？"和前一个设问紧相呼应。这时才以"快意当前，适观而已矣"做总的回答，揭示了不论产地，于我有用则用的正确原则。这样运用类比论证，暗以物比士，既对逐客之举有了明确的否定，又为下文跟对士的错误态度做直接对比做了有力的铺垫和蓄势。总之，文章将阐述的道理既用铺张扬厉的手法增强读者的印象，造成气势，又用曲折入情的手法，使读者觉得周详恳切，于心折服，而两者又如此巧妙地臻于一体，真不愧为策士文辞的典范。

在语言上重用排比、对偶，注意语言的色彩和音节的和谐，也是《谏逐客书》鲜明的艺术特色。语言形式为表达的内容服务，表达效果要抉择语言形式，这是文学创作的一条规律。大凡想铺陈事理，往往就重用排比和对偶。大概一个意思用对句或用几个句子来表述，除事理得以铺陈外，还能造成充畅的气势，典雅丽辩的文采，和谐铿锵的音节，从而收到更好的表达效果。所以，铺张扬厉、复本加奇、踵事增华的策士文辞往往重用对偶和排比。

《谏逐客书》全文共二十五句，用对偶和排比的有十八句之多，竟占百分之七十二。排比不必说，以对偶而言，除了典型的偶句外（如"夫物不产于秦，可宝者多；士不产于秦，愿忠者众"），大量排比句中的分句（如"是以泰山不让土壤，故能成其大……故能明其德"），还有长句中的分句（如"昭王得范雎，废穰侯，逐华阳，强公室，杜私门……"），对仗都极为工整。就是在分句和短句之中，都包孕着对仗工稳的词组（如"今乃弃黔首以资敌国，却宾客以业诸侯……此所谓藉寇兵而赍盗粮者也"，"此非所以跨海内、制诸侯之术也"）。唯其如此，《谏逐客书》才显得气势充足，色彩绚丽，音节铿锵而和谐。

策士文辞的这一特色，在汉赋中得到了进一步的发展。

章学诚在《诗教上》中指出，"后世之文，其体皆备于战国"，"《京》、《都》诸赋，苏、张纵横六国，侈谈形势之遗也"。而辞赋发展到六朝，形成的骈四俪六的严密对偶，对偶成了它根本的特色。追源溯流，后人看到了《谏逐客书》对后世辞赋的影响，所以李兆洛在《骈体文钞》中尊它为"骈体之祖"，这是不无道理的。

推己及人　欲擒故纵

读《战国策·触龙说赵太后》

吴小如

推荐词

《战国策》我国第一部国别体史书,主要记载了战国时期的秦、齐、楚、韩等十一国的一些历史事件,所记载的历史,上起公元前490年智伯灭范氏,下至公元前221年高渐离以筑击秦始皇。

《战国策》文笔恣肆,语言流畅,论事透辟,写人传神,还善于运用寓言古事和新奇的比喻来说明抽象的道理,具有浓厚的艺术魅力和文学趣味。吴先生在文章中对"触龙"名字的肯定,得益于1973年长沙马王堆三号汉墓出土的一批帛书。吴先生的文章大处着眼,小处着笔,深入浅出,正和《触龙说赵太后》相得益彰。

在分析正文以前,先谈一点版本校勘问题。这篇文章的男主人公左师公本名触龙,《战国策》今传各本作"龙言",其实是错字。《史记·赵世家》同《战国策》里的这一段记载基本上是一样的,这一句即写作"左师触龙言愿见太后",古代直行书写,把"触龙"二字合成一体,便成了"龙言"字。清代著名经学考据家王念孙在他所著的《读书杂志》中就指出应按照《史记·赵世家》作"触龙"才对。另外,王念孙还考订文中"太后盛气而揖之"的"揖"应该是"胥"字之误。因为在篆文中"胥"字的写法同"咠"字差不多,所以误作"揖"字。赵太后对大臣不会行作揖礼,且与"盛气"的情绪也不合,而"胥"作等待讲,应以作"胥"为合理。这两处,王念孙是根据他平时治学的修养和经验推断出来的,并没有找到文献上的证明。所以后来人讲本篇文章,王氏的看法只备一说,供读者参考,并未成为定论。

近年学者根据出土文物，发现了汉代写本的《战国策》原文，恰好这一篇被完整地保存下来了。经过核对，写本正作"触龙"和"盛气而胥之"，说明王念孙的推断在这两处是完全正确的。这不能不令人佩服。当然，王念孙对古书的考订和解释并非完全正确，有些结论还显得生硬牵强，但这篇文章的两处考订却与古文献不谋而合，毕竟难能可贵。因此我个人的意见是，在掌握了比较可信的、一定数量的资料之后，在文学作品中，也要讲一点关于文字、训诂方面的考据之学。

现在谈谈这个故事发生的背景。事情发生在赵孝成王元年（公元前265年），当时赵惠文王刚死，孝成王初即位，因年纪太轻，故由太后执政。故事中的赵太后，《战国策》里也称"威后"，就是惠文王的王后，孝成王的母亲。秦国看到赵国正在新旧交替之际，国内动荡不定，孝成王又年少无知，认为有机可乘，于是遣兵将"急攻之"。故事的第一段就从这儿写起：

> 赵太后新用事，秦急攻之。赵氏求救于齐。齐曰：

> "必以长安君为质,兵乃出。"太后不肯,大臣强谏。太后明谓左右:"有复言令长安君为质者,老妇必唾其面!"

长安君是诸侯国的贵族公子的封号。他是赵太后最小的儿子,是孝成王的幼弟,当然受到母亲的溺爱。"老妇",是赵太后自己的谦称。这篇文章的主要矛盾在于太后溺爱少子而置国家安危于不顾,坚决不肯让长安君到齐国去做人质(这在战国时代已形成一种制度,主要是由于即使是盟国之间彼此也不够信任,才用以人为质的办法来巩固联盟),以至于发展到不讲道理的地步。一方面见出赵太后"新用事"的威权,一方面也看出当时赵国形势的危急。作者有意识地把这场"戏"摆在矛盾的焦点上来写,使文章波澜起伏,也使读者的心弦绷得紧紧的。短短的几行文字写出了故事的起因,但作者写得简括、明确。一个"新"字,一个"急"字,用字很恰当。而齐国的"必以长安君为质,兵乃出",和太后的"老妇必唾其面",形成矛盾的主要方面似乎是赵太后,而太后的对立面乃是下文即将出场的左师公触龙。我们在这篇故事中,主要就是看触龙使太后的思想转变,矛盾的主要方面逐渐转化到触龙方面来,从而得到统一。下面是第二段：

> 左师触龙言愿见太后，太后盛气而揖（应为"胥"）之。入而徐趋，至而自谢，曰："老臣病足，曾不能疾走，不得见久矣。窃自恕，而恐太后玉体之有所郄（隙，欠安）也，故愿望见太后。"太后曰："老妇恃辇而行。"曰："日食饮得无衰乎？"曰："恃粥耳。"曰："老臣今者殊不欲食，乃自强步，日三四里，少益嗜食，和于身。"太后曰："老妇不能。"太后之色少解。

这一段看似娓娓闲谈，实际是触龙同太后在解决矛盾上的正式交锋的第一个回合。左师公的战术是这样的：首先要使自己的谈话出乎太后意料之外；其次，要用闲话拖长交谈的时间，来缓解太后的"盛气"；更重要的是，利用自己年龄大、资格老、关系深种种有利因素，从本身的体衰多病说起，以同病相怜的切身体会来打动太后。既说他"愿见"太后，则太后必以为是来劝说自己放走小儿子远离国土、入质齐国的，所以先做了精神准备，以"盛气"凌人的态度等着对方来用唇舌交锋。而触龙却有意识地显出老态，"入而徐趋，至而自谢"。根据礼节，大臣见国君时应"趋"行前进，即急走，"趋"字本身同"徐"字就有矛盾。作者偏偏把这两个有矛盾的词儿放在一起，来刻画左师公应当快走而走不动的神态。见面以后，先不说话就自我道歉（"谢"是谢罪的意思），说明自己不良于行，所以少来谒见，但对太后的健康又表示关切，仿佛再不来谒见太后就实在放心不下了。这一席话全出乎太后意料之外，太后早就准备好的全副精神武装根本没有用上。实际上左师已取得了几分胜利，他不是"先声夺人"，而是用情感把太后给软化了。两人的对话很自然，但也并非毫无层次。由左师公的走路引起太后说她"恃辇而行"，是由此及彼，然后左师又从饮食问起，从太后的"恃粥耳"又回到身体状况，谈起怎样引起食欲，使身体得到好处，又是由彼及此，"老妇不能"是指不能像左师那样靠走路来引起食欲。这样东拉西扯，终于"少解"了脸上的怒色。这一段并非空话。左师公是用同情、慰藉和关心的"将心比心"的感情来解除太后的精神武装，转变她无理可喻的错误态度的。我们不妨借用今天的说法，触龙是个真正会做思想工作的人。试想，从太后个人的角度来着想，她也有一肚子委屈。自己新死了丈夫，国家一摊子事情要等着自己去操心处理，偏偏最心爱的小儿子又成了关键人物；外交上强国虎视眈眈在出兵侵略自己的国家，危及自己的政权，而盟国的条件又如此苛酷；内政上，尽管自己掌了权，可是大臣们并不体谅自己，一味"强谏"，把局面搞得很僵。就在这时，触龙出现了，对太后却充满了同情，十分关心她的身体，并且现身说法，告诉她人老了要讲养生之道，希望太后多多保重。这时在太后心中，似乎觉得到底是年老旧臣，对自己还比较体贴，而且说了半天并未涉及长安君的事，不由得精神上就放松了警惕。而太后的放松警惕却正是矛盾转化的契机，是左师公的胜利。

左师公曰："老臣贱息舒祺，最少，不肖，而臣衰，窃爱怜之。愿令得补黑衣之数，以卫王宫。没死以闻。"太后曰："敬诺。年几何矣？"对曰："十五岁矣。虽少，愿及未填沟壑而托之。"太后曰："丈夫亦爱怜其少子乎？"对曰："甚于妇人。"太后笑曰："妇人异甚。"对曰："老臣窃以为媪之爱燕后，贤于长安君。"曰："君过矣！不若长安君之甚。"左师公曰："父母之爱子，则为之计深远。媪之送燕后也，持其踵为之泣,念悲其远也,亦哀之矣。已行,非弗思也,祭祀必祝之,祝曰:'必勿使反(返)。'岂非计久长,有子孙相继为王也哉?"太后曰:"然。"

这是第三段,其中包括双方交锋的两个回合。从开头到"不若长安君之甚"是第二个回合,后面才进入第三个回合。触龙提出让自己的小儿子入宫当禁卫军的要求很容易引起赵太后的错觉。第一,她以为左师公是为自己的小儿子来"走后门"的,不是为长安君;第二,她感到这个年老的大臣跟自己的想法相同,两人有共同语言,都疼爱小儿子,不但应该彼此互相关切,而且简直是"志同道合"了。这就不仅使太后放松警惕,而且还对左师公表示同情。这一节的妙处,是太后自己上了钩而不自觉,竟于无意中把矛盾的焦点所在从自己口中说了出来。关键乃在于左师摸透了太后的心理,用父亲疼爱小儿子的心情翻转来引起了太后的关注和同情。太后既把左师公引为知音同调,所以由"盛气而胥之"而脸色"少解",最后竟然情不自禁地"笑"了。作者的刻画真是细腻而深刻。但这时触龙仍故意说反话,意思说你不要以为你疼爱儿子,其实你更疼爱女儿。太后当然不同意,赶紧声明:"君过矣(你错了),不若长安君之甚!"说到这儿，事实上已接触到矛盾本身，可太后却并未觉察。左师公的迂回战术已取得包抄性的胜利。按照读者的一般想法，以为下文总该说到长安君了，谁知偏不然。是作者在故弄狡狯么？不。这恰恰是文章的精彩而深刻的地方。

在这一段的后一半即第三个回合，有两个地方需要略加解释。一个地方是母亲送女儿出嫁"持其踵为之泣"应怎样理解，另一个是"必勿使返"的道理何在。"持其踵"有二说：一是居者送行者，居者匍匐于地，持行者之踵而泣，表示舍不得而挽留的意思，但作为母亲，似不宜伏地持女儿脚踵，这里面有个尊卑的等级关系。另一说是女儿登车之后，母亲立于车下，古代车身甚高，车下的人正好可以抱持车上人的脚踵，同样表示舍不得让女儿离开的意思。这里我们姑采后说。"勿使返"，春秋战国时代诸侯国的公主嫁到另一诸侯国做王后，只有因废而被逐，或丈夫的国家灭亡了，才不得已而返回娘家。所以赵太后祈祷自己的女儿千万不要回来，意思是她在燕国不仅做皇后，而且丈夫死了还可以做太后，同时国家也越来越兴旺，她在燕国可以永远受到尊重。左师公谈到太后爱女儿的一段话，实际上也仍旧出乎太后的意外。这个意外是，居然连她自己都没想到原来更疼爱的倒是女儿而非小儿子。而左师公既把道理讲明，太后也不得不承认事实确是如此。左师公这段话包含以下几层意思。一、太后对女儿的前途是有长远考虑的。二、从对燕后的态度看，太后是深明大义，懂得是非，很讲道理的。三、事实证明，父母疼爱子女并非一味溺爱。而且就拿赵太后本身来说，也有不溺爱的时候：既有不溺爱的方式方法，更有不溺爱的对象——自己的女儿燕后。四、太后对燕后并非没有亲子之情，只是从长远考虑，使理智战胜了感情。凡此种种，恰好与溺爱长安君形成鲜明对照。而造成这个鲜明对照的并非别人，恰好正是太后自己。"以子之矛攻子之盾"，这样，说服力最强，也最容易打通解不开扣儿的人的思想。所以进行到这一回合，太后已经立于必败之地，矛盾眼看着就解决了。

左师公曰："今三世以前，至于赵之为赵，赵王之子孙侯者，其继有在者乎？"曰："无有。"曰："微独赵，诸侯有在者乎？"曰："老妇不闻也。""此其近者祸及身，远者及其子孙。岂人主之子孙则必不善哉？位尊而无功，奉厚而无劳，而挟重器多也。今媪尊长安君之位，而封之以膏腴之地，多予之重器，而不及今令有功于国,一旦山陵崩,长安君何以自托于赵?老臣以媪为长安君计短也,故以为其爱不若燕后。"太后曰:"诺,恣君之所使之。"

于是为长安君约车百乘,质于齐,齐兵乃出。

这是最后一段,也是双方交锋的最末一个回合。赵太后完全被说服,不折不扣地接受了触龙的劝告。但这一段从文章设计上讲,是用的欲擒故纵手法。读者会想,笔锋该转到长安君身上来了吧?谁知左师公仍没有点明主旨。岂但没有说到长安君,反倒把笔荡开了。先说到"三世以前",然后说到赵由三家分晋自成一国开始成为赵国的时候①,甚至说到其他诸侯各国。话题愈说愈远,仿佛不着边际,但说的范围愈大扣题却扣得愈紧。从广泛举例中终于得出一条必然规律,即作为诸侯国的统治阶级,国君的子孙如果不为国家出力,而只是坐享其成,利用其特权享受挥霍,如果他不是王位的继承者而只是作为旁系的贵族公子,那他迟早会丧失了封爵和土地,被剥夺特权,降而成为非贵族,甚至触犯刑

---

① 赵国是从赵烈子一代称侯立国的,以下分别是赵敬侯、成侯、肃侯,至武灵王而称王,然后传至惠文王,再传至孝成王。文中说"三世以前"是指赵肃侯的时代,即未称王的时代,"赵之为赵"则指赵烈子开国之时。

律，断绝子嗣。而目前太后对于长安君的一切"照顾"，也蹈了前人覆辙，因过分溺爱而在将来自己死后终不免使她最心爱的儿子遭到更为严重的不幸后果。"虽曰爱之，其实害之"，反而把他的前途给葬送了。这究竟是爱他呢，还是让他自食其果？如果目前能使长安君"有功于国"，那么他就不是只享受特权而不付出代价的人，也算对赵国有了贡献，将来就能立住脚跟，可以"自托于赵"了。这才是真正为自己最疼爱的孩子做出的长远打算。这些话，如"一旦山陵崩（指太后去世），长安君何以自托于赵"，实际上在前面已有了伏笔，那就是触龙替自己儿子求情时说的"虽少，愿及未填沟壑而托之"，可见触龙并不是真想为小儿子"走后门"，而是将己心比人心，用现身说法的办法来促使太后自己从溺爱中清醒过来。读者如果只从字面上看问题，那就不仅埋没了左师公的巧妙策略，也辜负了作者在艺术构思上的苦心孤诣了。这种欲擒故纵的说理方式巧妙地打中了对方要害，赵太后也不是个不懂政治的糊涂女人，因此不等左师公把话说完，就痛痛快快地答应了，而且表示长安君的一切都由以左师公为代表的大臣们去处理、支配。矛盾既已解决，文章也就戛然而止。

构思宏大　神采瑰丽

《山海经》英雄神话三则浅析

杨景龙

作者介绍

杨景龙，1962年生。安阳教育学院教授。曾任安阳教育学院中文系主任，兼任学报常务副主编等职。中华诗词学会会员，中国韵文学会会员，河南诗词学会常务理事，安阳诗词学会副会长。

推荐词

中国神话虽短，却极为原始，因而极有魅力，极有人类远古的记忆，极有语言叙述的神秘，有故事本身的诗意，还有谁也说不清道不明的内在影响力。完全不像希腊神话，被后人系统化、家族化、故事化。这篇文章欣赏的三则神话，该是最有普及性、最有文采的了。本文对这几则神话的欣赏，无论如何是当今国人的理解。我们该如何与神话沟通？特别是与神话的精神世界沟通？

夸父逐日①

夸父与日逐走,入日②。渴欲得饮,饮于河、渭③,河、渭不足,北饮大泽。④未至,道渴而死。弃其杖,化为邓林⑤。

——《山海经·海外北经》

【浅析】

这则神话塑造了一个敢于和太阳竞赛的巨人夸父的形象,象征着远古人民对光明和真理的追求,与大自然竞胜的雄心壮志,表现了远古人民对勇敢、力量和伟大气魄的歌

---

① 夸父:人名,也是一个种族的名称。
② 逐走:互相竞赛,追逐而走。逐,古书或引作"竞",意义更明。入日,进入了太阳的光轮。
③ 河:黄河。渭:渭水,黄河支流,在今陕西省。
④ 大泽:大湖沼。古泽名,传说在雁门山的北边,纵横有千里宽广。
⑤ 邓林:清代毕沅说:"邓林即桃林也,邓、桃音相近。盖即《中山经》所云:'夸父之山,北有桃林矣。'"邓林在今大别山附近。

颂，对至死不忘为人类造福的崇高精神的赞美。

根据《山海经》的记载，我们知道这位追赶太阳的旷世英雄，是巨人种族夸父族的一员，这个种族的国家夸父国，也是一个巨人的国度。这个伟丈夫的形象是这样的：他的两只耳朵上各穿一条黄蛇作为耳珰，左右两只手里也各握一条黄蛇。龙蛇可能是这个巨人种族的图腾标志吧，它们确实为夸父平添了许多粗犷、豪迈、雄健的气质。另据《朝野佥载》说：辰州的东面有三座山，鼎足直上，各有几十丈高，是夸父曾在这里煮饭支鼎（锅）用过的三块石头。可见在人们的心中，夸父的形象是多么高大。就是这样一位英雄，以无与伦比的宏伟气魄，去迈开巨步追逐太阳，和太阳赛跑，最后闯入烈日之中。炽热的太阳烧得他遍体通红，烤得他焦渴难耐，他俯下身来，一口气喝干了黄河、渭河里的水，可是还不能解渴，便前往北方的大泽去饮水，但没等赶到就渴死在半路上了。夸父临死时留下自己的手杖，化为一片数千里的桃林，让鲜美的嘉桃为后继者消热解渴，以完成他的未竟之志。逐日的夸父虽然在半路上牺牲了，但他毕竟追上了太阳，闯入了太阳的光轮，他渴死了，但他并没有失败，正如女娲化为精卫鸟填海报仇一样，夸父的精神化为桃林留给了后之来者,激励着后来人去寻求光明和真理,激励着后来人去与大自然试比高下。

至于夸父为什么要去逐日,推其原因恐怕是这样的。首先可能是出于对太阳神的崇拜,但这崇拜不是表现为跪倒在太阳神的脚下,而是表现为奋起直追,与之并驾齐驱,甚至要超轶它——这是夸父式的"崇拜"。其次,天天在高空来往运行的太阳,对原始人来说始终是一个谜:它早晨从东方升起,晚上在西山坠落;它普照万物茁壮生长,却又能带来巨大的干旱,使绿水断流,草枯苗黄。原始的人类多么想了解这神秘的太阳啊!再有,古人生活条件十分艰苦,例如钻燧取火,保存火种来照明、取暖就相当不易,每当夕阳西下,黑暗而寒冷的漫漫长夜,对人们的生活是一个严重的威胁,原始的人类是多想留住给人类送来光明和温暖的太阳,不让它下落啊!因此,他们幻想出一个名叫夸父的巨人,让他去追赶太阳,了解太阳,征服太阳。这一点也证明了神话是现实生活在先民们头脑中的反映的产物。

这则神话塑造的形象具有象征的意义:陶潜在他的组诗《读山海经》第九首中以赞叹的笔调写道:"夸父诞宏志,乃与日竞走。"这支配着夸父与日竞走的"宏志",是由夸父身上体现出的远古人民共同的理想。夸父逐日,不仅是表面上的与日竞走,那是没有多大意义的。夸父逐日,应该视为古代人民对光明和真理的追求,是他们渴求了解大自然、征服大自然的美好愿望的表现。夸父的壮举所体现的是远古先民们在几乎是不可战胜的自然力量面前的大无畏的精神力量! 故事在描写夸父这个英雄时,是十分夸张的,为了突出夸父的神奇,让他在口渴时一气喝干滔滔黄河、浩浩渭水,但仍不能消除口渴,这种夸张的描写,有力地突现了追日巨人的非凡形象。唯其有吞河饮渭的宏伟气魄,才敢于也才能够与太阳竞走。这则神话的磅礴的气势、宏大的构思、瑰丽的神采,足以说明我们的民族不仅不缺乏想象力,而且是一个有着无穷的幻想、闪烁着奇光异彩,既有深刻的务实精神,又有丰富的浪漫情调的伟大民族!

精卫①填海

发鸠②之山,其上多柘木③。有鸟焉,其状如乌④,文

---

① 精卫:鸟名。据六朝人纂辑的《述异记》记载:精卫鸟"一名誓鸟,又名冤禽,又名志鸟"。俗称帝女雀。
② 发鸠:山名,在今山西省长子县西五十里,一名发苞山,漳水源于此。
③ 柘木:柘树,桑树的一种。
④ 乌:乌鸦。

首,白喙①,赤足,名曰"精卫",其鸣自詨詨②。是炎帝③之少女,名曰女娃。女娃游于东海,溺而不反。故为精卫,常衔西山之木石,以堙于东海④。

——《山海经·北山经》

【浅析】

这是一个尽人皆知的悲壮动人的故事:很早很早的时候,炎帝神农氏的小女儿女娃在东海边游玩,这个天真烂漫的女孩子只顾嬉戏那飞溅的浪花,最后不幸淹死在东海里。像一枝鲜花在狂风中夭折,如一颗珍珠在大海里失落,她死得是那样可惜,那样冤屈。她的灵魂变成一只叫精卫的小鸟,这小鸟头上有漂亮的花纹,长着洁白的嘴壳和一双鲜红的小爪,和生前的女娃一样美丽。她常常从遥远的西山上衔起一粒小石子或一段小树枝,然后不远千里飞到东海去,把石子或树枝抛进汪洋浩渺的大海里。她誓志要把曾经吞噬了

---

① 文首:花脑袋。文:花纹。白喙:白嘴壳。喙:鸟兽的嘴通称喙。
② 其鸣自詨詨:它的鸣声是自己呼叫自己。詨:呼叫。"精卫"原是这种鸟的叫声,人们把它的叫声作为它的名字。很多鸟雀之得名,都是由于它们的叫声,所以古人诗说:"山鸟自呼名。"
③ 炎帝:相传即教导人民种植五谷的神农氏。
④ 堙:填塞。

她鲜花般的生命,也可能继续吞噬掉无数年轻的兄弟姊妹的生命的茫茫大海填平。

这个故事可能产生在东南沿海地区的原始部落。由于人们经常遭受海浪的侵袭,生存受到威胁,于是便产生了填平大海的想法。这则神话幻想的意志顽强、死而不屈的精卫鸟的形象,反映了远古人民在征服自然、与自然做斗争时的百折不挠的坚忍精神。

陶渊明在《读山海经》组诗第十首中写道:"精卫衔微木,将以填沧海。"表达了诗人对精卫的悲壮举动的赞美之情。小鸟对大海进行的斗争在这里构成了鲜明的对比:向波涛汹涌、无边无际的大海俯冲下来的是一只微不足道的小鸟,小鸟投下来填海的是微木和细石,这对比太强烈了,强烈得使人禁不住发出浩叹!大海恐怕是永远填不平的,可是她毫不畏惧、去而复来,一木一石、积年累月,在无望的希望中从事着感天动地的报冤雪恨,为人类除害的工作。从理智上看,她这样做肯定是徒劳的;但从感情上说,沧海固然浩大,然而小鸟发誓填平大海的志愿却比沧海还要浩大!精卫鸟不填平大海誓不罢休的行动,是悖于理的,但却是合乎情的。这则神话的悲壮处与感人处也正是在此:知其不可而为之,可以说这就是中华民族敢于挽狂澜于既倒、支大厦于将倾的回天旋地的伟大精神、坚毅雄强的伟大性格的先河。

这则神话和《夸父逐日》、《刑天舞干戚》一样，弥漫着浓郁的悲壮的感情色彩。它们的共同精神是：生命的终结并不是斗争的停止，旧有的生命形式结束了，不死的精神还会幻化出新的生命形式，去继续进行更为英勇的斗争！因此它们给人的不是悲哀，而是鼓舞，英雄神话的积极浪漫主义精神也从这里表现出来。

读这则神话，还会使人们不禁联想到"为虎作伥"的传说：同是被恶物所害，精卫矢志报仇，而伥鬼却助恶为虐，两相比较，多么发人深省！精卫鸟的志节令人肃然起敬，而伥鬼的卑劣丑恶也格外使人切齿痛恨！

鲧①禹治水

洪水滔天，鲧窃帝之息壤以堙洪水②，不待帝命。帝令祝融杀鲧于羽郊③。鲧复④生禹，帝乃命禹卒⑤布土以定九州。

——《山海经·海内经》

---

① 鲧：古天神名，禹的父亲。
② 帝：上帝、天帝。息壤：一种神土，能够自己生长不息，至于无穷，所以能堵塞洪水。
③ 祝融：火神名。羽郊：羽山的近郊。羽山是传说中的地名，大约在北方荒野的阴暗处。
④ 复：腹的借字。这句是说从鲧的腹中生出了禹。
⑤ 卒：最后，终于。布：分散、铺填。九州：古时中国分为九州，即冀州、兖州、青州、徐州、扬州、荆州、豫州、梁州、雍州，这里泛指全国的土地。

【浅析】

这则神话表现的是鲧禹父子两代前仆后继治理洪水的英勇壮烈的故事。它曲折地反映了我国氏族社会末期广大人民同洪水灾害进行的长期艰难的、代价巨大的斗争,并且最终战胜洪水灾害的史实。

鲧禹治水是我国古代流传最广、内容最丰富的神话之一。据《山海经·海内经》说:"黄帝生骆明,骆明生白马,白马是为鲧。"可知在神话中鲧的形象是一匹白色的神马,并且是黄帝的嫡亲孙子。鲧由于不忍心看着大地上黎民百姓的田土被洪水冲光,生命财产被洪水吞噬,于是就不惜违反天帝的意志,偷来天帝垄断的神土"息壤",要把人类从灭顶之灾中拯救出来。暴戾的天帝命令火神祝融在羽山的郊野杀害了鲧。鲧死后三年尸体不腐烂,从腹中生出了儿子大禹,这匹天马也变成一条黄龙沉入羽山的深渊中。禹勇敢地继承了他父亲的遗志,继续挑起了治理洪水的工作重担。据一些古书记载,禹在领导人民治水时,累得本来肌腱隆起的大腿又干又瘦;由于整日泥里水里来往,小腿上的汗毛都磨光了。禹一心扑在治水上,到了三十岁还没有娶妻。后来和涂山氏女结婚,四天后就又匆匆忙忙地离家治水去了。以后十年在外，三过家门而不入。传说大禹曾凿开龙门，疏通九河，让洪水流入大海；也曾化为熊开山，命令神龙用尾巴划地引水，具有广大的神通。在古代神话中，受人们爱戴的劳动英雄总是被赋予许多神性，并且由人上升为神，鲧禹父子也是如此。经过鲧禹父子两代的艰苦奋斗，滔天洪水终于被制服了，天下的人民都过上了安定的生活。

鲧禹治水这则长期流传、深受历代人民喜爱的神话故事的最感人之处就在于鲧禹父子的伟大献身精神。为了让天下黎民免受洪水灾难，鲧不惜违抗天帝，不惜牺牲自己的生命，这和古希腊神话中从天庭盗火给人间的普洛米修斯，不惜被宙斯锁禁在奥林帕斯山上，叫岩鹰终年啄食他的心肝的情节一样光辉动人！鲧在同大自然的洪水灾害的斗争中被天帝杀害了，但他拯救人类的耿耿此心并未泯灭。这颗博大的爱心，这种伟大的牺牲精神，这种不屈的斗争意志，在他的腹中凝结成为禹。禹终于能够实现父亲的未竟之志，完成他的未竟之业，成为他的事业的最好继承者。大禹在长期治水过程中的一切忘我劳动，可以说都是他父亲的崇高自我牺牲精神的直接延续。鲧禹父子前仆后继战胜洪水的故事，正是古代人民不屈不挠的斗争决心，征服自然的强烈愿望，勇于献身的高尚美德的生动体现。

在鲧禹治水的一长串闪光的故事中,除了悲壮刚烈的情节之外,还有一些富有神奇色彩的生活情节的穿插。《吕氏春秋·音初篇》就记述了禹和涂山氏女的爱情故事。大禹治水路过涂山,涂山氏女一见到这位忘我劳动的英雄就生出爱慕之心。这位多情的姑娘心里挂记着大禹,让自己的侍女到涂山的南边去等候大禹的到来,并且唱了一支动人的《候人歌》:"候人兮猗。"来寄托她对大禹的深切思念之情。《尚书·皋陶谟》里说禹和涂山氏女结婚四天就生下了儿子启,在婴儿呱呱坠地的时候,他顾不上照顾可爱的妻子,也顾不上爱抚亲爱的儿子,就出门继续治水去了。《淮南子》里还叙述了一段大禹的更为神奇的家庭生活故事:禹在治水开轩辕山时,变成一头强健有力的大熊。他事先和妻子约定,让妻子听到鼓声再来送饭。但他在"跳石"的时候"误中鼓",涂山氏听到鼓声赶忙前来,看到自己崇敬的丈夫竟是一头笨拙丑陋的大熊,就羞愧地扭头跑了。她一口气跑到嵩山下,当禹气喘吁吁地赶来时,她已经变成了一块石头。禹焦急地对石头说:"归我子!"这块石头应声裂开,生出了启。直到今天,"启母石"的影子还映在嵩山下石淙河的清澈水流里。这些神奇美丽的生活小故事,既为鲧禹治水的全部内容增添了一层迷人的色彩,同时,通过这些富有人情味的情节的穿插补充,也都从更加具体感人的角度折射出了鲧禹治水的勤劳忘我精神,因而使神话故事本身显得更加丰富多彩,使人物形象显得更加丰满生动。